QUER VERLAG

Das einzige, was zählt

Stephan Niederwieser

Roman

Erste Auflage September 1999

Umschlag und grafische Realisierung von Sergio Vitale unter Verwendung einer Fotografie von Laura Salisbury/Gaze
Druck und Weiterverarbeitung: Tiskárny Vimperk a.s.
ISBN 3-89656-039-5
Printed in the Czech Republic

Bitte fordern Sie unser Gesamtverzeichnis an:
Querverlag GmbH, Akazienstraße 25, D-10823 Berlin
http://www.querverlag.de

als Erinnerung
an Reinhard,
Norman und Florian,
und all die anderen

Ich war ein Bastard. Wenn ich mich daran erinnere, was für ein Mensch ich noch Anfang des Jahres war, muß ich lachen. Der Maximilian von damals ist mir heute eigenartig fremd. Er war zickig, arrogant und selbstsüchtig. Und wie ernst er sich nahm!

Es gibt Menschen, die können sich an den Moment, an dem sich ihr Leben änderte, genau erinnern, können ihn gar auf die Sekunde datieren: weil sie einen Unfall hatten, eine aussichtslose Diagnose mitgeteilt bekamen oder sich durch sonst einen einschneidenden Zwischenfall plötzlich in eine andere Erlebniswelt versetzt fühlten. Ich erinnere mich nur vage an den Tag, an dem sich mein Leben wandelte. Ja, ich mußte lange rätseln, bevor ich sicher sein konnte, wann das alles angefangen hatte; die Stunden um das Ereignis herum, das innerhalb weniger Monate einen anderen Menschen aus mir machte, kann ich nur anhand meiner Gewohnheiten rekonstruieren.

Ich datiere die Stunde Null auf einen Donnerstag im Februar. Auch wenn die eine oder andere Facette dieser Geschichte länger in die Vergangenheit zurückreicht, kommt es mir vor, als hätte an jenem Abend irgend jemand einen Schalter betätigt und damit mein Leben in andere Bahnen gelenkt. Es war bestimmt nur eine Kleinigkeit, wenigstens hoffe ich das, denn sonst hätte es mir auffallen müssen. Obwohl ... Der Maximilian von damals war grenzenlos blind. Es würde mich nicht überraschen zu erfahren, daß alles offensichtlich war, daß es klar und deutlich vor meinen Augen lag und ich nichts davon gemerkt habe.

Der Winter ist eine grauenvolle Zeit für mich; da mag mir nicht viel von der Hand gehen. Ich verdödle schon mal einen ganzen Tag mit Nichtstun, am Fenster sitzen und qualmen. Doch damals hatte mich eine seltsame Aufregung im Griff.

Im Gegensatz zu meiner Mutter bin ich ein sehr ruhiger Mensch, den so schnell nichts aus der Fassung bringt. Unruhe paßt nicht zu mir, ja, ich lehne sie ab, schon eben weil sie mich an die Frau erinnert, die mich zur Welt gebracht hat.

Da mir Aufregung fremd ist, fällt es mir schwer, sie zu beschreiben. Sie setzte sich aus einer Art Fieberzustand, verbunden mit einem Kribbeln in meinem Körper und einer sonderbaren Wachheit in meinem Kopf zusammen.

Jedenfalls hatte es dieses eigenartige Empfinden geschafft, mich in der Wohnung umherzutreiben. Sie hatte mich Bücher sortieren lassen und Möbel rücken – ich hatte mir sogar Gedanken gemacht, ob es nicht mal an der Zeit wäre, meine Wände streichen zu lassen. Aber egal mit welchem Mittel ich auch versuchte mich abzulenken, da wollte sich etwas in mir nicht beruhigen.

Ich bin mir sicher, daß ich versuchte dieser Unruhe mit Zigarren und Wein Herr zu werden. Es liegt eine Entspannung im Rauch, die man schwer beschreiben kann. Allein so ein geballtes Tabakstück unter die Nase zu halten und ihren feuchten Duft in sich aufzusaugen, das ist ein Genuß. Sie dann über der Flamme zu wärmen und daran zu saugen ist, wie von einem Chauffeur bei Regen über Land gefahren zu werden. Zigarren halfen mir in der Vergangenheit schon über allerlei Unwohlsein hinweg. An diesem Abend brachte es mir aber nichts.

In jenen Tagen hatte ich das Manuskript für die nächste Episode abzuliefern, aber die Seifenoper hing mir zum Hals raus. Ich hatte keine Lust, daran zu arbeiten. Nein, Lust ist nicht das richtige Wort; ich fühlte mich blockiert, als wäre ich ein Knoten und könnte mich nicht entwirren.

Das Drehbuch lag zwar fast fertig auf meinem Schreibtisch, aber ich war auf dem besten Weg, den Abgabetermin ein weiteres Mal zu versieben. So schrieb ich meine Aufregung diesem

Umstand zu – aber so richtig glauben konnte ich es nicht, denn Termine versäumen, das war nichts Neues. Auch wenn der Chefdramaturg deswegen jedesmal die Nerven verlor, ich hatte mich längst daran gewöhnt.

Im Versuch, mich abzulenken, nahm ich ein lang gehegtes Projekt in Angriff und schrieb in großen Lettern: *33 Gründe, niemals einen Mann mit nach Hause zu nehmen* auf einen Bogen Papier.

Ich bin dem Sex wahrlich nicht abgeneigt. Nein, ich hoffe, ich erwecke hier keinen falschen Eindruck. Aber ich bin ein Verfechter meines eigenen Wahlspruchs, nämlich, daß es gut ist, einen Kerl für Sex zu haben, aber für mich nicht.

Darunter notierte ich eine ganze Reihe von Gründen in Stichpunkten. An jenem Abend wurden es zwar keine dreiunddreißig, dafür sind es inzwischen viel mehr. Moment: zwei, vier, sechs … Es sind fünfzig. Oder einundfünfzig?

Sie fragen sich vielleicht, warum ich hier all diesen Kram verbrate? Auf den ersten Blick wirkt es so, als wären es unwichtige Details, das sagte ich ja bereits. Aber da ich nicht weiß, welche meiner Handlungen die auslösenden waren, bleibt mir nichts anderes übrig, als alles aufzuzählen, woran ich mich erinnere – es ist ohnehin wenig genug.

An jenem Abend bin ich dann doch noch in mein Arbeitszimmer hinübergegangen, um einen erneuten Versuch zu starten, das Drehbuch fertigzuschreiben. Aber sobald ich mich an meinen Schreibtisch setzte, wurde ich schwer wie Blei. Das ging mir nun schon seit Tagen so, dabei war es egal, ob ich gerade vierzehn Stunden geschlafen, zwei Liter Kaffee getrunken oder den besten Sex meines Lebens hinter mir hatte. Aber es hatte nichts mit dem Drehbuch zu tun, dessen bin ich mir inzwischen sicher.

Raphael war schuld, ihm hatte ich das zu verdanken, denn ich mußte immerzu an ihn denken.

Seit Tagen hatte dieser junge Mann in meinen Gedanken herumgespukt. Nein, er war kein Mensch, auch wenn er es von seiner

Intensität her gut hätte sein können, er war eine Romanfigur, ein Charakter für einen Film.

Raphael war mittelgroß und schlank, die Konturen seines Gesichts zwar kantig, der Ausdruck darin aber sehr weich, fast kindlich. Er trug dunkles Haar, ob Locken oder glatt, das wußte ich zu dem Zeitpunkt noch nicht. Seine Haut war weiß, auffällig weiß, fast durchsichtig, und er hatte kaum Haare auf dem Körper. Ich schätzte ihn auf Ende Zwanzig, Anfang Dreißig.

Ich sah Raphael eine schneeverschneite Straße hinunterlaufen, wie bei einem Videorecorder, der eine Filmszene ständig wiederholt. Er hatte seinen zerbrechlichen Körper in einen schwarzen Mantel gehüllt, und obwohl er darunter nur ein dünnes Hemd trug, spürte er die Kälte nicht, er nahm nicht einmal die Menschen wahr, denen er auf seinem Weg begegnete. Tränen liefen ihm die Wangen herunter – ein Schmerz bohrte in ihm, der ihn alles andere vergessen ließ.

Aber immer, wenn er eine Telefonzelle sah, hellte sich sein Gesicht auf – und ein Leuchten stieg in seine matten Augen. Er wollte reden, er mußte es, und er wußte, mit wem. So riß er den Hörer von der Gabel und wählte. Mit jeder Nummer richtete sich sein geknickter Rücken ein wenig auf. „Gleich", schien er zu sagen, „gleich". Aber genau so wie er sich aufgerichtet hatte, sackte er mit jedem unbeantworteten Klingelzeichen wieder in sich zusammen, denn es rief ihm in Erinnerung, daß der Mensch, der einzige, der ihn je verstanden hatte, nicht mehr für ihn da war.

Ich habe keine Ahnung, wo ich Raphael aufgeschnappt hatte, jedenfalls schmuggelte er sich in jede Handlung, die ich zu Papier zu bringen versuchte, er gesellte sich zu jedem Dialog hinzu.

Da Seifenopern von verschiedenen Autoren geschrieben werden und der einzelne immer nur einen Handlungsausschnitt beschreibt, ist er an eine feste Storyline gebunden. Es stehen ihm nur bestimmte Charaktere zur Verfügung. Raphael paßte nicht ins Konzept. Er lebte in einer dermaßen anderen Welt, daß ich ihn noch nicht einmal als neuen Charakter hätte vorschlagen können. Seine Geschichte war zu eigen, sie forderte mehr als eine Nebenrolle. Raphael war eine Besonderheit und sein Leiden von lockender, aber mir bisher unergründlicher Tiefe. Raphael war eine Figur für ein eigenes Drehbuch oder gar einen Roman.

So wenig wie ich wußte, wo ich ihn aufgeschnappt hatte, so wenig verstand ich, warum er mich beschäftigte. Ich schrieb zwar erfolgreiche Seriendrehbücher, hatte mich aber nie über die bloße Auftragsschreiberei hinaus entwickelt. Ich sah in mir jemanden wie diese Maler, die ihr Leben lang Kunstwerke kopierten. Zwar beherrschten sie ihr Handwerk, aber es blieben halt immer nur Kopien. Zu eigenem Ruhm brachten sie es nicht, weil sie es nie schafften, selbst kreativ zu werden. Bei mir verhielt es sich so, daß ich mich zwar immer wieder in der Prosa versucht, doch keine dieser Ausgeburten meiner Phantasie es je geschafft hatte, meine Aufmerksamkeit über eine Spanne von mehr als fünfzig Seiten zu halten.

Die Schubladen meines Schreibtisches waren voll mit angefangenen Manuskripten. Alle paar Wochen hatte ich eine neue Idee. Es lockte mich, in die Gedanken- und Erlebniswelt einer Figur einzutauchen, einen fremden Charakter anzunehmen, um die Welt durch jemanden zu betrachten, der nicht wie ich zweiundvierzig, sondern vielleicht sechzig oder zwanzig war. Aber jedesmal wurde sie mir langweilig, und der vergängliche Rauch meiner Zigarren, die herbe Süße des Weins, die Lust waren wichtiger als die Geschichte. Mittlerweile hatte ich mich damit abgefunden, daß jede Idee bald abgelegt werden würde wie eine bezahlte Rechnung, sobald ich den Titel zu Papier brachte.

Raphael dagegen berührte mich auf ganz andere Weise als die Charaktere vor ihm. Er machte mich neugierig. Ich mußte mich mit ihm beschäftigen, ihn kennenlernen, seine Geschichte erfahren und verstehen. Die Intensität, mit der er an meiner Aufmerksamkeit nagte, versicherte mir, daß es mit ihm anders sein würde als mit all den anderen Ideen. Selbstverständlich ging ich davon aus, daß mich ein rein schriftstellerisches Interesse lockte, und das war gut so, denn sonst hätte ich mich nie auf ihn eingelassen.

Das Schlimme daran war nur, daß ich ihn noch nicht verstand. Ich konnte ihn zwar sehen, phasenweise sogar fühlen wie er, denken wie er, träumen wie durch ihn, aber ich war unfähig, seine Geschichte soweit zu begreifen, daß ich sie hätte festhalten können. Wie gern hätte ich ihm einen Kuß gegeben, ein paar Worte zum Abschied vorgelogen und ihn dann nach Hause geschickt, um ihn nie wiederzusehen. Aber er wollte nicht gehen, er weigerte sich einfach. Durchdringend wie eine feurige Liebesnacht, die man nie mehr vergessen kann, hatte er sich in mir festgekrallt.

Was auch immer die Ursache für diese Aufregung in jenen Tagen gewesen sein mochte, an diesem Abend ließ sie nicht locker. Am Ende trieb sie mich in die Kälte hinaus, denn wenn nichts mehr hilft, hilft nur noch eins: Sex. Durch ihn verliere ich alles, was nicht zu mir gehört, im Sex werde ich eins.

Es war schön draußen, aber eisig kalt. Der Himmel leuchtete hell über der Stadt, die Straßen waren mit Schnee bedeckt. Es gab kaum Verkehr. Ein paar Autos und Lastwagen standen zugeschneit am Randstein; nur ab und zu kam ein einsames Fahrzeug im Schneckentempo daher, das außer Kontrolle geriet, sobald der Fahrer versuchte bei Rot anzuhalten.

Seit dem Morgen fiel die Temperatur stetig, inzwischen war die Luft bitter vor Kälte. Die kräftigen Böen, die durch die Häuserschluchten fegten, schubsten mich umher. Normalerweise hätte ich es genossen, aber der Wind war geradezu aggressiv frostig; ich vermochte kaum die Nase über den Kragen hinauszurecken. Obwohl ich nur ein paar Schritte zu laufen hatte, war mein Kopf taub, als ich ankam.

Damals war die Sauna so etwas wie eine zweite Heimat für mich, und ich ging nicht nur wegen Sex dorthin. Es verschaffte mir ein wohliges Gefühl, stundenlang nackt zwischen Menschen umherzulaufen, von denen ich nicht einmal den Namen kannte. Einsame Herzen tummeln sich im Dunklen und Warmen. Dort treffen sich Gleichgesinnte, auch wenn sie nicht mehr voneinander wissen, als welche Kondommarke der andere bevorzugt. Und was mir besonders gefällt: Selbst wenn man mal jemandem sein ganzes Leben erzählt, kann man sicher sein, daß er sich am nächsten Morgen an keine Silbe davon erinnert.

Ich zog mich aus und machte mich auf die Wanderschaft. Am Anfang begegneten mir nur Kerle meiner Altersgruppe, zu alt für mich. Aber da stand knackig junges Gemüse, das tuschelte und keckerte. Sie schauten auf, wurden lauter, steckten die Köpfe wieder zusammen – Erregung stieg in mir auf. Hinter ihnen lehnte ein junger Mann an der Wand. Er hatte ein Bein hochgestellt, so daß sein Handtuch eine auffällige Falte schlug. Die kräftigen Arme hielt er vor der Brust verschränkt, seinen Kopf ließ er vornüberhängen, als würde er sich ausruhen. Ich konnte seine Augen nicht sehen, aber ich wußte, daß sie weit offen waren, wachsam, neugierig. Wie ich dieses Spiel liebte.

Ich wendete mich der Dampfsauna zu. Bis auf den fahlen Lichtkegel, der durch die Glastür in den Raum drang, war es dunkel darin. Ich setzte mich und wartete, bis sich meine Augen daran gewöhnt hatten. Langsam zeichneten sich Konturen ab: drei, vier, es mögen auch sieben gewesen sein. Ein Seufzer übertönte das Gebläse, dann hörte ich ein Plätschern. Wieder spannungsgeladene Stille, Bewegungslosigkeit.

Die Tür öffnete sich. Ein Kerl kam herein, stellte sich vor mich hin und ließ seinen prallen Schwanz vor meiner Nase baumeln. Ich hätte nur die Zunge ausstrecken müssen, und er wäre daran kleben geblieben wie ein Fliege an der Zunge eines Frosches. Aber so billig gebe ich mich nicht her, das gehört sich nicht. Ich lehnte mich zurück und atmete hörbar durch. Der andere verschwand.

Ich genoß es, mit Menschen zusammenzusein, ohne mit ihnen zusammenzusein. Das war das Problem, wenn man jemanden mit nach Hause nimmt: Man läuft Gefahr, daß er bleibt. Dann muß man seine Wärme spüren, womöglich spricht er im Schlaf oder schnarcht. Und selbst wenn er das nicht tut, könnte er kuscheln wollen, nach deinem Arm greifen, nach deiner Brust, deinem Bauch – und bevor du dich versiehst, hat er dich erdrückt. Noch ein Grund, den ich auf meiner Liste der *33 Gründe* verewigen wollte.

Ich zog meine übliche Schwitzroutine durch und setzte mich dann an die Bar, um frischgepreßten O-Saft zu trinken und den anderen zu lauschen. Gegen Mitternacht hörte ich jemanden meinen Namen rufen.

„Na, Bernhard. Wie geht's dir?"

Ich kenne Edvards Lover, seitdem sie sich kennengelernt haben; genau gesagt saß ich an dem Tag mit Edvard im Biergarten. Mitten im Gespräch sprang er auf und lief diesem Wilden hinterher. Edvard hatte sich ja schon einiges in seinem Leben geleistet; also war es nicht ungewöhnlich, daß er sich so verhielt. Aber als er Bernhard zu uns an den Tisch brachte und sagte: „Leute, das ist Bernhard. Mit ihm an meiner Seite will ich alt werden", waren wir doch einigermaßen überrascht.

Man kann nicht gerade sagen, daß ich mit Bernhard befreundet wäre; wir hatten auch niemals Sex miteinander. Aber wenn wir uns sahen, tauschten wir immer ein paar Worte aus.

Ich stellte mich darauf ein, unser übliches Floskel-Programm durchzuziehen, was daraus bestand, daß ich sagte, ich hätte nichts Neues zu berichten. Für gewöhnlich antwortete Bernhard, daß es bei ihm auch immer dasselbe sei, womit er seine Krisen mit Edvard meinte. Ich habe selten zwei Menschen gesehen, die so wenig zueinander passen und trotzdem so sehr aneinander festhalten. Diesmal erwiderte er zu meinem Erstaunen, daß es ihm ganz gutginge, was aus seinem Mund soviel bedeutete wie: herausragend.

„Edvard okay?" fragte ich ungläubig.

„Ja, sehr sogar. Er packt gerade seine Koffer für Java."

„Java?"

„Er besucht seine Eltern. Sein Vater ist gerade in die Botschaft nach Jakarta versetzt worden."

„Und du läßt ihn alleine fahren?"

„Was soll ich denn in Jakarta?"

Der wunde Punkt. In drei Jahren Beziehung hat Edvard Bernhard nie dazu bringen können, ihn zu seiner Familie zu begleiten; immer hatte Bernhard eine Ausrede gefunden.

„Und warum bist du dann in der Sauna?" Ich konnte mir die Frage einfach nicht verkneifen, denn soweit ich informiert war, hatten sich die beiden Treue geschworen.

„Warst du schon mal in der Nähe, als Eddi Koffer gepackt hat?" Er krauste die Stirn.

Ich schüttelte den Kopf.

„Na dann", sagte er und wendete sich der Umkleide zu.

„Na dann", erwiderte ich und trank meinen Saft aus.

Die ersten Saunabesucher waren schon wieder am Gehen. Es war an der Zeit, sich auf die Pirsch zu machen. Ich stieg die Treppen hinauf zu den offenen Kabinen und witterte mehr Spannung in der Luft als zuvor. Augen fieberten, hüpften von nackter Haut zu nackter Haut. Ich hatte den Eindruck, als bewegte ich mich durch ein Gehege von Füchsen, die genau wußten: einer unter ihnen war der getarnte Hase. Sie lauerten, bis sich die Beute durch eine auffällige Bewegung verriet, und dann schlugen sie zu. Nur leider war nichts dabei, was das Jagen gelohnt hätte.

Ich ging wieder hinunter; derselbe Gang, dieselbe Haltung, entspannt, desinteressiert. Erkennendes Kopfnicken hier, ein freundschaftliches Lächeln dort. Man hat sich gesehen, man erinnert sich. Annäherung, Erregung, Berührung, Flucht.

Es war so verdammt öde. Ich hatte mir gerade vorgenommen, den nächstbesten am Schwanz zu packen und vor aller Augen zu Boden zu zerren, nur um ein wenig Bewegung in den Laden zu bringen, da erreichte mich der nach Hilfe schreiende Blick eines mageren Jünglings. Seine Schultern waren dünn wie Streichhölzer, seine Brust so flach wie ein Blatt Papier. Sein Körper war weiß, gesprenkelt mit kleinen rosafarbenen Sommersprossen, süß genug, daß ich sie ihm von der Haut lecken wollte.

Ich erwiderte seinen Blick. Seine Augen wendeten sich scheu ab; mir lief das Wasser im Mund zusammen. Meine Beute hatte ich gefunden.

Ich glitt zwischen den schweißnassen Körpern hindurch und nahm ihn, ohne ein Wort zu sagen, bei der Hand; sie war leicht und zerbrechlich wie eine Rosenblüte. Ich zog ihn weg von den anderen, vor denen er sich schreckte, weg von der Musik und dem lauten Geplappere, hinein, in die von Schwarzlicht nur mäßig erhellte Einzelkabine und schloß die Tür.

„Ähm ..." Er räusperte sich, schluckte, setzte erneut an. „Ich ..." Pause. „Ich bin zum ersten Mal in einer Sauna."

Sein Blick war unschuldig. Das war genau der Grund, warum ich diese Kinder so liebte. Sie ahnen noch nichts von den Enttäuschungen des Lebens, sie lassen sich unbeschwert treiben, ihre Gedanken sind rein.

Ich setzte mich auf die Liege und legte ihm die Hand auf die Schulter.

„Was muß ich jetzt tun?" fragte er.

Ich zog ihn zu mir heran. „Genau das, was du sonst auch tust", flüsterte ich ihm ins Ohr und schob die Zunge hinterher. Aber er regte sich nicht.

Ich schaute ihn an und strich ihm über das pfirsichglatte Gesicht; dann zog ich ihn näher zu mir heran. Er wehrte sich, was mich reizte. Ich drückte ihn, fuhr langsam seinen geschmeidigen Rücken hinauf, seine dürren, reglosen Arme hinunter. Dann öffnete ich den Knoten, der das Handtuch fest um seinen Unterleib geschlungen hielt. Es fiel zu Boden, und ein kleines, dünnes Zipfelchen sprang hervor, fest wie eine Karotte und zitternd.

Ich stand auf und legte meine Arme um ihn. Mein Kopf wurde leicht, das Blut schoß in meine Körpermitte; ein Prickeln erfüllte mich, von den Zehen bis unter die Haarspitzen. Meine Hand juckte; sie wollte ihm eine auf den blanken Hintern brennen und sich dann an seinen Brustwarzen vergehen, bis sie sich rot und glühend aufbäumten, aber ich zögerte. Zeit lassen. Nur keine Eile! befahl ich meiner Lust und wiegte seinen Körper, träumte von all den Dingen, die ich bald mit ihm anstellen wollte.

Da spürte ich etwas Heißes auf meiner Brust. Ich dachte an Schweiß, was mich noch mehr erregte, aber die Starrheit in seinem Körper verriet anderes: Tränen. Ich konnte es nicht fassen. Da ging ich in die Sauna, um Spaß zu haben, und stand am Schluß mit einem Häufchen Elend da.

Wimmernd gestand er mir, daß er Angst hatte und daß seine Eltern nicht wüßten, wo er gerade sei, daß er in der Schule gehänselt wurde und was weiß ich, was noch für olle Kamellen. Am liebsten hätte ich ihn geschüttelt und angeschrien: „Bleib 'ne verdammte Hete, wenn du mit dem Schwulsein nicht fertig wirst!

Doch geh unschuldigen Menschen wie mir nicht auf den Nerv damit!"

Ich brachte es aber nicht fertig. Ich blieb sitzen und ließ es über mich ergehen wie ein Berg den Wind, den Schnee und den Regen. Am Ende regte sich dann doch die Lust in ihm, und aus seinem zappelnden Wurm wurde ein kleines, knackiges Gürkchen, das mir einen glänzenden Kopf entgegenreckte; aber da war das Feuer in mir schon längst erloschen. Ich tätschelte ihm den Hintern, schob ihn aus der Tür und verschloß sie hinter ihm.

Wir hatten noch nicht einmal Sex gehabt, trotzdem hatte er mich schon zu seinem Therapeuten gemacht. Da fiel mir gleich noch ein Grund ein, den ich später auf meiner Liste verewigen wollte: „Männer mit nach Hause nehmen macht es unvermeidlich, daß man mit ihnen redet. Aber sobald sie ihren Mund auftun, ist die Erotik beim Teufel."

Ich legte mich auf der Bank zurück und holte mir einen runter. Über die Katastrophe namens Beziehung würde ich bald ein Sachbuch schreiben, vielleicht mit einem esoterischen Aufhänger, weil sich das besser verkaufte: *Beziehungen im Zeitalter des Wassermanns.* Das hatte Potential, ein Renner zu werden. Es würde nur nie jemand erfahren dürfen, daß ich in meinem Leben noch nie eine Beziehung hatte.

Ich sah das Blaulicht schon, als ich um die Ecke bog. Zeuge dramatischer Ereignisse zu werden, vermeide ich grundsätzlich, weil ich es scheußlich finde, in das Leid anderer Menschen hineingezogen zu werden. Zudem kann ich kein Blut sehen; schon der bloße Gedanke daran macht mich ganz benommen. Aber diesmal kam ich nicht umhin, denn sie standen direkt vor meinem Haus.

Bang um meine Nachbarin näherte ich mich nur langsam. Frau Moser war vierundneunzig Jahre alt und bewohnte diese Gemäuer schon seit dem Krieg. Obwohl es längst einen Aufzug gab, kroch sie lieber die Treppen auf ihren krummen, dürren Beinen hinauf und hinunter. Und das oft zwei-, dreimal am Tag, weil sie kaum mehr tragen konnte als eine Tüte Leinsamen, zwei Dosen Katzenfutter oder eine Flasche Weißdornextrakt.

Aber das Blaulicht sprang nicht ihretwegen zwischen den Häusern umher. Ich hatte gerade die Haustür erreicht, da kamen die Rettungsassistenten mit einem jungen Mann auf der Trage durch die Hofdurchfahrt. Mir gingen die Knie durch, als ich ihn da liegen sah, und meine Aufregung verdoppelte sich, sobald mich seine großen, runden Augen einfingen.

Ich kannte ihn. Christian war mir schon am ersten Tag aufgefallen, als er ins Hinterhaus zog. Er mußte mir auffallen, denn er war sehr groß – ein Körpermerkmal, das allein schon genügt, mich zu erregen. Zudem ging er besonders aufrecht und beschwingt; eine Leichtigkeit lag in seinem Gang. Seine Brust war breit und flach, die Muskeln seiner Oberarme ausgeprägt. Die

Statur eines Profi-Schwimmers eben, was er auch war, wie ich später erfuhr.

Wir hatten zwar nie miteinander gesprochen, aber ich wußte viel von ihm. Den Namen hatte mir sein Klingelschild verraten: Christian Lumier. Da sein Nachname wohl französischen Wurzeln entsprang, sprach ich seinen Vornamen in Gedanken nie als Christian aus, sondern als „Kristiõ" mit einem gutturalen „R" und dieser, für das Französische so typischen Nasalität. Und von meiner Küche, von Schlaf- und Arbeitszimmer hatte ich direkten Einblick in sein Eßzimmer; die großen Wohnzimmerfenster verdunkelte er leider stets mit Lamellen.

In den letzten Monaten hatte ich ihn so manche Stunde mit dem Fernglas beobachtet: ihm zugesehen, wie er Öl und Kräuter zu sicherlich unglaublich schmeckenden Salatsoßen zusammenrührte. Ich hatte verfolgt, wie seine kräftigen Arme Prosecco-Flaschen von ihren festsitzenden Korken befreite, und ich hatte seine Partner ausgespäht. Ich hatte Christian so oft beobachtet, daß mir sogar das verführerische Spiel seiner Augen vertraut war. Inzwischen wußte ich genau, wie er seine Gäste einspann, um sie dann aus meinem Blickfeld zu führen.

Einmal ist es mir sogar vergönnt gewesen, ihm beim Sex zuzuschauen. Christian hatte gerade ein buntes Nudelgericht aufgetischt, da schob der Gast Teller und Gläser mit dem Arm zur Seite, packte Christian und zwang ihn auf den Tisch hinunter. Und während er den Kopf meines Nachbarn hart auf die Tischplatte drückte, zog er seinen Dicken heraus, spuckte darauf und rammte ihn Christian in den Hintern.

Da war eine Rohheit und Wildheit im Spiel gewesen, die mich elektrisierte. Zum einen wollte ich Christian zu Hilfe eilen, zum anderen beneidete ich den Gast darum, diesem stattlichen Kerl so einen Schmerz zufügen zu dürfen.

Seit Christian hier lebte, hatte ich nie versucht, Kontakt mit ihm aufzunehmen. Es wäre mir viel zu nah gewesen, so Fenster an Fenster. Man wäre sich wieder begegnet, hätte sich unterhalten müssen, womöglich so tun, als finde man Gefallen aneinander.

Zweimal sind wir uns über den Weg gelaufen. Auf dem Viktualienmarkt hätte er mich fast umgerannt. Damals sah ich seine Augen; sie waren grün wie Gras, grün wie der Frühling, grün wie die kühle Entspannung nach einem Orgasmus. Und einmal im Durchgang unter einer Baustelle. Dort roch ich seinen Atem; Alkohol spielte darin, ein Hauch von Meer und Weite.

Von dem kalten Blitzen des Blaulichts durchfahren, fiel mir auf, daß ich noch nie seine Stimme gehört hatte, wenigstens nicht direkt. Nur in den ersten Tagen, kurz nach seinem Einzug, war der Herbst noch warm genug gewesen, um das Fenster offen zu lassen. Da war einmal sein helles, verschwenderisches Lachen zu mir herüber gedrungen. Aber sprechen, den Klang seiner Worte, sprechen hatte ich ihn bis dahin nicht gehört.

Noch bevor ich eine Chance hatte, über meine Aufregung nachzudenken, oder den Schweiß, der auf meiner Stirn fror, oder den sauren Geruch, der sich noch heute in meine Nase legt, sobald ich meine Augen schließe und mich daran erinnere, war der Rettungswagen abgefahren und weder von seinem Blaulicht noch von seiner Sirene etwas zu vernehmen.

Auch die Nachbarn, die kurz zuvor im Blaulicht wie erschrockene Kaninchen ausgesehen hatten, hatten die Vorhänge längst wieder zugezogen und die Lichter gelöscht. Nur ich stand noch da, umhüllt von weißem Atem. Erst nach und nach spürte ich das tiefe Zittern, das mich ergriffen hatte, und den beißenden Schmerz der Kälte, der sich langsam bis in mein Gehirn vorarbeitete. Dann ging ich nach oben.

Noch bevor ich den Mantel auszog, suchte ich fieberhaft nach Tabak – ich rauche sehr gern, aber ich hasse Zigaretten. Es gibt kaum einen Ausdruck größerer Gehetztheit und nichts Genußfeindlicheres als diese schnell verpuffenden Glimmstengel.

Christian auf der Trage zu sehen hatte mich völlig aufgebracht. Und anstatt mir Zeit zu nehmen, um diese Aufruhr wirklich zu verstehen, lief ich wie tollwütig durch die Wohnung. Egal wohin ich schaute, überall starrten mich seine großen, hohlen Augen an, aus denen Hilflosigkeit herausschrie.

Raphael, Raphael. Ich begann ihn zu verstehen. In meiner Ahnungslosigkeit meinte ich, ein Stück seiner Erlebniswelt aufgesammelt zu haben, etwas von dem nachempfinden zu können, was ihn trieb. Wenn mich das schon so in Aufruhr versetzte, daß ein Nachbar überraschend von Sanitätern abgeholt wird, wie mochte es da einem gehen, der diesen Menschen liebte? So wie ich nicht mehr ich selbst war, mußte Raphael das Gefühl haben, daß ihm etwas entrissen wurde, ja, als hätte ihm jemand bei lebendigem Leibe ein Organ entnommen. Mit dem Tod seines Liebsten war auch etwas in ihm gestorben.

Meine Gehetztheit erschöpfte mich, so ging ich ins Schlafzimmer hinüber und legte mich aufs Bett. Da fiel mir noch ein Grund ein, niemals einen Mann mit nach Hause zu nehmen: Menschen, die man liebt, sterben, und man bleibt allein zurück. Nein, so was muß man sich nicht antun.

Christian, Raphael. Sie gaben ein perfektes Gespann ab. In meiner Vorstellung sah ich sie in einem Krankenzimmer. Das von Licht überflutete Bett stand unter einer Dachschräge. Zu Raphaels Linken schaute ein Fenster hinaus in die schwarze Nacht. Er saß bleich da, seine Hand auf dem Bein des Liebsten.

Durch dieses Bild verstand ich seinen Schmerz noch ein bißchen besser: Bald würde dieser Mensch aus Raphaels Leben verschwinden, und das würde den Grund abgeben, warum er verzweifelt durch die Straßen lief.

Ich schaute mir diese Szene genau an, denn ich wollte sie am Morgen aufschreiben. Es war still um die beiden; sie sprachen nicht, sie bewegten sich nicht einmal. Aber das Bild lebte, denn über dem Kopf des Kranken hing ein Kästchen, und es gab ein Glasröhrchen darin, in dem ein kleiner Ball tanzte. Ein blauer Schlauch führte zur Nase des Kranken hinunter.

Und noch etwas fiel mir an diesem Bild auf: Da waren zwei weitere Schläuche. Sie kamen unter der Bettdecke hervor und leiteten blutrote Flüssigkeit in einen Beutel, der seitlich am Bett hing.

Dieses Bild besaß eine unglaubliche Tiefe, es war so echt, daß es mir vorkam, als würde jemand Nadeln unter meine Haut stechen – ich glaube, ich erwähnte bereits, daß ich kein Blut sehen kann.

Eigentlich hätte ich froh sein müssen, weil es zusammenpaßte und meiner Geschichte ein wenig mehr Perspektive gab. Trotzdem fühlte ich mich unwohl dabei; irgend etwas an diesem Bild war mir unheimlich. Dann schlief ich ein.

Das Telefon weckte mich um neun, sonst hätte ich, wie üblich, in den Nachmittag hinein geschlafen.

„Hallo, Maximilian, Gerd hier. Ich hoffe, ich habe Sie nicht aus Ihrem Dornröschenschlaf geweckt."

Oh, wie mir dieser Mensch auf die Nerven gehen konnte. Gerd Grassmann ist Chefdramaturg bei der Produktionsgesellschaft, für die ich Drehbücher schrieb. Er war ein netter Kerl, aber irgend etwas an ihm machte mich regelrecht krank. Ich weiß nicht, ob es seine linksrheinische Fröhlichkeit war oder diese Angewohnheit, das „R" irgendwo weit oben zwischen den Ohren zu rollen.

„Aber nein", log ich und schielte auf die Uhr. „Ich war schon seit zwei Tagen nicht mehr im Bett. Ich sitze nur noch am Schreibtisch und arbeite an Ihrem Drehbuch."

Gerd machte eine Pause. Vermutlich fragte er sich, ob ich ihn verarschte. Ich hielt derweil den Hörer zu und gähnte.

„Ähm, ach so, weil ... Sie wollten mich gestern angerufen haben."

„Ach, du meine Güte!" Ich tat ganz entgeistert. „Das habe ich wohl völlig vergessen. Warum hatte ich Sie anrufen wollen?"

„Na, wegen dem Manuskript. Mensch, Maximilian, machen Sie mich nicht schwach. Sie bringen mich hier in die höchste Bredouille."

Wie hoch kann eine Bredouille schon sein? fragte ich mich, strich mir der Korinthenkacker doch stets jeden Tippfehler an – als könnte man sie im Fernsehen hören.

„Ich habe alles im Griff. Ich hatte nur gestern noch eine unglaublich geniale Idee. Is 'n richtiger Renner, Chef. Sie werden begeistert sein. Versprochen. Ich bin dabei, alles noch mal umzuschreiben."

„Das will ich hoffen, Maximilian. Ich will das ganze Manuskript übermorgen, klar? Sonst holt Sie der Teufel. Mittwoch um vier."

Übermorgen? Er hatte übermorgen gesagt. Der Abgabetermin war eigentlich auf morgen angesetzt gewesen. Übermorgen! Das gab mir noch über fünfzig Stunden Zeit. Eigentlich ein realistisches Maß, hätte ich mich gleich hingesetzt und gearbeitet. Aber die Aufregung hatte seit der Nacht zugenommen, und solange die in meinem Magen tobte, war an Schreiben nicht zu denken.

Ich schlüpfte in meinen Bademantel, setzte mich in die Küche und zündete mir erst mal einen Zigarillo an. Soviel Zeit für das Drehbuch, es war mir fast ungeheuer, doch die neue Frist würde das Donnerwetter nur hinausschieben. Ich begann schon mal über eine mögliche Ausrede nachzudenken. Mal sehen, welche hatte ich denn noch nicht benutzt?

Ich setzte Kaffee auf und zündete mir einen zweiten Zigarillo an. Es ärgerte mich. Diese Scheiß-Drehbücher verdarben mir noch den Genuß am Rauchen. Da schellte es an der Tür.

Frau Moser stand davor, die aufgrund ihres Buckels Mühe hatte, zu mir aufzuschauen.

„Aber Frau Moser", sagte ich. „Welch eine Überraschung. Kommen Sie herein. Ich habe gerade Kaffee aufgesetzt."

„Nein, Herr Roth, um Gottes willen." Sie wehrte mit ihrer knochigen, altersbefleckten Hand ab. „Ich komm grad vom Einkaufen und bin froh, wenn ich wieder in meiner Wohnung bin. Die Treppen, Sie wissen schon."

Ich schaute zu dem kleinen Netz hinunter, das sie in der Hand trug, und entdeckte zwei Tüten Fertigsuppe darin.

„Beim Müll runterbringen fand ich diese Geldbörse im Schnee", sagte sie und hielt mir das nasse Teil vor die Nase. „Es ist von dem jungen Nachbarn, der gestern abend von den Sanitätern abgeholt wurde. Mei, is des nicht schlimm? So ein junger Mann.

Und immer so freundlich. Ich weiß gar nicht ..." Sie senkte den Blick. „Na ja, jedenfalls."

Frau Moser war manchmal etwas verwirrt, aber ich fand, daß sie mit vierundneunzig geradezu ein Recht darauf hatte. Wenn sie anfing zu labern, versuchte ich freundlich, sie wieder auf den Punkt zurückzuführen.

„Das ist ja schlimm", sagte ich.

„Was?"

„Na, daß er das Portemonnaie verloren hat."

„Ach so, ja. Also, diese Geldbörse, die gehört dem jungen Nachbarn, der gestern abend abgeholt wurde. Schrecklich nicht? Jetzt hat er gar kein Geld. Was soll ich nur machen?"

Ich nahm sie ihr aus der Hand. Vom Ausweis bis zur Kreditkarte war alles darin. Er würde sie im Krankenhaus brauchen.

„Lassen Sie es hier, Frau Moser. Ich kümmere mich schon darum."

„Mei, des is wirklich nett. Ich hätt jetzt gar nicht gewußt, was ... Also, vergelt's Gott. Die jungen Männer heut, die sind schon was Besonderes." Sie wackelte auf die Treppe zu, dann drehte sie sich noch mal um und sagte: „Und richten'S ihm bittschön einen Gruß aus. Er is ja so nett, der junge Herr. Das hat er gar nicht verdient. Hoffentlich is es nix Schlimmes. Gute Besserung, gell? Gute Besserung."

Drei Eurocheques mit fortlaufender Nummer und eine Liste der ausgestellten Cheques. Drei Hundertmarkscheine, vier Fünfziger, drei Zwanziger, sechs Zehner. Eine Plastikmarke für den Einkaufswagen im Supermarkt, Kleingeld. Ein Schlüssel mit winzigem Griff.

Eine U-Bahn-Karte mit vier entwerteten Streifen. Kreditkarten: Goldene American Express, Diners, Master, goldene Visa. Eine Telefonkarte zu zwölf Mark. Die Medicard von der Krankenversicherung. Visitenkarten mit seinem Vornamen und seiner Telefonnummer in burgunderroter Schrift auf hellblauem Bütten.

Lumier. Christian Frederic. 23. Mai 1968. Toulouse. Deutsch / 03.03.03. 8011739251D<<6803231<0303035<<<<<<2. Seine gegenwärtige Anschrift in München. Größe: 189 cm. Augenfarbe: grün. Behörde: Landeshauptstadt München Kreisverwaltungsreferat. Datum: 02.03.93.

Ein Zettel, auf den schwer entzifferbar ein Name mit Telefonnummer gekritzelt wurde: Gerke v. Leiden? Der Name sagte mir etwas, aber ich habe ein schlechtes Namensgedächtnis.

Aus Langeweile hatte ich in seinem Portemonnaie herumgeschnüffelt, und was ich fand, verriet mir ein bißchen mehr über Christian. Einen Moment lang beschäftigte mich die Frage, wie er, der Franzose, dazu kam, als Deutscher registriert zu sein. Ob sein Vater Soldat war, wie meiner es gewesen ist? Aber ich verlor daran schnell das Interesse, die Sache war mir ehrlich gesagt ziemlich lästig. Ich erwähnte bereits, daß ich es hasse, in die Probleme und Nöte anderer Menschen verwickelt zu werden. Ich wollte das Portemonnaie an der Pforte abgeben und dann schnell wieder verschwinden.

Herauszufinden, in welches Krankenhaus Christian gebracht worden war, war nicht schwierig. Die Auskunft hatte mir die Nummern aller Kliniken der Stadt genannt, und schon nach dem dritten Anruf war ich fündig geworden: in eine Universitätsklinik.

Die Straßenbahn spuckte mich direkt vor dem Haupteingang aus; der behäbige Bau lag schwermütig in der Schneelandschaft, über ihm die strahlende Sonne. In der Bahn hatte ich bemerkt, welche Kraft sie schon wieder entwickelte. Unter der geschlossenen Schneedecke hatten sich kleine Rinnsale zu größeren Strömen Schmelzwasser gebildet, die bedächtig in den Gullys der Stadt verschwanden.

„Nein, die nehme ich nicht an", sagte der Pförtner und setzte sich in seinem Stuhl zurück, er könne die Verantwortung nicht übernehmen. Eine Fundstelle gebe es auch nicht. Ich könne es höchstens mal in der Patientenaufnahme versuchen, aber auch dort würde ich kein Glück haben, erklärte er mir: „Da hätten wir viel zu tun, würden wir den Patienten ihren liegengelassenen Krempel nachtragen."

„Was soll ich dann damit anstellen?" fragte ich ihn und setzte ein freundlich-ironisches Lächeln auf. Ich war kurz davor zu platzen.

„Wenn Sie mir seinen Namen sagen, dann kann ich herausfinden, auf welcher Station er liegt."

Weil ich Christians Nachnamen zuerst französisch ausgesprochen hatte, mußte ich ihn in der Folge buchstabieren, bevor ihn der Pförtner verstand. Dann sagte er mir, auf welcher Station und in welchem Zimmer ich ihn finden würde, und beschrieb mir den Weg dorthin.

Kaum verließ ich das große Foyer, durchtränkte mich schon der Geruch von Krankheit. Freiwillig wäre ich nie hineingegangen. Noch heute beißt es mir in der Nase, brennt es in meinem Rachen bis hinunter in meine Lunge, sobald ich einen Menschen im Rollstuhl sehe.

Das Sonnenlicht flutete durch die Fenster in die weitläufigen Gänge und zeichnete die Abbilder der nackten Bäume auf den blankpolierten Boden. Vor der Aufnahme saßen Patienten, die mit ihrer Unterschrift das Krankenhaus von jedweder Verantwortung entbanden. Andere irrten in Bademänteln umher. Sie hatten grünlichgelbe Schatten im Gesicht, Infusionsständer im Schlepptau oder quälten sich mit Krücken ab. Vor den Behandlungsräumen bangten die Patienten, denn wer wußte schon, was im eigenen Körper lauerte?

Es ist beklemmend, wenn man sich als Gesunder unter Kranke begibt. Es klingt albern, aber ich empfand es fast als unverschämt, aufrecht und kräftig an ihnen vorbeizumarschieren. Ich wagte es nicht, ihnen in die Augen zu sehen. Oh, wie ich Kliniken hasse!

Ich nahm den Aufzug in den dritten Stock und trat auf einen hellen Gang hinaus. Die Station lag unter dem Dach, das Fenster blickte auf eine karge Baumkrone hinaus. Die Wände waren weiß, als hätte man sie eben frisch gestrichen. Etwas weiter hinten beulte sich ein Glaskasten aus der Wand wie ein Erker. Drinnen saß eine Schwester und schrieb. Über den Türen der Krankenzimmer waren Lichtleisten angebracht. Eine leuchtete grün, eine andere blinkte rot, dazu ertönte ein Summen, das mir durch Mark und Bein ging. Zwei Pfleger kamen im Eilschritt angelaufen, ich wendete mich schnell ab.

„Einer Ihrer Patienten hat seine Geldbörse verloren."

Die Schwester schaute auf: „Wer ist es denn?"

„Christian Lumier", sagte ich in meinem besten Französisch.

„Ja, der liegt bei uns. Gleich dort vorne rechts." Sie deutete auf die Zimmertür am Ende des Gangs.

„Würden Sie sie ihm bitte geben?"

„Nein, das tun Sie am besten selbst", antwortete sie freundlich. „Mit Geld ist das immer so eine Sache, wissen Sie."

Zögerlich drehte ich mich um. Was würde mich hinter dieser Tür erwarten? Zerschnittene Gesichter, Verkehrsunfallopfer, Schläuche, Geräte …

Ich schaute die Schwester noch einmal bettelnd an.

„Sie können ruhig rein gehen. Er ist wach. Er freut sich bestimmt über Besuch."

Ich schlich an der Küche vorbei, an einem gekachelten Zimmer, in dem große Bottiche mit blauer Flüssigkeit standen und ein eigenartiger Glaskasten auf Rollen mit Eingriffen, an denen schwarze Gummihandschuhe befestigt waren. Dann stand ich schon vor seinem Zimmer.

Mutig klopfte ich an, drückte die Klinke herunter und trat ein. Zu meiner freudigen Überraschung lag Christian allein. Das Zimmer war großzügig geschnitten: ein Tisch, zwei Stühle, Schränke, ein Fernseher, der gerade lief.

Von der Tür aus sah ich nur seinen Hinterkopf, die kurzgeschorenen schwarzen Haare, die sich schon etwas lichteten.

„Entschuldigung", sagte ich, aber er hörte mich nicht, so trat ich näher an ihn heran.

„Entschuldigung!" Er wendete sich mir zu. Auf seiner Stirn standen Schweißperlen, seine Haut glänzte fahl, seine geröteten Wangen schienen geschminkt. Er war magerer als in meiner Erinnerung, und er wirkte kraftlos und erschöpft. Mir fuhr ein Schrecken durch die Glieder.

„Frau Moser hat Ihre Geldbörse gefunden." Ich hielt sie ihm hin. „Ich dachte, ich bringe sie Ihnen vorbei. Sie werden sie hier brauchen."

Christian hielt sich die Hand vor den Mund und hüstelte, dann zog er sich mit nur einer Hand am Bettbügel hoch, weil an der anderen eine Infusion angeschlossen war. Ich sah die Nadel unter seiner Haut und zuckte.

„Danke", sagte er und lächelte erfreut. „Ich habe sie schon vermißt und sehr gehofft, ich hätte sie zu Hause liegenlassen." Er zögerte. „Aber wie haben Sie gewußt …?"

„Ihr Name steht doch auf dem Ausweis", sagte ich und setzte entschuldigend hinzu: „Ich mußte nachsehen, eben wegen des Namens."

„Ach ja. Ja, natürlich. Danke. Wirklich vielen Dank", sagte er. Dann zogen sich seine Augenbrauen einen Moment lang zusammen. Ob er mich erkannt hatte?

„Keine Ursache", sagte ich und wollte gehen.

„Ich hoffe, Sie mußten sich deswegen keine Umstände machen?" Nun war er es, der schnell sprach und fast ein wenig zu laut.

„Nein, nein", beruhigte ich ihn, „ich war sowieso gerade in der Gegend."

„Ich weiß gar nicht … eigentlich steht Ihnen ja ein Finderlohn zu."

„Aber ich bitte Sie." Ich warf die Hände abwehrend in die Luft. „Ach ja, ich hätte es fast vergessen: herzliche Grüße von Frau Moser. Und gute Besserung. Das wünsche ich Ihnen natürlich auch." Ich versuchte ihm in die Augen zu schauen, aber es wollte mir nicht so recht gelingen.

„Danke", antwortete er. „Ich würde Ihnen ja gern was anbieten", sagte Christian. „Aber mein Butler, das dumme Ding, hat wieder mal vergessen, die Bar aufzufüllen. Ich werde ihm wohl doch noch kündigen müssen."

Er hatte Humor, das gefiel mir. Ich spielte mit: „Wie schade. Ich hatte eigentlich erwartet, daß hier eine flotte Cocktailparty im Gange wäre."

Er lachte. Dann drückte er auf einen Knopf, das Kopfende seines Bettes fuhr hoch, und wies mich an, Platz zu nehmen. Es war so auffordernd, daß mir nichts anderes übrigblieb.

„Sie wohnen im Vorderhaus, nicht", stellte er fest.

„Stimmt", sagte ich kurz – ob er mich beim Spitzeln beobachtet hatte? – und setzte meine souveränste Miene auf.

„Sind wir uns nicht schon mal über den Weg gelaufen?"

„Ich glaube schon", antwortete ich und merkte, daß ich den Atem anhielt.

Die Tür sprang auf, das Echo von kaltem Metall durchschnitt unser Gespräch, und schon standen ein Arzt und eine Schwester neben dem Bett.

„So, Herr Lumer", sagte der Arzt, und ich hätte ihn fast korrigiert. „Wie geht's uns denn heute?" Er erwartete offenbar keine Antwort, denn er schaute nicht den Patienten an, sondern in das Krankenblatt. „Hmhh, gefällt mir gar nicht. Das werden wir uns gleich mal ansehen." Dann legte er mir die Hand auf die Schulter und sagte mit dem Blick zum Fenster hinaus: „Darf ich?"

Ich stand auf.

„Wenn Sie Ihren Besuch bitten würden, draußen zu warten, Herr Lumer."

„Lumier", sagte ich bissig. Die Respektlosigkeit des Arztes erboste mich.

Christian schaute mich überrascht an.

„Ich wollte sowieso gerade gehen", murmelte ich und winkte ihm über den Kopf des Arztes hinweg zu, der sich noch ein zweites Paar Plastikhandschuhe überstreifte.

Ich war schon an der Tür, da bat mich Christian, doch mal wieder vorbeizuschauen.

Um ihm zu zeigen, daß ich seine Einladung gehört hatte, drehte ich mich um. Die Bettdecke war zurückgeschlagen, und Christian rollte sich gerade auf die Seite. Die Haut auf seinem Rücken war gläsern und die Schatten zwischen seinen Rippen so prägnant, daß ich sie hätte zählen können. Da machte sich der Arzt an zwei mit blutroter Flüssigkeit gefüllte Plastikschläuche zu schaffen, die aus seinem Rücken heraus in große Beutel führten.

Ich schluckte. Meine Beine begannen zu kribbeln; ich konnte sie förmlich schreien hören: „Lauf weg! Lauf weg!" Aber etwas hielt mich fest, als hätte ich Wurzeln geschlagen.

So muß sich ein Mensch fühlen, der seinem kranken Liebhaber bei der Behandlung zuschaut, sagte ich mir und versuchte gespannt, jedes Detail dieses erschreckenden Anblicks festzuhalten. Aber der Knoten in meinem Magen wurde zu Übelkeit, die mir den Hals hinaufkroch. Gleichzeitig breitete sich Kälte in meinem Körper aus, als hätte mich jemand in nasse Tücher gewickelt. Und dann stellte sich die Angst ein, im nächsten Moment ohnmächtig zu werden.

Ich stürzte keuchend aus dem Zimmer und dachte nur noch daran, daß sich jetzt jede Menge viel zu warmer, bakterienschwerer Krankenhausluft auf meine Atemwege legen würde und jede Pore meines Körpers verstopfen.

Eine Krankenschwester lief mit einer Bettpfanne an mir vorüber. „Geht's Ihnen nicht gut?"

Weil ich nicht antworten konnte, stellte sie die Schüssel ab und führte mich zu einer Trage auf dem Gang. Dort wies sie mich an, die Beine hochzulegen. Kurz darauf erschien sie mit einer jungen Ärztin im Schlepptau. Sie sah mich mitfühlend an, dann legte sie ihre schwache, kühle Hand auf meine Stirn und leuchtete mir mit einer kleinen Lampe in die Augen. Ich japste immer noch nach Luft.

„Schon gut", sagte sie mit engelssanfter Stimme und schob mir den Ärmel zurück. „Es wird Ihnen gleich besser gehen." Da reichte die Schwester der Ärztin eine Spritze. „Das haben wir gleich", sagte sie.

Ich wollte mich noch wehren, aber der Anblick der Nadel, die Vorstellung davon, gestochen zu werden, genügte, mich willenlos zu machen. Ein Stich, dann Wärme und Entspannung. Das Bild – Krankenzimmer, Bett, Christian, aus dessen Rücken blutgefüllte Plastikschläuche führen – trat zurück, und ich begann wieder die Dinge vor meinen Augen zu sehen: zwei Frauengesichter, Pappkassetten mit unzähligen Löchern, von weißen Schienen zusammengehalten, dazwischen panisch flackernde Neonröhren, eine Wand.

Die Ärztin legte mir wieder die Hand auf die Stirn, und dann löste sich die Enge in meiner Brust.

Raphael in schneeverschneiten Straßen, Christian im Krankenhaus, Raphael am Bett, die Hand auf dem Körper des anderen, Christian an den Schläuchen, ein blubberndes Sauerstoffgerät. Die Panik wich, aber das unheimliche Gefühl vom Abend zuvor kroch wieder in meine Knochen. Ich dachte noch, nein, ich hoffte noch, daß es von der Wirkung der Spritze herrührte, dann fiel ich in einen tiefen Schlaf.

„Sie haben so tief geschlafen, wir wollten Sie nicht wecken", entschuldigte sich die Schwester, als ich kurz vor Mitternacht an ihr Kabäuschen klopfte. Mein Kopf fühlte sich an wie Watte, mein Körper entspannt wie schon lange nicht mehr.

Ich hätte hyperventiliert, erklärte sie mir, und daß mir die Ärztin Valium gespritzt habe – allein das Wort „gespritzt" ließ es mir erneut kalt den Rücken hinunterlaufen. Es sei ja nichts Außergewöhnliches bei Menschen wie mir, sagte sie dann noch, lächelte und setzte vorsichtig hinzu: „bei so sensiblen Menschen wie Ihnen."

Ich trank das Glas Wasser leer, das sie mir anbot, und wankte hinaus. Nichts wie weg hier, sagte ich mir und hoffte inständig, diesen Laden nie wieder betreten zu müssen.

Draußen war es eisig, der Himmel sternenklar. Eine Brise fegte durch die Straßen, in der dieselbe Kraft lag wie in einem Rinnsal, das über Tausende von Jahren hinweg einen Felsen auszuhöhlen vermag.

Ich schlüpfte in den Fond einer Taxe. Es roch muffig darin, aber es war angenehm warm. Ich bat den Fahrer, mich herumzugondeln, dann ließ ich den Kopf auf die Rückenlehne sinken und schaute durch die Heckscheibe in den Himmel.

Dieses unheimliche Gefühl begleitete mich immer noch, aber da war auch eine Leichtigkeit. Wenn ich so recht darüber nachdenke, war es vielleicht gar nichts Unheimliches, sondern einfach nur etwas Ungewohntes, etwas, was ich an mir nicht kannte.

Denn neben all dem fühlte ich mich gut drauf, seit Jahren war ich mal wieder richtig glücklich.

Ich schaute in den Himmel und genoß es einfach. Ich wollte es genießen, solange es anhielt, denn daß es wieder vergehen würde, dessen war ich mir sicher. Der Taxifahrer kutschierte mich durch die Stadt, meine Augen hüpften von einem Stern zum nächsten, und meine Gedanken eilten hinterher.

Ich dachte an Raphael in den Straßen, an Raphael am Bett des Kranken. Um es mir bildlicher vorzustellen, rief ich mir das Bild von Christian in seinem Krankenzimmer ins Bewußtsein und die Behandlung durch den Arzt.

Raphaels Empfinden wurde für mich nachvollziehbarer, wirklicher, handfester. Endlich eine Geschichte, dachte ich, das wird meine erste eigene Story. Und langsam breitete sich in mir die Gewißheit aus, daß es eine verdammt gute werden würde.

Plötzlich hatte ich die zündende Idee: Als hätte ich es in den Sternen gelesen, sah ich, daß mein Raphael, jener, der da verloren durch die verschneite Stadt wanderte, seinen Liebhaber am Krankenbett kennenlernt, ja, sich sogar dort in ihn verliebt. Von Anbeginn ist er sich der Aussichtslosigkeit dieser Beziehung im klaren und weiß, daß ihre Liebe keine Zukunft haben kann. Aber das hält ihn nicht ab. Er verliebt sich ganz und gar, verbringt seine Zeit mit dem Kranken bis zur letzten Stunde. Und wie der Vater seine Tochter dem Bräutigam an die Seite stellt, gibt Raphael seinen Geliebten dem Tod an die Hand – und findet darin sein Glück.

Es war so kitschig, daß sich mir die Haare aufstellten. Der Plot war einfach und genial zugleich, so flach, daß er die Herzen aller Zuschauer ergreifen würde, und das – schließlich funktionierten Seifenopern nach diesem Prinzip – das war der Weg zum Erfolg. Ich war von meiner Geschichte so ergriffen, daß es mir tatsächlich Tränen in die Augen trieb. Eric Segals *Love Story* würde dagegen zu einer Komödie verkümmern.

„Halt!" rief ich. Der Taxifahrer trat unwillkürlich auf die Bremse. „Lassen Sie mich aussteigen." Ich drückte ihm Geld in die Hand und sprang euphorisch aus dem Wagen. Es war weit nach Mitternacht, die Stadt starr vor Kälte. Ich atmete wie einer, der von den Toten auferstanden war. Ein Schwall unbekannter Energie stieg in mir auf. „Jetzt hab ich's!" rief ich in die Nacht hinaus. „Ich hab's, ich hab's, ich hab's!"

Tatsächlich hatte ich da etwas, aber was, das hätte ich mir damals in meinen kühnsten Träumen nicht einmal vorstellen können.

Es war schon drei Uhr morgens, als ich mich hinsetzte, um das Drehbuch für die Seifenoper fertigzuschreiben. Ich hatte noch genau siebenunddreißig Stunden; es würde knapp werden.

Der Knoten hatte sich gelöst, die Aufregung war verschwunden. Diese Raphael-Geschichte gab mir eine neue Perspektive, aber bevor ich mich daran setzen konnte, mußte ich meine Auftragsarbeit zu Ende bringen.

Ich breitete die grafisch umgesetzte Storyline vor mir aus: ein Poster, auf dem die Handlungsstränge mit den Personen aufgezeichnet sind, die wichtigen Ereignisse, die Ortswechsel und Dialoginhalte. Ich schaltete den Computer an, las mich in das Manuskript ein und stellte fest, daß es gar nicht so schlecht darum stand. Währenddessen leerte ich bereits die erste Flasche Rotwein. Dann begann ich Buchstaben zu Worten und Worte zu einem Manuskript zusammenzufügen. Draußen wurde es langsam hell.

So saß ich da, trank und schrieb, die halbe Nacht und den ganzen Tag. Am Abend hatte ich das Drehbuch zum ersten Mal durch, da fiel mir noch eine überraschende Wende ein, die die Geschichte ein wenig aufmöbeln würde. Es war nichts Besonderes, aber es verlieh der ohnehin dünn gestrickten Episode Dichte und könnte in den künftigen Folgen ausgebaut werden.

Aber zuerst brauchte ich eine Pause. Weit nach Mitternacht war ich dann mit dem ersten Durchlauf fertig. Die dritte Kanne Kaffee neigte sich dem Ende zu, da setzte ich den letzten Punkt auf die Seite. Jetzt kam der Endspurt, aber vorher brauchte ich noch eine Zigarre.

Ich öffnete den Humidor und ließ mich von dem muffig hölzernen Duft umfangen. Um mich wachzuhalten, mußte etwas Bitteres, Würziges her; ich hatte aber keine Zeit für eine meiner Torpedos: die Belicosos Finos von Bolivar. Da blieb mir nur noch eine La Gloria Cubana, also zog ich eine Medaille d'Or 3 aus dem Schrank, köpfte sie mit der Taschenguillotine und drehte sie in einer langen Flamme, bis sie zu glühen begann. Dann setzte ich mich zurück und ließ mich ein halbes Stündchen lang von Anita Cerquetti beflügeln.

Es war, glaube ich, während dieser kurzen Pause, daß mir auffiel, wie locker mir die Seifenopernepisode plötzlich von der Hand ging, ja, daß sie sich fast von selbst schrieb. Ich fühlte mich irgendwie berauscht und energetisiert. Selbst nach all den Stunden vor dem Computer und obwohl ich schon lange nicht mehr geschlafen hatte.

Es muß mir wirklich außerordentlich gutgegangen sein, denn ich erinnere mich noch, daß mir selbst der verbiesterte Zug im Gesicht von Teres wie ein warmes Lächeln vorkam, und ich hätte fast schon Mitleid mit ihr empfunden.

Teres, das ist meine Mutter; ihr Jugendbild hängt über dem Humidor. Ich rufe sie schon seit Jahren bei ihrem Vornamen, weil mir „Mutter" so schwer über die Lippen geht. In meiner Kindheit hätte ich es nie gewagt, sie so anzusprechen. Ein anderes Bild von ihr hätte ich übrigens nie aufgehängt – das zu erklären würde zu weit führen. Aber es muß mir an dem Abend sehr gutgegangen sein, wenn ich den harten Zug um ihre Mundwinkel herum als freundliches Lächeln interpretierte.

Genau so – stellte ich mir vor – muß sich ein Mensch fühlen, der sich gerade verliebt hat und weiß, daß er seinen Lover erst nach getaner Arbeit wiedersehen darf. Als mir das klar wurde, sprang ich auf und machte mich schnell wieder ans Schreiben, weil ich es nicht erwarten konnte, Raphael Gestalt zu verleihen. Ich hatte Sehnsucht danach, in seine Welt einzutauchen, ich hatte

Sehnsucht nach ihm – ein Gefühl, das mir bis dahin fremd geblieben war.

Im zweiten Durchlauf mußte ich noch einige Dialoge umschreiben, außerdem den Text von meinen typischen Tippfehlern bereinigen. Ich verwechsle oft Buchstabenfolgen, schreibe z.B. *ie* statt *ei*, *si* statt *is* oder *le* statt *el*. Flüchtigkeitsfehler, nichts weiter. Jedenfalls keine Koordinationsfehler oder gar Fehlschaltungen in meinem Gehirn, die von meinem hohen Weinkonsum herrührten, das versicherte mir zumindest ein Arzt.

Mittags um zwei hatte ich die Geschichte im Sack. Kaum war das Manuskript ausgedruckt, überfiel mich eine boshafte Müdigkeit. Am liebsten hätte ich mich noch ein paar Minuten hingelegt, aber ich wußte, daß ich den Termin dann verschlafen würde. So stieg ich statt dessen unter die Dusche und holte die Körperpflege nach, für die ich seit Tagen keine Zeit gehabt hatte. Zum Schluß begoß ich mich noch reichlich mit Rasierwasser.

Ich gefiel mir. Trotz aller Abgeschafftheit sah ich rosig in den Spiegel, und da lag ein junger, verspielter Zug um meine Augen, Abenteuerlust. Ich dachte an das bevorstehende Treffen, an den Chefdramaturgen und sein zugeknöpftes Gehabe. Ein Schmunzeln legte sich auf meine Lippen.

Mir blieb immer noch mehr als eine halbe Stunde, bevor ich mich zu dem Termin aufmachen mußte, genug, um in meinem Kleiderschrank zu stöbern. Ich trage üblicherweise schwarz. Das hat keinerlei psychologischen Hintergrund, Ehrenwort. Es ist nur einfacher. Aber heute wollte ich mich anders kleiden, heute wollte ich anders sein.

Ich zog den orangefarbenen Pullover heraus, den ich vor mindestens zehn Jahren in Salzburg erstanden hatte. Dabei fiel mir das paisleygemusterte Hemd in die Hände, das ich als verlegt abgeschrieben hatte. Dazu schlüpfte ich in die fast neonblaue Cargo-Hose.

Sehr gewagt, dachte ich mit einem Blick in den Spiegel, aber für meine Zwecke genau richtig. Dann raffte ich mein Manuskript zusammen, warf mir den Mantel über und rannte hinaus.

Bevor ich nun von dem Termin mit dem Chefdramaturgen erzähle, muß ich einiges vorwegschicken. Gerd Grassmann – ich nenne ihn den „König der Seifenopern" – ist ein großer Mann mit einem durchaus imposanten Auftreten. Er trägt rotblondes Haar und einen Vollbart, den er sehr kurz hält.

Gerds blaue Augen haben etwas Stechendes, entsprechen durchaus seinem zielgerichteten, nach Erfolg strebenden Charakter. Ich habe ihn nie in etwas anderem als Anzug und Krawatte gesehen, allerdings bevorzugt er, entgegen der Leidenschaft anderer Yuppies, die Farben Beige, Braun und Khaki – welche ihm tatsächlich auch gut stehen.

Zu seinem Auftreten gehörte dieses Dominante, Machohafte, was mich ... Nein, ich muß anders herum anfangen: Gerd Grassmann ist sehr gepflegt. Im Gegensatz zu mir stand da nie ein Härchen falsch. Da waren keine Falten in seinen Hemden zu entdecken, keine Flecken auf seinen Krawatten. Zu dem Zeitpunkt arbeitete ich bereits mehr als zwei Jahre für ihn, und ich konnte mich nicht erinnern, ihn zweimal im selben Outfit gesehen zu haben.

Es gab also Anzeichen genug, einen „Gleichgesinnten" in ihm zu vermuten. Dem aber stand sein hartes, und wie ich schon sagte, machohaftes und dominantes Auftreten gegenüber. Ich sage dies mit aller Vorsicht, denn meine Gefühle für Gerd haben sich verändert. Aber ich habe mir ja vorgenommen, die Geschichte chronologisch zu erzählen.

Selbstverständlich hatten wir uns nie über unsere sexuellen Vorlieben unterhalten, auch bin ich ihm nie über den Weg gelaufen – wobei ich damals schon mit Sicherheit sagen konnte, daß Gerd von den Orten, an denen ich mich herumtrieb, nicht einmal etwas gehört hatte. Daß Gerd schwul war, wußte ich von einer gemeinsamen Bekanntschaft: Edvard. Der junge Antiquitätenhändler und ich sprachen einmal über unsere Berufe, da fragte er mich, ob ich Grassmann kenne. „Natürlich", sagte ich, „für den arbeite ich."

Edvard kennt wirklich die halbe Stadt – und die halbe Stadt kennt ihn. Gerd hatte Edvard wohl ein bißchen näher kennengelernt, vor Bernhard natürlich, das hörte ich jedenfalls aus Edvards Erzählungen heraus, und so schob ich gleich ein, daß es mir unangenehm wäre, wenn er Gerd von mir erzählte. Was natürlich völlig überflüssig war, denn, soweit kannte ich Edvard damals schon: Wenn er mir von Gerd erzählte, dann würde er Gerd auch auf mich ansprechen. Und wie man sich vorstellen kann, lag seit damals etwas in der Luft.

Um Viertel nach vier stürzte ich ins Café – Gerd traf mich seit neuestem gerne außerhalb seines Büros, weil er dort angeblich mehr Ruhe hatte. Er saß natürlich schon da, und ich sah ihm von hinten an, daß er kochte. Ich gebe zu, es machte mich ein wenig glücklicher.

„Gerd", sagte ich betont locker und schlug ihm die flache Hand auf die Schulter.

Er blickte auf, seine Augen weiteten sich kurz, wurden dann aber spitz wie seine Lippen.

„Maximilian." Er hielt mir die Hand hin, ohne aufzustehen. Ich griff danach, und er zog mich auf den Platz ihm gegenüber. Dort stand bereits ein Macchiato, den ich, wie er wußte, während unserer Gespräche immer zu mir nahm.

„Wie können Sie es wagen?" Er sah mich nicht an, aber er schaute mir auch sonst nur selten in die Augen. Obwohl er sich immer sehr forsch produziert, kam er mir eher verdruckst vor – „klemmschwesterig" eben.

„Bevor Sie sich eine Entschuldigung für die Verspätung abringen, möchte ich Ihnen sagen, daß Sie hart an der Grenze wandeln, Maximilian. Ich hoffe für Sie, daß Sie in der Einkaufstasche dort ein ordentliches Manuskript haben, sonst ..." Er machte eine dramatische Pause und ballte seine langen rotgolden behaarten Finger zu einer Faust.

Ich schmunzelte, weil ich seine Drohung nur allzu lächerlich fand – ich war wirklich ein Bastard.

„Sie verarschen mich doch, Maximilian. Ich warne Sie. Das ist nun das zweite Mal, daß Sie mich im letzten halben Jahr haben hängen lassen. Ein drittes Mal wird's nicht geben. Verstanden?"

Ich tat das Gemeinste, was man Gerd antun kann: Ich reagierte nicht.

Er musterte mich, und ich sah in seinen Augen, daß er meine veränderte Erscheinung zur Kenntnis nahm. Etwas daran stieß ihm auf.

„Was ist denn los mit Ihnen? Irgend etwas stimmt doch nicht. Ich kenne Sie gar nicht so." Er schaute mir jetzt sogar in die Augen, woraufhin ich meine Tasse hob und sie leertrank. Dann stellte ich sie wieder ab.

„Ich wüßte nicht ...", antwortete ich gelassen und freute mich, daß ich ihn irritierte. Dann zog ich das Manuskript aus meiner Tasche und schob es kommentarlos zu ihm hinüber – ohne ihn dabei aus den Augen zu verlieren.

Gerd starrte auf das Drehbuch, sagte aber nichts. Es schien, als wartete er darauf, daß das Papier zu ihm spräche. Dann zog er die Mundwinkel nach unten und legte die Hand darauf. Es sollte gönnerhaft wirken, glaube ich, als ob er sich überlegen müßte, ob er mit mir noch arbeiten wolle. Ich war das beste Pferd in seinem Stall, soviel stand fest.

Schließlich zog Gerd die Zusammenfassung der Episode heraus und überflog sie, ohne auch nur einmal mit der Wimper zu zucken. Anschließend knöpfte er sich wahllos ein paar Dialoge vor.

„Sie sollten in die Seite dreiundsechzig hineinlesen", sagte ich beiläufig und drehte meinen Kaffeelöffel zwischen den Fingern, während ich mich entspannt in meinem Stuhl zurücklehnte.

Er blätterte zur genannten Stelle und las. Ein Lächeln flog über sein finsteres Gesicht, kurz nur, dann unterdrückte er es gleich wieder. Alles Show.

„Ich werde das in Ruhe durchlesen. Sie haben es gerade noch mal geschafft. Aber ich überlege mir ernsthaft, ob ich Ihnen noch einmal einen Auftrag geben soll."

Er legte das Drehbuch beiseite, setzte sich zurück und schob die Daumen unter seinen knapp sitzenden Hosenbund. Ein Revolver an seiner Seite, ein wenig Kautabak in seinem Mund und er hätte mich mit der Coolheit seines Cowboy-Images überzeugt.

Ich schniefte kurz und rieb mir die Nase, verzog aber ansonsten keine Miene.

„Ich meine es diesmal ernst, Maximilian. Ich weiß, ich habe es schon so oft angedroht, es muß inzwischen inflationär klingen." Er begann seinen Worten besonderen Nachdruck zu verleihen. „Ich hab eine ganze Schlange von Leuten vor meiner Tür stehen, die für mich schreiben wollen."

Und als ich seinen Worten mit einem Lächeln begegnete, fügte er hinzu: „Ich brauche Sie nicht, Maximilian. Es geht auch mit einem anderen."

Hätte ich damals die Bedeutung dieser Worte verstanden, hätte ich spätestens jetzt einlenken müssen und mein Spiel aufgeben. Aber ich war nicht nur ein Bastard, ich war zudem noch taub. „Okay", sagte ich, sonst nichts, und wartete.

Gerd bewegte sich auch nicht. Aber er schaute mir zum zweiten Mal an diesem Nachmittag in die Augen. „Sie haben sich so verändert, Maximilian. Gibt es da etwas, das ich wissen sollte?"

Die Worte schmerzten mich ein wenig, aber ich wollte unbedingt meine Souveränität bewahren. „Es geht mir bestens", sagte ich und verschränkte die Arme.

Da wurde Gerds Kopf rot, er zitterte sogar ein wenig, als er sagte: „Sie verheimlichen mir etwas, Maximilian. Was ist es wert, soviel zu riskieren? Sie wissen genau, wie klein die Drehbuch-Welt ist."

„Ich verheimliche Ihnen nichts", sagte ich mit einem süffisanten Lächeln auf den Lippen. Ich gehöre ganz Ihnen. Sie können sich auf mich verlassen."

Erleichterung machte sich auf seinem Gesicht breit, aber auch die wollte er mich nicht sehen lassen. Er stemmte sich mit Schwung aus seinem Stuhl hoch, schob sich das Manuskript unter den Arm und klopfte mir gönnerhaft auf die Schulter: „Na dann, auf bald. Freitag in einer Woche ist Autorenkonferenz. Vielleicht hören wir vorher noch voneinander."

Ich nickte, Gerd ging davon.

„Chef", sagte ich, als er gerade noch in Rufweite war. Chef, mehr nicht, und er blieb stehen. Chef, das waren die vier Buchstaben der Versöhnung. Ich habe ihn nie als Chef akzeptiert, das wußte er genau. Aber in unserem Spiel signalisierten diese vier Buchstaben, daß ich ihm die Oberhand zugestand.

Und es wirkte. Jedesmal. Gerd blieb stehen. Nicht wie einer, der erstarrt, sondern wie einer, der seit zwei Stunden auf sein Rendezvous wartet, enttäuscht davonzieht und dann doch noch die liebliche Stimme des Verehrers hört.

Den Regeln gemäß drehte er sich aber nicht gleich um, sondern wartete, bis ich noch etwas sagte, daß ihn sein Gesicht wahren ließ. „Chef, ich brauche Ihre Hilfe."

Zögerlich setzte er sich wieder an den Tisch. Ich wendete den Blick ab und sprach leise, ganz so, als wären wir Agenten, die nicht entdeckt werden durften. Es sollte verschwörerisch klingen, geheimnisvoll.

Meine Raphael-Geschichte hatte Potential, dessen war ich mir sicher. Aber ich hatte noch nie ein Filmdrehbuch geschrieben. Und selbst wenn ich das hingekriegt hätte, wußte ich nicht, wie weiter damit verfahren, wie das Buch verkaufen, wie an den Mann bringen.

Ich hätte Gerd gut brauchen können. Er schaute auf eine lange Karriere als Dramaturg zurück und wußte genau, wie man eine Story erzählen mußte, damit sie den Zuschauer bannte und rührte. Außerdem verfügte er über unzählige Verbindungen in dieser Branche, und nur darin begründet sich Erfolg. Aber bevor ich ihm von Raphael erzählte, mußte ich ihn für mich gewinnen.

„Eigentlich wollte ich mit niemandem darüber sprechen. Sie wissen ja, wie gefährlich das in diesem Geschäft ist. Aber ich weiß, daß ich Ihnen vertrauen kann."

Er setzte sich auf. Ich hatte ihn schon auf meiner Seite, aber ich wollte auf Nummer Sicher gehen: „Ich habe mir da eine interessante Geschichte ausgedacht, könnte ein ziemlicher Erfolg werden. Ich wollte Sie als ersten fragen, ob Sie sie produzieren wollen."

„Reden Sie nicht um den heißen Brei herum, Maximilian. Worum geht's?"

„Um einen Kinofilm, einen richtigen Knaller."

„Sie haben doch so was noch nie geschrieben. Wie wollen Sie das denn auf die Reihe kriegen?"

Ich stützte mich auf und lehnte mich zu ihm hinüber. „Mit Ihnen an meiner Seite!"

Gerd lehnte sich zurück und spitzte die Ohren.

Und dann erzählte ich: „Stellen Sie sich vor: Zwei Menschen lernen sich kennen und verlieben sich ineinander."

„Ich bin begeistert", sagte Gerd enttäuscht und schaute auf die Uhr; ich hob die Hand.

„Einer von beiden wird sterben."

Er rollte die Augen gen Himmel. „Haben Sie schon mal *Love Story* gesehen. Die Geschichte ist aus den Siebzigern, Maximilian. Langeweile gähnt mich an, Langeweile."

„Der Clou ist, daß es beide von vornherein wissen."

Gerd wurde still; das Flimmern in seinen Augen verriet ihn. Er hatte angebissen.

„Sie lernen sich sozusagen am Sterbebett kennen. Und obwohl Ihnen klar ist, daß ihre Liebe keine Chance hat, verlieben sie sich ineinander. Beide wissen, worauf sie sich einlassen."

Gerd fuhr sich mit dem Zeigefinger über die Lippen. „Und womit wollen Sie anderthalb Stunden füllen?"

„Mit Druck auf die Tränendrüse: Weil die beiden keine Zukunft haben können, schaffen sie sich eine Vergangenheit."

„Wie?"

„Sie tun so, als würden sie sich schon Jahre kennen. Sie erzählen sich von den Reisen, die sie angeblich zusammen unternommen haben, von der gemeinsamen Wohnung. Sie erfinden ein superromantisches Kennenlernen, und sie haben Sex."

Er zuckte.

„Nein, nicht so richtig: Sie reden nur darüber und natürlich nur, was im Kino p.c. ist: Schmusen, in den Armen liegen und so Krams."

Gerd setzte sich auf, und ich lehnte mich zurück.

„Die Idee ist gar nicht so schlecht", sagte er und schaute mir nun schon zum dritten Mal in die Augen. Aber er wand sich. Er suchte nach Worten, die sich nicht zu sehr nach Kompliment anhörten. „Da könnte man vielleicht tatsächlich was daraus machen. Sie müssen aber auf zwei Dinge achten. Erstens: Wählen Sie keine Krankheit aus, die den Menschen entstellt. Zuschauer wollen keine häßlichen Menschen sehen, außerdem sparen Sie an Maske. Zweitens: Lassen Sie die Frau nicht an Krebs sterben, Krebs ist out."

„Natürlich nicht, schon klar!"

Gerd schaute mich einen Moment lang durchdringend an. „Und vergessen Sie Aids", sagte er sehr viel leiser als vorher und schaute sich um. „Kommen Sie bloß nicht damit an. Geht man nach dem Bewußtsein der Öffentlichkeit, gibt es diese Krankheit nicht."

Gerd sprach mit eiskalter Professionalität; mir läuft es kalt den Rücken herunter, wenn ich mich an das Gespräch erinnere. Was mich noch mehr erschreckt, ist die Tatsache, daß ich mit ihm übereinstimmte.

„Außerdem muß die Geschichte glaubwürdig rüberkommen. Sie brauchen unbedingt einen medizinischen Berater", riet er mir weiter. „Am besten wäre es, wenn Sie sich an einem authentischen Fall orientieren."

Ich muß ihn fragend angesehen haben, denn er erklärte: „Na, jemand, der wirklich ... Sie wissen schon ... sterben wird. Knöpfen Sie sich die Angehörigen vor, reden Sie mit ihnen, beobachten Sie die Menschen um den Sterbenden herum, und erzählen Sie genau das. Das macht die Geschichte lebendig."

„Wie stellen Sie sich das vor?"

„Nehmen Sie mit einem dieser – wie heißen die? – Hospizvereinen Kontakt auf."

„Und dann mache ich was? Gehe rein und sage: ‚Du stirbst sowieso. Laß mich ein Drehbuch darüber schreiben'?"

„Sie müssen das ja nicht so kraß formulieren. Ihnen wird da schon was einfallen."

Gerd machte mich wütend. Ich schoß aus dem Stuhl heraus und fauchte ihn an. „Da stirbt jemand, und ich soll sein Leid nutzen, um einen persönlichen Vorteil daraus zu ziehen?"

Gerd legte mir die Hand auf den Arm, doch ich entzog mich seinem Griff.

„Ich verstehe Ihre Bedenken nicht, Maximilian. Der Mensch wird sowieso sterben. Seine Angehörigen sind vielleicht sogar froh, jemanden zu haben, dem sie ihr Herz ausschütten können."

Heute weiß ich, daß Gerd niemals so kalt denken kann, geschweige denn handeln. Er hat sich nur an mir gerächt. Es war Teil unseres Spiels.

„Aber ich bereichere mich auf Kosten eines Sterbenden!" Ich hatte nun wahrlich keine sehr engen Vorstellungen, was Moral anbelangte, aber mit diesen Vorschlägen hatte er selbst in meinen Augen den grünen Bereich verlassen.

„Zahlen Sie ihm doch ein paar Mark", fügte er mit süffisantem Lächeln dazu. „Er wird es eh nicht mehr brauchen können."

Gerd ging, aber ich blieb noch einen Moment sitzen. Während ich auf meinen zweiten Macchiato wartete, verebbte meine Wut. Ich freute mich, Gerds Erfahrungen angezapft zu haben. Natürlich dachte ich nicht auch nur entfernt daran, ihn an dem Projekt mitarbeiten zu lassen. Ich wollte ihn lediglich benutzen, sozusagen als Revanche für die Nerven, die er mich in den letzten zwei Jahren gekostet hatte, und das war mir eben gelungen. Aber Grassmann war nicht dumm. Er würde sich nicht lange hinhalten lassen. Ich mußte vorsichtig sein, und mir nicht zu tief in die Karten schauen lassen. Welche Garantie hatte ich schon, daß er sich die Idee nicht unter den Nagel reißen und einen anderen Autoren damit beauftragen würde?

Und irgendwie hatte ich plötzlich den Verdacht, daß die Geschichte mit Gerd anders ausgehen könnte, als ich mir das vorstellte.

Ich frage mich, ob man nicht doch manchmal in die Zukunft schauen kann.

Ich war so übermüdet, daß an Schlafen nicht zu denken war. Die seltsame Aufregung hatte mich wieder fest im Griff; daran hatte auch das Treffen mit Gerd nichts geändert.

Vielleicht würde eine ausgiebige Erschöpfung helfen, dachte ich. Nach der Enttäuschung in der Sauna wollte ich diesmal auf Nummer Sicher gehen. Ich zog mich um – Bergsteigerstiefel, wasserdichte Barbour-Jacke, Jeans – steckte mir eine Taschenlampe, Gleitmittel und eine Handvoll Kondome in die Jackentasche und rief ein Taxi.

„Fahren Sie über die Landstraße zum Schloß Schleißheim" sagte ich zum Fahrer.

Er musterte mich – ich tat so, als würde ich es nicht wahrnehmen –, dann schaltete er das Licht im Fond aus und fuhr los. Immer wieder versuchte er, mich mit seinen Augen im Rückspiegel einzufangen, aber ich begegnete seinen Blicken nicht. Wenn er beschleunigte, rasselte das Getriebe, und man merkte dem Karren an, wie sehr er sich abmühen mußte.

Wir fuhren aus der Stadt hinaus, westlich entlang der Autobahn und dann auf das Schloß zu. Auf der alten Alleestraße, die sich in einer langen Kurve über ein Feld zieht, kann man die Bucht schon von weitem sehen. Ich richtete mich auf.

„Dort vorne." Ich deutete auf das Ziel meiner Abenteuerlust. „Lassen Sie mich bitte am Parkplatz raus."

Der Taxifahrer setzte den Blinker, während meine Augen im Dunkeln schon fieberhaft nach Zeichen suchten.

„An welchem Wagen möchten Sie aussteigen?" fragte er, und ich sah, daß er mich diesmal mit zugekniffenen Augen musterte. Es sollte wohl so klingen, als glaubte er, ich hätte mein Auto dort stehen und käme, um es abzuholen. Aber der süffisante Ton in seiner Stimme verriet ihn.

„Halten Sie einfach irgendwo", antwortete ich unmutig.

Er blieb stehen, drückte auf den Taxometer, schaltete den Motor aus und drehte sich zu mir um. „Zweiundsechzig Mark vierzig, bitte." Er muß meine Erregung wahrgenommen haben und genoß es sichtlich, mich mit seinen Augen zu bannen.

Ich hielt ihm hundert Mark hin. „Siebenundsechzig", sagte ich, viel zu großzügig für diesen Kerl, und hoffte, er würde sich dafür ein wenig beeilen. Aber nein. Er nahm den Schein und begann gemächlich in seiner Geldtasche nach Münzen zu wühlen. Ich dachte, er drehte sich wegen des besseren Lichts wieder nach vorne, und fügte deshalb hinzu: „Machen Sie siebzig." Es war *prime-time,* ich wollte keine Zeit wegen Kinkerlitzchen verlieren. Fünf Autos standen da, von den Fahrern keine Spur. Hinten sah ich noch drei Fahrräder an den Bäumen lehnen. Das würde genügen. Mein Körper begann zu beben; er gierte danach, sich ins geheimnisvolle Dunkel zu stürzen, Lauten zu folgen und Dinge zu befingern, die im Lichte nicht schöner sein könnten.

„Ähm. Wollen Sie nicht lieber hier im warmen Wagen bleiben?"

Irritiert richtete ich meinen Blick nach vorn. Da sah ich, daß er die Hose aufgeknöpft hatte und mir nun seinen erigierten Penis zeigte. Ich schaute mir den Mann, zum ersten Mal richtig an. Er war Anfang Dreißig, trug einen Vollbart und eine Che Guevara-Mütze. Der aufgeplusterte Parka ließ vermuten, daß er gutgebaut war. Gar nicht mein Geschmack.

„Also entschuldigen Sie mal, ich ficke doch nicht jeden!" sagte ich empört, dann stürzte ich hinaus in die Nacht.

Ich zog mir die Decke über die Brust, schaltete das Licht aus und schloß die Augen. „Jetzt hast du freie Bahn", sagte ich zu Raphael, in der Gewißheit, daß ich ein paar Wochen Pause hatte, bevor ich die nächste Episode würde schreiben müssen. „Komm und erzähl mir dein Leben."

Ich erwachte nach gut sechzehn Stunden Schlaf und wußte, daß ich von Raphael geträumt hatte. Ich konnte mich nicht konkret erinnern, ich merkte es vielmehr daran, daß ich die Welt ein bißchen anders erlebte.

Zum einen fühlte ich mich erstaunlich ausgeschlafen – ein Zustand, der mir fremd war. Zudem hatte ich Lust, gleich zu duschen und mich dabei auch noch zu beeilen, um danach Dinge zu erledigen und mich an die Arbeit zu machen – völlig fremd. Schon allein die Tatsache, daß ich aus dem Bett sprang, anstatt, wie üblich, mich Stunden darin herumzuwälzen.

Und dann passierte noch etwas, das mir gänzlich fremd war: Nachdem ich die Jalousien euphorisch hochgezogen hatte, sah ich die Fenster zu Christians Wohnung, was mich sofort an seine Einladung erinnerte. Ich machte mir plötzlich den Vorwurf, daß mein Verhalten auf ihn schlichtweg unhöflich gewirkt haben mußte. „Schauen Sie doch wieder mal rein", hatte er gesagt, und ich war voller Panik aus dem Zimmer gestürzt. Ich müßte ihn wenigstens anrufen.

Maximilian machte sich damals um solche Kleinigkeiten wenig Sorgen. Aber Raphael tat es. Während ich mich für den Tag fertigmachte, erinnerte er mich immer wieder daran. Eifrig wehrte ich mich gegen den Gedanken, Christian noch einmal zu besuchen. Es widerstrebte mir aus vielerlei Gründen. Ich hatte diesen Kerl ja mit dem Fernglas beobachtet und einen kleinen, lustvollen Mythos um ihn herum aufgebaut. Menschen näher kennenzulernen desillusioniert – noch ein Grund, niemals einen Mann mit nach Hause zu nehmen. Außerdem hätte ich in die gräßliche Klinik zurückgehen müssen, und das stand nun wirklich außer Frage.

Aber manchmal entscheidet man sich eben für etwas, obwohl es völlig widersinnig erscheint, und stellt später fest, daß es richtig war. Ich habe nicht zuletzt durch jene Ereignisse gelernt, daß das tatsächlich möglich ist.

Ich klopfte an und trat ein. Christian schaute von seinem Buch auf. „Welch eine Überraschung", sagte er und hüstelte.

„Ich war gerade in der Nähe", log ich, wickelte schnell die mitgebrachten Blumen aus und streckte sie ihm entgegen.

Christian klappte das Buch zu und schob sich im Bett nach oben. Er nahm die Blumen vorsichtig, als wären sie kleine, zerbrechliche Wesen, führte sie an die Nase und schnupperte daran. Sie waren rot, sahen so reif und voll aus, daß man annehmen mußte, sie würden einen satten Duft verbreiten.

„Es sind nur Ranunkeln", entschuldigte ich mich. „Sie riechen nicht. Hätte ich gewußt ..."

„Nein, nein, bitte." Er hob die Hand, und ich verstummte. Dann nahm er ein Blütenblatt zwischen die Finger und fühlte es. „Sie sind dünner als Seide, findest du nicht? Fast so wie ... Flügel von ... Fliegen."

Ich schmunzelte. So hatte ich Blumen noch nie betrachtet. „Ich mag Ranunkeln, weil sie so dichte Knospen haben", sagte ich. „Egal wie weit sie sich öffnen, ein Teil von ihnen bleibt immer verschlossen."

Er lächelte mich an, als hätte ich ihm ein Geheimnis verraten, legte die Blumen in seinen Schoß und drückte auf den Klingelknopf.

„Setz dich doch", sagte er und bedeutete mir, mich auf einen der zwei Stühle am Bettende zu setzen.

Er duzte mich. Ich muß dazu sagen, daß dies ein weiterer Grund war, den ich meiner Liste längst hinzugefügt hatte. Warum glaubte eigentlich jeder in der Szene, er könnte einen duzen? Man geht zum schwulen Zahnarzt, und er duzt dich. Man geht in einen Unterwäscheladen und wird von schwulen Verkäufern geduzt. Man wird interviewt, und der Journalist spricht einen mit Du an. Ich finde es unangenehm genug, daß man sich nicht dagegen wehren kann, von einem Partner der schnellen Nummer geduzt zu werden. Als gäbe man mit dem Schwulsein das Persönlichkeitsrecht ab, gesiezt zu werden.

Eigenartigerweise stieß mir das Du bei Christian nicht negativ auf.

„Ich bin dir übrigens sehr dankbar, daß du das Portemonnaie vorbeigebracht hast. Nicht nur wegen dem Geld ...", sagte er und wurde von der Schwester jäh unterbrochen.

„Na, mein Lieber. Wir haben uns heute noch gar nicht gesehen. Geht es dir gut?" Sie schaltete den Schwesternruf ab.

„Mir geht's blendend. Kein Wunder bei *der* Versorgung." Er strahlte sie an, während sie ihm mit dem Handrücken über die Wange strich. Ein Hüsteln.

Nicht nur wegen dem Geld, hatte er gesagt. Was meinte er damit?

„Was kann ich für dich tun?" fragte die Schwester.

Christian hob den Blumenstrauß auf. „Hast du vielleicht eine Vase?"

„Aber natürlich. Sind die von deinem Verehrer?" fragte sie und zwinkerte mir zu; ich war empört.

„Das ist ... mein Nachbar. Wie heißt du eigentlich?"

„Roth, Maximilian", antwortete ich und setzte schnell hinzu: „Sag einfach Maximilian."

„Also, Schwester Angelika. Darf ich vorstellen", sagte er und gestikulierte, als wäre ich ein Staatsbesuch. „Das ist Mäxx." Er sprach meinen Namen amerikanisch aus, und fortan war ich für ihn nur noch Mäxx.

„Freut mich, Mäxx", sagte sie und schüttelte mir die Hand. Dann stellte sie ihren Kopf schief. „Ihr Gesicht kommt mir bekannt vor. Sind Sie nicht vorgestern auf unserem Gang umgekippt?"

Christian schaute mich fragend an: „Du bist umgekippt?"

Ich wurde rot – und tatsächlich wütend. „Ich ... ich hatte einen anstrengenden Tag hinter mir", antwortete ich schnell. „Zuviel Kaffee getrunken, zuwenig gegessen." Dann sprang ich vom Stuhl auf, weil ich mir plötzlich wie bei der Inquisition vorkam.

Christian schaute mir in die Augen, viel zu intensiv für einen Menschen, den man gerade erst kennengelernt hat. Zuerst kam ich mir entblößt vor, aber ich merkte schnell, daß es kein Spott war. Sein Blick war eher wie ausgebreitete Arme.

„Selbstverständlich stell ich dir diese wunderschönen Blumen in eine Vase", sagte Schwester Angelika, steckte ihre Nase in den Strauß und ging. „Für dich tu ich doch alles." Sie zwinkerte ihm über die Schulter hinweg zu, dann war sie aus der Tür.

„Du kennst sie wohl schon länger", sagte ich, um einer weiteren Frage zu meinem Kollaps vorzubeugen.

„Angelika? Ja, das kann man so sagen." Er strich mit der Hand über das Buch, als müßte er den Umschlag glattstreichen, und legte es dann auf den Nachttisch.

Pause. Und da war sie wieder, diese komische Aufregung. Sie kam aus dem Nichts, aber sie hatte die Impertinenz auszuharren.

„Ich hab nur noch mal vorbeigeschaut, weil wir doch das letzte Mal unterbrochen wurden", sagte ich, um die Stille zu brechen. „Brauchen Sie, äh, brauchst du etwas? Kann ich was für dich tun?" Das Du ging mir schwer über die Lippen. „Nach der Post schauen, Blumen gießen?"

„Nein, nein, nicht nötig." Und nach einer kleinen Pause fügte er hinzu: „Aber es ist schön, daß du noch mal vorbeigekommen bist."

Ich kehrte mich vom Bett ab und stellte mich ans Fenster. Seine Worte trafen mich, aber ich wußte nicht, wo. Ich fühlte mich wie auf dünnem Eis. Ich wäre gern geblieben, wenn nur diese Pausen und Blicke nicht wären.

„Der Ausblick ist ja ganz schön", sagte ich.

„Ja." Er seufzte. „Als Besucher würde ich es hier regelrecht lieben."

Er klopfte mit der flachen Hand auf das Bett. „Willst du mir nicht noch ein wenig Gesellschaft leisten?"

Ich drehte mich um und schaute ihn an. Die Sonne schien über meine Schulter direkt in sein Gesicht. Es war offen und weit, nicht einmal ein Schatten von Härte darin. Ich würde vor Angst sterben, schlüge man mir auch nur vor, für eine harmlose Untersuchung ins Krankenhaus zu gehen. Ihn schien es nicht zu belasten, und ich beneidete ihn um diese Gelassenheit.

Ich packte den Stuhl an der Lehne, schob ihn zögerlich ein bißchen näher an das Bett heran und setzte mich.

„Da wohnt man monatelang praktisch Tür an Tür und kennt sich kaum. Ist das nicht komisch?" Christian stützte das Kinn in eine Hand. Da lag ein Zug um seinen Mund, der mich verunsicherte.

Sooft wie ich an meinem Küchenfenster saß, mußte er mich gesehen haben. Auch konnte er unmöglich vergessen haben, daß er mich auf dem Viktualienmarkt fast umgerannt hätte, das war schließlich erst ein paar Monate her. Christian spielte mit mir. Er spielte mit mir wie mit all den anderen, die ich an seinem Eßtisch beobachtet hatte.

Christian hielt seine Augen ruhig auf mich gerichtet. Darin sah ich ein wildes Tier lauern, das versuchte, sich totzustellen. Und in mir flammte die Erinnerung an den Sex in seiner Küche wieder auf. Dieser Gedanke jagte mir einen Stromschlag durch den Körper, und im Nu hatte ich eine Erektion. Ich hielt den Atem an, und sie klang ab. Christian hüstelte.

Dann ging die Tür auf, und Schwester Angelika brachte die Blumen in einer Vase herein. Sie waren wirklich wunderschön.

„Was machst du eigentlich?" fragte ich, sobald wir wieder allein waren. „Wenn du nicht gerade im Krankenhaus liegst", setzte ich hinzu.

„Ich schwimme."

„Du schwimmst?"

„Ja, ich bin Profi-Sportler."

„Oh."

„Hast du mich nie schwimmen sehen?"

Ich schüttelte den Kopf. „Leider nicht", antwortete ich und zuckte ob der Doppeldeutigkeit dieser Aussage.

Er schmunzelte. „Ist auch nicht so wichtig."

„Du lebst davon?"

Er nickte bedächtig. „Ich trainiere in der Olympiamannschaft. Wenn mich dieser Scheiß-Infekt nicht eingeholt hätte, würde ich mich jetzt auf den Malediven einschwimmen."

„Olympiamannschaft!" Ich war beeindruckt. Es gehört eine Verbissenheit dazu, seinem Körper solche Leistungen abzuringen. Dafür fehlte mir jeglicher Sinn. Einmal versuchte ich zu joggen und kaufte mir Schuhe und Hosen, einfach alles, was dazugehört. Aber nach hundert Metern drehte ich um und kroch keuchend in meine Wohnung zurück. Seither habe ich die Klamotten nicht mal mehr angeschaut.

„Alles halb so wild", sagte er.

„Halb so wild?" wiederholte ich spottend. „Du könntest Olympiasieger werden."

Christian winkte ab.

„Erzähl mir nicht, daß du nicht davon träumst."

„Nein", sagte er geradeheraus, und es klang glaubwürdig.

„Warum machst du es dann?"

Er zuckte die Schultern. „Warum ist das Leben schon so, wie es ist?" fragte er zurück. „Es ging mir jedenfalls nie um das Gewinnen. Ich liebe das Schwimmen an sich, die Bewegung, das Wasser, die Perfektion, die dazugehört, schnell zu sein."

Seine Augen wurden wacher. Mir war das vollkommen unverständlich. Ich konnte mit Wasser nichts anfangen, und schwimmen war gleichbedeutend mit Anstrengung – ein Wort, das ich vor Jahren aus meinem Wortschatz gestrichen hatte.

„Was reizt dich daran?"

Christian schaute auf seine Hände, die auf den Schenkeln lagen. Er ließ sie langsam über die Bettdecke streichen, als fühlte er das Wasser, als wollte er die Qualität kosten, um sie mir beschreiben zu können. „Du darfst nicht über das nachdenken, was du tust. Schwimmen ist wie Meditieren, völlige Verschmelzung mit dem Tun, keine überflüssige Bewegung. Du darfst kein Joule Kraft verschwenden, damit sie jenen Muskeln zur Verfügung steht, die sie brauchen. Schwimmen fordert eine ganz andere Art der Intelligenz. Es lehrt dich die Einfachheit aller Dinge."

Er wurde still; ich konnte ihn förmlich denken sehen. Dann lachte Christian.

„Warum lachst du?"

„Nein, das kann ich nicht sagen."

„Warum nicht?"

„Wenn ich dir das sage, wirst du glauben, ich sei nicht ganz dicht."

„Stell mich auf die Probe."

Er schaute mich noch einmal abschätzend an; ich verzog keine Miene. „Als kleiner Junge habe ich immer geglaubt, ich sei ein Delphin."

Natürlich mußte ich lachen. „Wohl zuviel Flipper geguckt, was?"

Christian fiel in mein Lachen ein, aber der Blick in seinen Augen verriet mir, daß er es ernst gemeint hatte – wie ernst, das verstehe ich erst heute.

„Und wovon lebst du?"

Natürlich gab es an meinem Beruf nichts, was ich hätte verheimlichen müssen. Aber ich wurde zu oft mit diesem „Uh" und „Ahhh" konfrontiert, zu oft hatte man mich, anstatt zur Sache zu kommen, über Seifenopern ausgequetscht und dann mit langweiligen Theorien vollgelabert. Deshalb antwortete ich meist – wenn überhaupt etwas –, daß ich arbeitslos wäre. Aber Christian sagte ich die Wahrheit.

Zu meinem Entsetzen reagierte er genau so, wie viele es taten. Schlimmer noch: Er erzählte mir nicht nur, daß er Seifenopern liebte, sondern daß er selbst immer gerne welche geschrieben hätte, sich schon viele Geschichten ausgedacht hatte. In Deutschland schien es eine Unzahl von unentdeckten Talenten zu geben – und alle begegneten mir.

„Warum denn bloß? Was ist so toll an Seifenopern?" fragte ich. Eine Frage, die viele entlarvte; kaum einer hatte eine Antwort darauf, die über das bloße „Is doch klasse" hinausging.

Christian antwortete: „Menschen zu unterhalten und zu bewegen ist wichtig. Was biete ich schon? Ein paar Sportfanatiker können sich mit mir identifizieren. Gut, vielleicht träumt der eine oder andere von Siegen wie meinen? Aber was verändere ich damit? Nichts. Sie gewinnen mit mir, sie verlieren mit mir. Das macht doch keine besseren Menschen aus ihnen. Es ist purer Zeitvertreib, leerer Zeitvertreib, Verschwendung."

Er muß die Skepsis in meinen Augen gesehen haben, denn er fügte gleich an: „Mit Geschichten kann man Menschen berühren und dadurch verändern. Sie lernen von dem, was sie sehen. Man gibt ihnen Leitbilder vor, zeigt ihnen mögliche Denk- und Verhaltensweisen, auf die sie zurückgreifen können. Mit Geschichten kannst du wirklich etwas für Menschen tun."

„Aber doch nicht mit Seifenopern."

„Eben gerade. Man kann immer dort am meisten verändern, wo man es am wenigsten vermutet."

Was wußte Christian schon davon, wie eingefahren die Strukturen in Redaktionen waren? „Nein, ich schreibe lieber meine eigenen Drehbücher."

„Na, um so besser. Hast du denn schon eins verkauft?"

„Nein, ich habe zwar schon viele angefangen, aber keins so richtig fertiggestellt."

„Fehlt es dir an Ideen?" Christian hustete zweimal kräftig und spuckte in ein Taschentuch. „Entschuldigung."

„Nein, es ist eher, daß da immer irgendwann eine Hürde auftaucht, über die ich einfach nicht hinwegkomme."

„Du mußt nur über das schreiben, was dich bewegt."

„Das versuche ich ja. Aber ich glaube, mir geht es einfach zu gut. Ich bin zu zufrieden." Das habe ich wirklich gesagt. Wie ignorant ich doch mir selbst gegenüber war.

„Schön für dich", sagte er und lächelte mich an. Ich glaube noch nicht mal, daß er an meinen Worten zweifelte, trotzdem fühlte ich mich entlarvt.

„Ich habe da schon eine Geschichte, die ich schreiben will", sagte ich.

„Und worum geht es da?"

Die Bilder formten sich gerade in meinem Kopf: Raphael, das Krankenbett, die sich langsam entwickelnde Beziehung. Da wurde ich mir der Parallelen meiner Geschichte mit der Situation gewahr: Christian und ich in der Klinik, wir lernen uns kennen, plauschen miteinander. Die Dachschräge, die Plastikschläuche, die aus seinem Rücken herausführen …

Es verwirrte mich. Ich konnte nichts sagen, aber schon gar nicht, was ich dachte, so stotterte ich nur: „Ich spreche nicht über Geschichten, die nicht fertig sind."

Ich weiß nicht, was in Christian daraufhin vorgegangen ist. Keine Ahnung, ob er schon etwas gespürt hat von dem, was sich anbahnte, jedenfalls richtete er sich auf und setzte plötzlich einen sehr ernsthaften Gesichtsausdruck auf: „Ganz gleich, was es ist. Schreib, Mäxx, schreib."

Seine Worte erstaunten mich, aber sie berührten mich auch.

„Glaub mir, das Leben kann ganz schnell vorbei sein." Er sagte das so eindringlich, als wäre es ein Zauberspruch, jedenfalls kam es mir so vor. Und dann bemerkte ich eine ganz neue Gefühlsqualität. Diese Spannung war verschwunden, und etwas sehr Friedliches, Tiefes, was ich bis heute nicht besser in Worte fassen kann, stellte sich ein. Es war, als hätte er mir eine Tür zu einem neuen Raum geöffnet, in dem es sehr still war, angenehm und irgendwie heimelig. Ich streckte meine Nase hinein, aber den Schritt wagte ich noch nicht.

„Ich glaube, ich sollte jetzt besser gehen", sagte ich, stand auf und schob meinen Stuhl zurück an den Tisch. Dann streckte ich ihm meine Hand hin.

Christian hielt sie fest: „Kommst du mich wieder besuchen?"

Mit diesen Klinikbesuchen begab ich mich in die Höhle des Löwen. Ich mußte mich jedesmal aufs neue überwinden. So wollte ich wenigstens Details für meine Raphael-Geschichte sammeln. Ich beobachtete die Augen der Patienten, suchte nach ihrer Angst. Ich ließ mich von den krankenhaustypischen Gerüchen umwehen, die sich je nach Abteilung und Tageszeit aus abgestandenem Rauch, Desinfektionsmitteln, Großküchenessen und Exkrementen zusammensetzten.

Ich hatte mir die Uniformen genau angeschaut: Die Schwestern trugen blauweiß gestreifte Kittel, die Pfleger dunkelblaue, Zivildienstleistende weiße. Die auf der Brust aufgenähten Namensschilder verrieten von den Frauen nur die Vornamen, bei den Männern die Nachnamen. Ich hatte den Schweiß des Pflegepersonals gerochen, der mir mehr verriet als die gestreßten Gesichter, die schnellen Schritte auf den Gängen und die angebissenen Mittagsbrötchen, die oft Stunden darauf warten mußten, verzehrt zu werden.

Auf der Station lag eine bemühte Freundlichkeit in der Luft, die nicht nur dazu diente, es den Patienten leichter zu machen. Sie half auch jenen, die es auf sich genommen hatten, in den Wettlauf mit teuflischen Krankheiten zu treten. Aber unter dieser Freundlichkeit war kühle Distanz zu spüren, sobald man sich nur eine Minute entspannte – aber wer tat das schon? Mit dieser Distanz füllten sie den Raum zwischen sich und dem Patienten, was Gefühle in den Hintergrund drängte. Wer könnte es ihnen auch verdenken?

All das, und noch viel mehr, wollte ich mir auf dem Nachhauseweg notieren, aber da gab es etwas, was mich viel mehr beschäftigte: In dieser Nähe zu Christian fühlte ich mich wohl.

Meine Mutter hätte man durchaus als wohlhabend bezeichnen können, in jedem Fall war sie eine stadtbekannte Persönlichkeit gewesen. Sie ließ mich in ihrem Hause – ich weiß, es hört sich so an, als wäre es nicht auch mein Haus gewesen, aber so fühlte ich mich auch – von einem Privatlehrer unterrichten. Diese „Ehre" ließ sie Brian zuteil werden. Brian war Engländer und schon ziemlich alt, jedenfalls kam es mir als Achtjährigem so vor. Seine typisch englische Steifheit, er hätte ebensogut adlig sein können, diese Art, über dem Leben zu stehen, statt mit beiden Beinen darin, sorgte für eine ähnlich unterkühlte Atmosphäre, wie sie auch meine Mutter gerne zu verbreiten pflegte.

Als ich dann in der achten Klasse in das Gymnasium übertrat, angeblich um einen staatlich anerkannten Schulabschluß zu erlangen – in Wahrheit waren unsere finanziellen Rücklagen derart aufgezehrt, daß wir uns Brian einfach nicht mehr leisten konnten, aber das, so wie vieles andere, sollte ich erst viel später erfahren –, wußte ich nicht, wie ich überhaupt auf andere zugehen sollte. Es fehlte mir jegliches Werkzeug, jemanden anzusprechen, geschweige denn, mich mit ihm anzufreunden.

Für die Dauer meiner Schulzeit blieb ich immer der letzte, der in die große Pause ging. Im Schulhof stellte ich mich gleich neben die Tür, um als erster wieder in die Hallen der Weisheit strömen zu dürfen. Jede Pause stand ich dort, jeden Tag, fünfmal die Woche und schaute den anderen zu. Ich beobachtete die Mitschüler beim Herumtollen, ich sah sie die Köpfe zusammenstecken und Streiche aushecken. Ich bekam mit, wer rauchte und wer gerne geraucht hätte, sich aber nicht traute, und ich wußte immer schon lange vor den Betroffenen, wer sich in wen verlieben würde.

Selbstverständlich – und das ist das wahre Drama an der Geschichte – kam ich den anderen genauso suspekt vor wie sie mir. Während andere Außenseiter mit viel Spott belegt wurden, ihnen oft genug wenigstens Prügel zuteil wurden, über mich tuschelten sie immer nur. Ich wünschte, mir sicher sein zu können, daß die Macht meiner Mutter nicht so weit reichte, Kinder von etwas abzuhalten, was nur allzu kindlich ist. Aber ich befürchte, daß sie auch hier ihre Finger im Spiel hatte.

Jedenfalls war ich allein und blieb es auch, bis auf ein einziges Mal. Ich weiß es noch wie heute: Es gab da einen Jungen in meiner Schule – seinen Namen habe ich allerdings vergessen –, der mir in vielem ähnlich war: seine Verschlossenheit, seine Art zu beobachten, anstatt zu handeln, seine Unbeholfenheit. Wir sprachen nur wenig miteinander, und wenn, dann über Politik, vor allem über Kommunismus und Marx' *Kapital*.

Eines Tages nahm ich ihn nach der Schule mit nach Hause. Ich hegte ein bißchen Hoffnung, endlich einen Gleichgesinnten gefunden zu haben, einen Menschen, der meine Welt verstand, so wie ich die seine. Dort stellte ich ihn meiner Mutter vor. Er schüttelte ihr die Hand, ohne ihr in die Augen zu schauen, er verbeugte sich, er setzte sich an den Tisch, aß still, was man ihm vorsetzte, benutzte die Stoffserviette, bedankte sich höflich bei unserer Köchin und verabschiedete sich dann wieder, ganz wie es meine Mutter von höflichen Gästen erwartete. Trotzdem bestrafte sie mich danach zwei Tage lang mit ihrem unerbittlichen Schweigen.

Viel, viel später – sie lag schon im Sterben – fragte ich sie, warum sie sich damals so verhalten hatte, und sie antwortete: „Weil wir mit solchen Leuten nichts zu schaffen haben."

Oh, das soll nicht wie eine Ausrede klingen. Ich brauche mich weder zu entschuldigen noch zu rechtfertigen. Ich bin der Einzelgänger geblieben, und das war mir bis vor kurzem auch ganz recht so. Ich kannte zwar ein paar Menschen, mit denen ich manchmal ein Gläschen Wein zischte, aber Freunde waren das nicht. Keiner von ihnen wußte, was mich wirklich bewegte, und ich hatte kein Interesse, es ihnen zu erzählen. Ich hatte nie den Wunsch verspürt, mich auf jemanden einzulassen, und ganz bestimmt wollte ich nicht, daß sich jemand auf mich einließ.

Ich erzähle dies nur, um zu erklären, warum ich so überrascht war, daß ich mich mit Christian wohl fühlte, daß es mir trotz aller widrigen Umstände von Krankheit und Klinik gefiel, mich mit ihm zu unterhalten.

Es war bestimmt schon zehn Uhr abends, als mein Telefon schrillte. Raphael wollte aufspringen, weil er ein Mensch war, der sich freute, Kontakt mit Menschen zu haben. Aber Maximilian verspürte nicht die geringste Lust, sich in seiner neuen Welt stören zu lassen.

Der Anrufbeantworter schaltete sich ein: „Maximilian? Ich hatte eigentlich gehofft, Sie anzutreffen." Es war typisch für Gerd, vorauszusetzen, daß man ihn an der Stimme erkannte.

„Aufgrund der anderen Drehbücher haben sich ein paar Änderungen in Ihrer Episode ergeben. Bevor wir also ins Detail gehen, müßten Sie drei Szenen überarbeiten. Rufen Sie die Sekretärin an, und sagen Sie ihr, wann Sie morgen zu Hause sind, damit sie das Manuskript mit dem Kurier vorbeischicken kann." Dann legte er auf. Kein „Auf Wiederhören", kein „Gute Nacht", kein „Ich freue mich, von Ihnen zu hören."

Ich stand auf und schaltete die Schreibtischlampe aus. Dann ging ich ins Schlafzimmer hinüber und öffnete den Schrank. Dort stand eine Kiste. Unterhosen lagen darin und Socken, Erinnerungen an nächtliche Eskapaden. Sie waren Souvenirs aus Ländern mit Namen wie Leidenschaft, Hunger, Gier, Wildheit, Manie. Sie waren Trophäen von Jagdausflügen, auf denen mir Kerle ins Netz gingen, die unerreichbar taten und mir die kalte Schulter hinhielten, nur um mich später, nachdem sie mich zu sich nach Hause mitgenommen hatten, um mein Bleiben anzubetteln.

Ich zog einen grünen Slip heraus; er lag weich in meiner Hand. Ich drückte ihn mir an die Wange, vergrub mein Gesicht darin und schnupperte daran, um die Erinnerung zurückzuholen. Dieses kleine Stück Stoff war durchtränkt davon; jedes dieser Kleidungsstücke verband mich mit einem Menschen. Ich hatte Stunden mit ihnen verlebt und so getan, als wäre es die Ewigkeit. Näher habe ich nie jemanden an mich herangelassen.

Ich trug die Kiste hinüber aufs Bett. Dort kippte ich sie aus, verteilte die Wäsche darauf und legte mich hinein – ein Bad voller Nähe und Wärme, wie es schöner nicht sein konnte.

Als ich am nächsten Nachmittag spät ins Krankenhaus kam, dämmerte Christian vor sich hin. Im Fernsehen lief eine Episode meiner Seifenoper, der Ton war heruntergedreht, nur das aufgeregte Gackern der hysterischen Sekretärin war dann und wann zu vernehmen.

Christian sah deutlich schlechter aus. Es kam mir vor, als wäre er über Nacht gealtert. Zudem war seine Haut blasser, käsig fast, und seine Augen waren trübe. Aber sobald er mich kommen sah, legte sich ein sanftes Lächeln in sein zerfurchtes Gesicht.

„Na?" sagte ich und winkte ihm betont euphorisch zu.

„Wieder mal zufällig in der Nähe?" fragte er und schob mich gleich wieder auf das dünne Eis hinaus.

„Ja, rein zufällig!" Die Ranunkeln hatten sich in der Wärme geöffnet und neigten sich Christian zu, wie eine Schar aufmerksam lauschender Kinder.

„Du darfst es ruhig sagen. Ich sehe scheiße aus."

„Aber nein. Wie kommst du darauf?"

„Ich hab die ganze Nacht gekotzt. Ich weiß, wie ich aussehe. Sie kriegen die Infektion einfach nicht in den Griff. Und das neue Antibiotikum", er deutete auf die Infusion, die von einem Ständer neben dem Bett hing, „vertrage ich nicht." Er schluckte; es hörte sich trocken an.

„Das wird schon wieder. Du wirst sehen. Die kriegen hier jeden wieder hin."

Er starrte mich an, zog die Luft tief in seine Lunge hinein. Ich hörte Brodeln wie von einem kochenden Wasserkessel, dann fuhr er das Rückenteil seines Bettes hoch.

„Schon gut. Du brauchst mich nicht aufzupäppeln." Christian klopfte mit der flachen Hand auf sein Bett, so wie er es das letzte Mal getan hatte. „Setz dich lieber."

Ich zögerte.

„Komm schon her", sagte er. Ich setzte mich ans Fußende und drückte mich an das Brett.

„Ziemlich schlecht, was?" sagte ich und deutete mit dem Daumen über meine Schulter hinweg zum Fernseher.

Christian zog die Augenbrauen fragend nach oben. Dann griff er nach der Fernbedienung und schaltete den Apparat aus.

„Ich wollte dir das letzte Mal nicht zu nahe treten. Ich weiß nicht, was in mich gefahren ist. Aber ..." Er schüttelte den Kopf. „Weißt du, wenn man sich bewußt wird, wie begrenzt die Zeit ist, die einem bleibt ..."

„Ach, ich bitte dich. Das war doch völlig in Ordnung. Du hast ja recht. Meinst du, es befriedigt mich, inhaltslose Seifenopern zu schreiben?"

„Ich hatte Angst, ich hätte dich überrumpelt."

„Ist schon okay."

Christian spielte mit der Bettdecke. „Vielleicht war ich so forsch, weil ich letztlich von mir selbst gesprochen habe."

„Wie meinst du das?"

„Ich hab dir ja erzählt, daß mir die eine oder andere Geschichte im Kopf herumspukt. Ich wollte immer schreiben, habe mir aber nie die Zeit dafür genommen."

„Es ist nicht zu spät", antwortete ich.

Christians Gesicht hellte sich auf, und er sagte: „Genau das wollte ich von dir hören. Ich habe nachgedacht. Offensichtlich fehlen dir die Ideen, ich habe sie. Du kannst schreiben, ich nicht. Wie wär's, wenn wir uns zusammentun?"

„Zusammentun?"

„Ja, laß uns ein Drehbuch schreiben. Ich erzähle dir meine Ideen, und du schreibst die Drehbücher dazu."

Ich war völlig perplex.

„Du mußt dich jetzt nicht entscheiden", sagte er. „Schon gleich nicht dagegen. Laß mich dir einfach mal eine Geschichte erzählen. Wenn du was damit anfangen willst, tu es. Wenn nicht, vergiß sie einfach. Okay?"

Wie oft hatte ich schon Manuskripte lesen müssen, wo es mir nach zwei Seiten den Magen umdrehte. Und selbst die guten interessierten mich nicht, weil ich keinen Hauch von Ansporn in mir finde, jemanden zu fördern. Aber wie hätte ich es ihm verweigern können?

Christian wartete gar nicht auf meine Antwort; er rutschte schon auf seinem Bett zurecht und begann: „Stell dir vor, da sitzt ein junger Mann auf einer Mauer. Sagen wir mal, er ist dreißig. Nein, das ist zu jung. Laß ihn vierzig sein oder gar älter. Egal. Er sitzt in der Sonne und leckt an einer Eiswaffel, Brombeere, zum Beispiel, das ist schön rot. Es schmilzt und läuft an seiner Hand hinunter. Über die Waffel hinweg sieht er einen Kerl auf sich zukommen, und im Bruchteil einer Sekunde erkennt er in ihm den Mann wieder, in den er sich vor Jahren unsterblich verliebt hat. Sie sind sich damals begegnet und hatten kaum ein Wort gewechselt ..."

„Woher wußte er dann, daß er sich verliebt hat?"

„Wie?"

„Woher will er wissen, daß es Liebe gewesen ist und nicht einfach Geilheit?"

Christian schaute mich entgeistert an. Dann machte er eine wegwerfende Bewegung, wohl, weil er annahm, daß ich ihn auf den Arm nehmen wollte. Dabei fand ich die Frage durchaus berechtigt.

„Jedenfalls ging danach alles ganz schnell, so wie ‚Liebe auf den ersten Blick': Der eine ...", Christian wurde immer aufgeregter, und ein wenig Farbe kroch zurück auf seine Wangen. „Sag mir mal eben zwei Männernamen?"

„Raphael und Alexander", schoß es aus mir heraus; ich biß mir auf die Lippen.

„Also, ich nenn den Eismann jetzt mal Raphael. Raphael war zwanzig oder so und zog aus seiner Heimatstadt woandershin, von mir aus von München nach Berlin. Nein, noch weiter weg. Er muß fliegen müssen. Also sagen wir, er fliegt nach Boston, um dort ein Praktikum zu machen oder ein Jahr im Ausland zu studieren. Jedenfalls geht er am Abend vor der Abreise noch mal in die Szene, um sich von all seinen Freunden zu verabschieden. Als er gerade bezahlt hat und sich zum Gehen wendet, da kommt ein Typ zur Tür herein, der Inbegriff seiner Träume: groß und stark und was weiß ich. Raphael sieht ihn, spürt dieses berühmte Kribbeln in seinem Bauch und sagt so was wie: ‚Schade, daß ich nicht bleiben kann. Du bist mein absoluter Traum von Mann.' Woraufhin der andere, Alexander, sagt: ‚Ja, wirklich zu schade. Mit dir könnte es mir gefallen.'

Raphael geht völlig verwirrt nach draußen, die Zeit drängt. Er muß zur S-Bahn, die ihn zum Flughafen bringen wird, kann aber nur noch an Alexander denken. Er hadert, ob er seine Pläne über den Haufen werfen sollte, aber er befürchtet, den Flieger zu versäumen. Und womöglich wäre Alexander schon aus der Kneipe, und Raphael hätte alles vermasselt. Also fliegt er in sein neues Leben. Aber natürlich konnte er seinen Traummann über all die Jahre nicht vergessen. Und jetzt, x Jahre später, läuft ihm genau dieser direkt in die Arme."

„Interessant. Und dann?"

„Sie gefällt dir, nicht wahr?" Christian sah plötzlich viel gesünder aus. „Ich wußte, daß sie dir gefallen würde. Jetzt bist du neugierig geworden, was?"

Die Geschichte war soweit erträglich. „Erzähl weiter."

„Natürlich erinnert sich Alexander auch sofort an Raphael, denn ihm war es nicht anders gegangen. Und so kommen die beiden innerhalb kürzester Zeit ins Gespräch, beginnen durch die Stadt zu wandern.

Natürlich ist dieses besondere Gefühl sofort wieder da. Sie erzählen sich, wie es ihnen seither ergangen und was aus ihnen geworden ist. Das kann man sehr schön in Episoden erzählen, aber es darf nicht zu lange dauern, denn das Wichtigste kommt erst: Wenn sie nämlich alles voneinander wissen, fragte der eine – es ist egal, welcher von beiden – mehr so aus Spaß oder wie einen lauten Gedanken, er fragt den anderen, was wohl passiert wäre, wenn Raphael damals nicht gegangen wäre.

Zuerst zuckt der andere mit den Schultern. Dann denkt er kurz darüber nach und sagt: ‚Wir hätten geheiratet, was sonst?' Und bevor sie sich versehen, beginnen sie damit, ein fiktives gemeinsames Leben auszuspinnen. In der Vergangenheit, verstehst du? Und sie reden und reden, eine Phantasie jagt die andere, ein Traum den nächsten. Und einer ist schöner als der andere.

Natürlich reden sie auch über Sex. Sie erzählen sich, was sie miteinander angestellt hätten, und werden darüber so erregt, daß sie sich fast die Kleider vom Leib reißen. Aber sie bewegen sich in der Öffentlichkeit, also gehen sie zu einem von beiden nach Hause, oder sie machen es irgendwo. Es darf nur nicht so eine geile, schnelle, wilde Nummer sein. Das muß ganz besonderer Sex sein, sehr emotional, sehr sehnsüchtig. Verstehst du?" Er schaute mich mit leuchtenden Augen an; er wartete dringend auf Antwort.

„Klar. Emotional. Ganz sehnsüchtig."

„Sonst wär's nicht romantisch. Vielleicht gehen sie ja gar nicht nach Hause, sondern lieben sich irgendwo draußen unterm Vollmond oder so. Jedenfalls haben sie traumhaft schönen Sex. Und das geht stundenlang, mit unendlich vielen Küssen und Streicheleien, ganz sanft, nur nichts Grobes, verstehst du?"

„Klar, sonst wär's nicht romantisch", sagte ich, weil ich wußte, daß er das hören wollte.

„Und dann, wenn sie fertig sind, schauen sie sich noch mal in die Augen und gehen auseinander."

Christian strahlte mich an. Ich zog meine Stirn in Falten und fragte: „Und dann?"

„Nichts. Aus. Abspann. Ende der Vorstellung. Alles aufstehen und heimgehen." Mein Unverständnis schien ihn geradezu anzuspornen, noch mehr aufzudrehen. Er trat mich mit dem Fuß und kicherte.

„Ich glaube, ich weiß nicht ..."

„Das ist ziemlich offensichtlich. Mensch, Mäxx. Sie haben alles erlebt. Verstehst du das nicht? Sie haben ihre Beziehung gelebt, sie hatten den besten Sex. Von da an kann es doch nur bergab gehen. Ich sehe schon, du hast keine Ahnung von Beziehungen." Er machte eine wegwerfende Bewegung. Für ihn war es eine scherzhafte Bemerkung; er konnte ja nicht wissen, wie sehr er mich damit traf. Um ihm den Spaß nicht zu verderben, nickte ich.

Ich fand seine Geschichte gut. Sie bediente alle Klischees, enthielt Spannung, Erotik, Verlust, Liebe. Sie war einfallsreich und hielt am Ende noch eine Überraschung bereit. Aber sie bot zuwenig Handlung. Außerdem hätte sie sich aufgrund der Zeitwechsel und Rückblenden nicht gut verfilmen lassen. Ich wollte ihn nicht enttäuschen und sagte daher nur: „Du hast ja einen ziemlich intellektuellen Anspruch an Liebesgeschichten."

„Intellektuell findest du das? Was ist denn daran intellektuell? Da ist überhaupt kein Funke von Intellekt mit dabei. Das ist pures Herz, reines Drama, die schönste Form von Schmerz."

Ich schwieg. Er hatte so eine bestimmte Art; er konnte so überzeugt wirken, daß ich sogar einen Moment lang zweifelte, ob ich überhaupt fähig war, mir eine herzvolle Geschichte wie diese auszudenken.

Er muß mir meine Unsicherheit angesehen haben, denn er tätschelte meine Hand und sagte: „Vertraue einfach. Es hat schon seinen Grund, warum wir uns getroffen haben."

Da war etwas seltsam Angenehmes an der Situation. Es dauerte nur einen Bruchteil von Sekunden, aber es überkommt mich noch heute. Mit seiner Hand auf der meinen und diesem fast beiläufig ausgesprochenen Satz fühlte ich plötzlich nicht mehr die Hitze in dem stickigen Raum, verschwand der beißende

Geruch aus meiner Nase, vergaß ich, daß ich in einem Krankenhaus saß.

Bis zu dem Zeitpunkt hatte ich mich in der Welt immer wie ein Fremder gefühlt. Dort, an diesem mehr als unfreundlichen Ort, spürte ich das erste Mal so etwas wie Zuhause – noch Wochen danach versuchte ich mich zu erinnern, ob mich wohl jemals jemand an der Hand genommen hatte.

Ich bildete mir ein, in den letzten Stunden so viele Erreger in mich eingeatmet zu haben, daß ich sie loswerden wollte, bevor ich meine Wohnung betrat. Also ging ich zu Fuß nach Hause. Dabei dachte ich an Christians Geschichte. Da war etwas an dieser Situation, einen Menschen zu treffen, den man vor Jahren angebetet hatte, was mir nicht aus dem Kopf gehen wollte.

Es muß herrlich sein, wenn man einen Anlaß hat, so eine Sehnsucht zu empfinden, dachte ich, eine Sehnsucht, wie sie Christians Charaktere füreinander aufbrachten. In meinem Leben hatte es bis dato weder Sehnsucht gegeben noch einen Mann, dem ich nachgeweint hätte.

Sex spielte für mich immer schon eine große Rolle, die Männer, mit denen ich Sex hatte, aber eine geringe. Ich war von Anfang an nicht mit großen Hoffnungen auf Männerfang gegangen. Ich wollte Sex, mehr nicht. Der Orgasmus reichte mir, ich brauchte keine Beteuerungen, keine Komplimente, keine Versprechen, das alles wollte ich nie.

Das hört sich sehr hohl an, ich weiß, und ich hoffe, ich kann mich wenigstens teilweise dadurch rehabilitieren, indem ich sage, daß ich mich redlich um mehr bemühte; es war mir ja selbst zu leer. So begann ich, mich auf die Kleinigkeiten meiner Abenteuer zu konzentrieren. Ich lauschte, ob der andere nach Luft schnappte wie ein Ertrinkender oder ob er hechelte wie ein galoppierender Wolf. Ich beobachtete, welches Gesicht er machte, wenn ich seinen Schwanz in den Mund nahm, wie er den

Schmerz ausdrückte, wenn ich ihn züchtigte. Ich achtete auf die Geräusche, die er von sich gab: gieriges Stöhnen, unterdrücktes Wimmern, wildes Japsen. Ich umklammerte jeden einzelnen, wenn es ihn beim Orgasmus zusammenzog, um es genau zu spüren.

Aufmerksam beobachtete ich, wie sich nach dem Höhepunkt alles änderte: Der Mund wird trocken, die Lippen rauh, die Zunge langsam und dick. Vorbei das Amüsement glitschigen Leckens, verflogen der süße Duft der Lust. Statt dessen kehrt die Fremde zurück, der Moment verkommt zu etwas Altem, Unangenehmem, vor dem man Reißaus nehmen möchte.

Ich weiß noch, einmal wollte einer nach dem Orgasmus mehr. Er steckte mir seine Zunge zwischen Zahnfleisch und Oberlippe, glitt liebevoll in dem weichen, sensiblen Spalt hin und her, da hörte ich das Ticken seines Weckers. Ein ganz banales Tick, Tick, Tick. Er biß mir in die Lippe, schob mir seine Zunge in die Nase, leckte mir die Wange und bohrte sie in mein Ohr. Tick, Tick, Tick. Ich hörte ihn stöhnen; er machte sich bereit, noch einmal die hohe Klippe zu erklimmen, von der wir beide gerade gefallen waren. Tick, Tick, Tick – und ich wußte, daß es Zeit war zu gehen.

Egal, wie sehr ich mich anstrengte, es blieb danach einfach nie etwas übrig, was mich gehalten hätte. Kaum hatte ich mich auf oder im anderen ergossen, tauchte eine Unruhe in mir auf, der unwiderstehliche Drang, alleinsein zu wollen. Ich kann auch nichts dafür.

Sex hat in unserer Familie nicht existiert. Meine Mutter wäre die letzte gewesen, die dieses Wort auch nur in den Mund genommen hätte, geschweige denn die entsprechenden Organe. In ihrem Bekanntenkreis gab es zwar Männer genug, aber nach dem Tod meines Vaters hatte sie nicht einen Liebhaber oder gar eine Affäre. Und ich befürchte, daß mein äußerst zuvorkommender Lehrer Brian, den ich manchmal auch die „fleischgewordene Maniere" taufte, auch nicht allzuviel über Sex wußte.

Da ich in meiner Kindheit nur sehr beschränkten Kontakt zur Außenwelt hatte, war ich darauf angewiesen, diesen merkwürdigen Blutandrang in meinen Lenden, der mich von Zeit zu Zeit malträtierte, selbst zu ergründen.

Ich verspürte ihn zum ersten Mal, als ich eines Sommers zufällig unseren Gärtner beobachtete, wie er sich das Hemd auszog. Längere Forschungen brachten hervor, daß sich das Experiment erfolgreich wiederholen ließ. Zudem konnte ich bald noch weiter eingrenzen, was dieses Jucken in meiner Unterwäsche verursachte: Es war weniger die Tatsache seiner Nacktheit als der Moment, in dem er sich das Hemd über den Kopf zog.

Um den Dingen weiter nachzugehen, entwickelte ich einen ungeheuren Wissenshunger, was die Zucht und Aufzucht von Gartenblumen anbelangte – ein Zug, der meine Mutter beunruhigte, ja gar mißtrauisch stimmte. Ich merkte es ihr an, aber anstatt, wie sonst so oft, zurückzuschrecken, folgte ich diesem Drang – es war einfach zu wichtig.

So machte ich mich daran, alles über Rosen, Tulpen, Chrysanthemen und Nelken zu lesen, was mir in die Finger kam, um dann, mit frischem Wissen gewappnet, an der Seite des Gärtners zu stehen. So hatte ich einen Grund, mit ihm auf dem Boden herumzukriechen und in der schwarzen, lehmigen Erde zu graben.

Der Gärtner hieß Frieder, war vielleicht Anfang Dreißig und ein sehr gutmütiger Mensch. Sein Körper war prall und fest, jeder Zug stark ausgeprägt. Seine Hände waren so groß, daß ich mich fragte, wie er so zarte Geschöpfe wie Blumen überhaupt anfassen konnte, ohne daß sie verwelkten. Er bewegte sich behäbig, als brächte er mindestens doppelt soviel Gewicht auf die Waage als in Wirklichkeit, trotzdem waren seine Gesten nicht ohne eine gewisse Eleganz. Jeder Schritt, jedes Hinknien oder Sich-Wenden war keineswegs plump, sondern auf ein Minimum an Kraftaufwand reduziert. Er hatte die Fähigkeit, sich mit einer tänzerischen Leichtigkeit zu bewegen, mit einem Schwung, der es so erscheinen ließ, als würde alles wie von selbst geschehen.

Ich erklärte ihm, daß ich Gärtner werden wollte, und folgte ihm wie sein eigener Schatten. Meine Mutter beäugte meine Mühen argwöhnisch durchs Fenster; wir hatten uns im Blick. Es war eine ständige Gratwanderung, denn Gärtner zu werden, das hätte sie mir niemals erlaubt. Vor Frieder mußte ich aber so tun, als ersehnte ich nichts mehr, als eben dieses Handwerk zu erlernen. So pendelte ich dazwischen: mich gelangweilt in der Nähe von Frieder aufzuhalten, wenn mich meine Mutter beobachtete, und wild in der Erde zu graben, wenn Frieder zu mir herüberschaute. Ich konnte von Glück reden, daß er eher einfach gestrickt war und daher weder mit meiner Mutter mehr sprach als dringend notwendig noch mich mit Fragen in Verlegenheit brachte. Ich glaube, er hat sich nicht einmal Gedanken darüber gemacht.

In unserem Garten – heute würde man ihn wohl eher als Park bezeichnen – gab es ein Häuschen, in dem Frieder allerlei Gartengeräte aufbewahrte. Wenn er dreimal die Woche kam, zog er sich darin um – ich stand hinter der Hecke und schaute ihm dabei zu. Seine Brust war gewölbt und fast bar jeder Behaarung. Nur um den Nabel herum kringelte sich schwarzes Haar, wie Badewasser, das den Ausguß hinunterrauscht, sobald man den Stöpsel aus der Wanne zieht. Noch faszinierender war das Muskelspiel, das mit jeder Bewegung über seinen Körper jagte; stundenlang hätte ich ihm dabei zuschauen können. Und mit immer größerem Eifer fieberte ich nach einer Möglichkeit, ihn dazu zu bringen, mich in das Häuschen mit hineinzunehmen.

In der Zwischenzeit schlich ich mich oft nachts hinein und steckte meine bloßen Füße in seine abgeschnittenen Gummistiefel, meine kleinen, zarten Finger in seine riesigen Arbeitshandschuhe. Ich tauchte mein Gesicht in seinen Overall, sog den Duft seines Schweißes in mich ein, weil ich ihm nahe sein wollte.

Aber irgendwann hatte dann auch meine Kindergeduld ein Ende, das Verlangen wurde so groß, daß es meine verschämte Angst übertrumpfte. Den erstbesten Vorwand daherstotternd, folgte ich Frieder und durchforstete das Werkzeug, als suchte ich nach dem geeigneten Instrument für eine Herztransplantation.

Ich wog eine Harke in der Hand, während Frieder aus seinen Schuhen schlüpfte; zum ersten Mal sah ich seine bloßen Füße, und ich wäre fast auf die Knie gefallen, um sie zu küssen. Dann knöpfte er sich den Overall auf – ich hielt gerade einen Rechen in der Hand – und ließ ihn hinuntergleiten. Ich glaube, es war ein äußerst heißer Sommertag, denn ich erinnere mich noch an die glitzernden Schweißperlen auf seinem Bauch. Nein, jetzt weiß ich es wieder: Es war im Mai, denn unser Flieder blühte, und der Duft erfüllte den Garten, das Häuschen und meine Gedanken.

Der Rechen glitt mir aus der Hand, und ich starrte Frieder an. Meine Hose beulte sich aus, und wie gebannt näherte ich mich ihm, steckte meinen erdschwarzen Zeigefinger in seinen flauschigen Nabel. Da zuckte es auch in seiner Hose. Still und verschämt standen wir uns gegenüber, eingesponnen in den Duft des Flieders.

Wenn ich damals gewußt hätte, daß ich das nie wieder erleben würde, hätte ich meinen Finger wahrscheinlich nie aus seinem Nabel genommen. Wie oft hoffte ich später, jemand würde sich die Zeit nehmen und den Moment mit mir auskosten, in dem man sich nackt gegenübersteht und die Erregung schon schmeckt, in dem das Warten aber immer noch schöner ist, als ihr nachzugeben. Aber der Sex der Erwachsenen ist schnell. Er ist wie ein galoppierendes, Rotz schnaubendes Pferd, das sich bei der ersten Berührung aufbäumt und wild davontobt.

Man sagt, die erste Liebe sei die bedeutendste im Leben eines Menschen. Ich glaube, daß das ein ebenso großes Gerücht ist wie die Behauptung, daß man die Größe des Schwanzes an den Ohren des Mannes, an seinen Daumen, seinen Handgelenken oder Füßen abschätzen könne. Daß diese Annahme ein Irrglaube ist, davon konnte ich mich in den letzten Jahren ausgiebig überzeugen – ich wurde allzuoft enttäuscht.

Frieder bedeutete mir gar nichts, und mit Sicherheit verspürte ich keinen Funken Sehnsucht nach ihm. Zudem wollte ich an diesem Abend über den ganzen Sehnsuchtskram nicht länger nachdenken, denn inzwischen hatte sich in mir eine sexuelle Energie angestaut, die mir das Schlucken schwermachte. Ich stand mitten in der Stadt und hatte Verlangen nach Sex. Jetzt!

Sauna? Nein, ich hungerte nach einem größeren Abenteuer. Das Schild einer U-Bahn leuchtete blau in der Nacht, da war eine Klappe also nicht weit. Sex ist dort zwar aufregend, weil man nie weiß, ob der Mann, mit dem man gerade spielt, auch ein Adept der schnellen Nummer ist oder ein Polizist in Zivil. Aber U-Bahn-Toiletten sind nicht der Ort für aufregenden Liebeszauber, für Kribbeln im ganzen Körper, für eine sich langsam steigernde Lust, die nachhaltige Befriedigung verschafft.

Autobahnraststätten sind dafür hervorragend geeignet, aber ich hatte nicht die Geduld für eine lange Reise. Also entschied ich mich für den nächst erreichbaren Ort, an dem tatsächlich der Bär tobt: das Hetenpornokino.

Ich steckte mir zwei Finger in den Mund und stieß einen schrillen Pfiff aus. In größter Eile ließ ich mich ins Bahnhofsviertel kutschieren. Dort angekommen, drückte ich dem Fahrer einen Schein in die Hand, der den Fahrpreis mehr als großzügig abdeckte, hetzte über den Gehsteig, durch die Tür, die Treppe hinunter und tauchte ein.

Von weiblichem Stöhnen umfangen, drängte ich mich in eine Ecke und wartete, bis sich meine Augen an die Dunkelheit gewöhnt hatten. Und dort, aus dem Schwarz, tauchten sie auf: An der Rückwand, hinter der letzte Stuhlreihe, hatte sich schon ein Grüppchen zusammengefunden, das eifrig onanierte. Doch jetzt, da ich der Erfüllung so nahe gekommen war, wollte ich mich nicht an so eine Banalität verschwenden.

Ich ließ die Augen durch den Saal schweifen, um das Publikum abzuschätzen. Es war älter, eher meine Generation, also zu alt für mich, aber das konnte sich schnell ändern. Gemach, Gemach!

Ich lehnte mich zurück und zündete mir einen Zigarillo an. Das kommt immer gut in so einer Situation, denn damit zeigt man, daß man nicht in Eile ist. Da spürte ich schon ein zaghaftes Zupfen an meiner Hose. Ich wendete mich um und versuchte den

Typen auszumachen. Er trug Anzug und Krawatte, sah sehr gepflegt aus. Er war vielleicht Mitte Dreißig, also hart an der Schallgrenze, aber er hatte seinen Schwanz bereits ausgepackt, und über den konnte man schwerlich hinwegsehen. Er machte sich daran, einen schwarzen Gummi darüberzuziehen. Ich nahm meinen Zigarillo zwischen die Zähne und half ihm dabei. Sein Schwanz war prügelhart, die Adern so geschwollen, daß sich das Kondom schwer darüberziehen ließ. Er trug einen Cockring.

Er genoß meine Hände, schloß genüßlich die Augen, legte den Kopf in den Nacken und begann leise zu stöhnen. Warum nicht? sagte ich mir, trat meinen Zigarillo aus und knöpfte meinen Hosenstall auf. Dann führte ich seine Hand an mich heran. Aber er entwand sich. Zu dem Zeitpunkt war ich mir schon sicher, daß aus uns beiden nichts werden würde, ich steckte ihm meine Zunge ins Ohr, leckte an seinem Hals entlang und näherte mich seinen Lippen; ich brauchte Bartstoppeln an meiner Wange, Rauheit, die Gewißheit, daß ich einem Kerl nahe war. Aber er kehrte sich ab. Also doch! Eine feige Hete also.

Ich packte ihn hart am Schwanz und zog ihn zu mir heran. Er riß seine Augen auf, und da sah ich die Angst. Dann sagte ich, laut genug, damit auch die Umherstehenden etwas davon hatten: „Is ja ein herziges Schwänzchen. Gibt's den auch in groß?" Er war aus der Tür, noch bevor ich mir die Hose wieder zuknöpfen konnte – und ich ärgerte mich über meinen ausgetretenen Zigarillo.

Wenn jemand im Pornokino laut spricht, wird es ganz still, und die Besucher werden steif, als hätte man den Videorecorder auf Standbild gestellt. Danach traut sich keiner an dich heran, weil ihm dasselbe passieren könnte. Also ließ ich mich in einem Stuhl nieder und zündete mir einen neuen Zigarillo an. Bald war die Lust hinter mir wieder voll im Gange.

Damit ich besser sehen konnte, setzte ich mich seitlich in den Sessel. Eine Lederkrähe reckte einem Jeanstypen den Hintern hin. Es dauerte nicht lange, beide standen nackt da und besorgten es sich gegenseitig. Andere gruppierten sich um sie herum und onanierten. Es versprach, zur Orgie auszuufern, da ging die Tür auf. Der Strahl einer Taschenlampe tanzte kurz zwischen einigen Stuhlreihen umher. Hektik, Rascheln, Licht aus, dann wieder Stille. Ich lachte – leise, ich wollte es mir doch nicht noch einmal verderben.

In der letzten Reihe ganz außen fummelte sich ein junges Bürschchen an der Hose herum; mehr konnte ich von meiner Position aus nicht sehen. Ich ging hinüber, aber noch bevor ich ihn erreichte, hatte sich schon ein anderer zu ihm gesellt und ihm die Wurst in den Hals gehängt. In den Sitzreihen ist nicht genug Platz für drei, so blieb ich stehen. Bald setzte sich der Typ auf den Schoß des Jungen und ritt ihn. Der Gedanke erregte mich. Es wurde langsam eng in meiner Haut, zu eng.

Immer wieder kam neues Volk herein. Sinnvollerweise war der Eingang gut beleuchtet, so daß man die potentiellen Spielgefährten schon gleich ausmachen konnte. Ich starrte hinüber, und langsam stieg Ungeduld in mir auf. Da spürte ich eine Hand an meinem Hintern. Sie war klein, wendig und flink. Vielversprechend. Schnell drehte ich mich um und schaute auf einen kleinen Kerl hinunter. Er war Anfang Zwanzig und wild entschlossen. Meine Hose war im Nu offen, und schon umschlossen seine heißen, feuchten Lippen meinen Schwanz.

„Hallo", flüsterte ich mehr mir zu als ihm und spürte, wie sich vor Erregung Schweißperlen auf meinem Bauch formten. Da war der Duft von Flieder. Und dann wußte ich, was mich des nächtens so oft hinaustrieb. Wenn ich einen Kerl jagte, war ich immer auf der Suche nach Frieder. Und jedesmal, wenn ich Sex mit einem hatte, rächte ich mich damit an meinem ersten Liebhaber.

Trotz Raphaels Einspruch gönnte ich mir einen Morgen im Bett. Ich liebe es, um elf oder zwölf aufzuwachen und dann noch ein oder zwei Stunden länger im warmen Bett zu verweilen. Ich dämmere dann, wache, drehe und wende mich, schlafe wieder ein oder schaue dem Sekundenzeiger meines Weckers bei der Arbeit zu, wissend und genießend, daß mich nichts drängt, niemand da ist, der von mir die Erledigung irgendeiner Aufgabe erwartet.

Diese Lieblingsbeschäftigung war ein weiterer Grund, keinen Mann mit nach Hause zu nehmen. Denn bliebe er, müßte man ihm einen Kaffee kochen oder ein ausgiebiges Frühstück servieren und am Ende noch so tun, als hätte man eine tolle Nacht verbracht. O nein!

Oft fallen mir am Morgen die besten Ideen ein; gerade die Details, die Zuckerstückchen eines jeden kreativen Werkes. An diesem Morgen drehten sich die wenigen Gedanken, die meine Ruhe störten, um Raphael: Ich fragte mich, welcher Beruf wohl am besten zu ihm paßte, und ich entschloß mich für Bankangestellter. Ob er ein Auto fährt? Nein, kein Auto. Designerklamotten? Nein, so hohl darf er nicht sein. Aber er kleidet sich gepflegt.

Für den Laien mögen solche Gedanken über eine Figur unwichtig erscheinen, aber sie sind es mitnichten. Denn gerade die Kleinigkeiten sind es, die den Menschen in seiner Ganzheit beschreiben.

Urlaub? Raphael fährt gerne in große Städte und macht auf Kultur, aber er liebt auch die Neckermann'sche Adriaküste, weil er in seiner Kindheit dort immer die Ferien verbracht hat. Er ißt gerne Eis, Fruchteis. Er ist schlank, geht ins Studio, legt Wert auf Äußeres und hat trotzdem Tiefgang. Er soll ja als Charakter auch ein wenig überraschen. Wer vermutet in einem Muskelprotz schon Herz und Hirn?

Es dürfte gegen zwei gewesen sein, als ich mich aus den Federn wälzte und in die Küche hinüberschleppte. Das Licht in der Wohnung war trübe, also mußte das Wetter umgeschlagen haben – bestimmt mit ein Grund, warum ich mich inzwischen wieder groggy fühlte.

Während der Kaffee durch die Maschine lief, steckte ich mir einen Zigarillo an – und langsam kehrte das Leben wieder in mich zurück. Ich setzte mich im Bademantel an mein Küchenfenster und ließ die Augen über den Hof schweifen. Der Schmauch trieb sich vor dem Fenster herum, zog kleine Kurven und verflog dann durch die Ritzen.

Der Kaffee erfüllte mich mit Freude. Weich und geschmeidig floß er die Kehle hinunter, wärmte meinen Magen, regte meine Lebensgeister an und meine Gedanken. Als ich mich stark genug fühlte, der Welt zu begegnen, begab ich mich ins Bad.

Da war ein frischer Zug in meinem Gesicht, und mein Körper, der trotz seines schmalen Baus eine Tendenz zeigt, schwer zu wirken, schien einen Auftrieb erfahren zu haben. Ich fühlte mich so wohl in mir, daß ich an diesem Morgen sogar bereit war, über die Fältchen hinwegzusehen, die sich mit den Jahren an meinen Hals herangeschlichen hatten und nun an ihm hafteten. Ich reckte meinen Kopf und strich mir über die glatte Brust. War Raphael wirklich so eitel? Nein, das war Maximilian.

Ich stieg unter die Dusche und wusch die Sünden der Nacht von mir ab. Das heiße Wasser brannte ein wenig auf der Haut, dort, wo sie über die Maßen strapaziert worden war. Die Schmerzen riefen kurze Erinnerungen wach, dann verklangen sie mit leisem Abschied.

Ich hatte mich gerade abgetrocknet, da läutete das Telefon. Übermütig antwortete ich.

„Maximilian, zum Teufel!" Unüberhörbar Gerd. „Sie treiben mich noch in den Wahnsinn. Ich habe gedacht, Sie wollen das Drehbuch selbst umschreiben? Aber wer nicht anruft, ist Maximilian. Kein Problem, Maximilian. Überhaupt kein Problem. Sprechen Sie nur ein Wort, aber halten Sie mich nicht länger zum Narren."

„Oh, es tut mir leid. Ihr Anruf, natürlich. Nein, nein. Ich mach das schon. Schicken Sie es vorbei. Ich bin zu Hause und werde mich sofort dransetzen."

Es war still in der Leitung. Vermutlich versuchte er, wie üblich, herauszufinden, ob ich es auch wirklich ernst meinte.

„Na gut. Einmal noch, einmal noch. Und ... wir brauchen das Buch in einer Woche zurück. Sie haben also nicht viel Zeit."

„Alles klar, Chef. Eine Woche."

„Wie geht's Ihrem Projekt?"

„Es entwickelt sich meinen Vorstellungen entsprechend."

„Was heißt das? Gut?"

„Ja, gut. Aber ich überstürze nichts."

„Sehr gut, Maximilian. Sehr gut. Also eine Woche. Vergessen Sie's nicht!"

„Nein, auf keinen Fall. Es hat absolute Priorität. Eine Woche."

„Wissen Sie überhaupt, welchen Tag wir heute haben?"

„Nein, natürlich nicht", sagte ich, in der Hoffnung, er würde es als Scherz nehmen, denn natürlich hatte ich tatsächlich keine Ahnung.

„O Maximilian. Was soll ich bloß mit Ihnen anstellen?"

Er hängte ein, und ich zog mich an. Der Kurier würde sicher noch einige Zeit brauchen. Bis dahin konnte ich ein wenig an meiner Geschichte stricken.

Raphael hackte ich in den Computer und begann darunter alles aufzulisten, was ich mir am Morgen ausgedacht hatte. Danach suchte ich die Notizen zusammen, die ich die letzten Tage gemacht hatte, und gab auch sie ein, schaute mir die Skizzen an, die ich von ihm angefertigt hatte, wartete, bis sich Worte in meinem Kopf formten. Und je mehr ich mich mit ihm beschäftigte, desto plastischer und lebendiger wurde er. Bald saß Raphael neben mir.

Immer wieder mischte sich Christian in meine Gedanken, aber ich schob ihn weg. Christian sollte nicht zur Schablone für den Liebhaber von Raphael werden; ich wollte keine Geschichte über Christian schreiben. Christian war mein Nachbar und keine Figur aus einem Drehbuch. Und das sollte er auch bleiben.

Es läutete an der Tür. Der Kurier mußte sich abgestrampelt haben. Ich nahm den Umschlag entgegen und begab mich damit in die Küche. Dort zog ich die Seite mit den Anmerkungen und Änderungswünschen heraus. Sie waren mit Rotstift geschrieben, aber nicht von Gerd. Er hatte es seinem Hiwi gegeben, diesem Idioten, obwohl Gerd wußte, daß ich ihn nicht ausstehen konnte – mehr von unserem Spiel. Es verdarb mir so dermaßen die Laune, daß ich das Drehbuch auf den Küchenstuhl feuerte.

Ich wollte mir gerade eine Zigarre anstecken, als ich entdeckte, daß es schon kurz vor sechs war. Christian! Ich hatte noch nicht mal angerufen. Ich schnappte mir meinen Mantel und lief hinaus.

Der Pförtner rief mir zu, daß die Besuchszeiten schon vorbei seien. Aber ich fuchtelte mit meiner Einkaufstüte in der Luft und rief zurück. „Eilig! Muß noch was bringen." Dann war ich schon außer Rufweite.

Inzwischen fand ich mich in der Klinik schon gut zurecht. Ich hatte sogar eine Abkürzung zu Christian gefunden und schlug sie ein. Der Gang, in dem orthopädische Anwendungen vorgenommen wurden, war um diese Zeit nur noch dürftig beleuchtet. Zwei Figuren kamen mir entgegen. Die eine groß, mit einem leichten Knick im Nacken, die andere eher klein und rundlich. Sie waren ins Gespräch vertieft.

„Bernhard?"

„Maximilian? Was machst du denn hier?"

„Ich besuche einen ... Freund. Und du?"

„Ein ... Bekannter von Raimondo liegt hier. Wir haben ihn gerade besucht."

Ich schüttelte zuerst Bernhards, dann Raimondos Hand.

„Ihr kennt euch", erklärte Bernhard. „Letzten Sommer, die Party."

Ich warf ihm einen fragenden Blick zu.

„Raimondo und Adrian. Sie haben ihr Zweijähriges gefeiert", fügte er hinzu, senkte den Kopf und schielte auf seinen Begleiter hinüber. Dem stiegen Tränen in die Augen.

„Ach, ja richtig." Ich erinnerte mich nur vage an die Party, zu der mich Edvard mitgeschleppt hatte. „Und, wie geht's Ihnen?"

Raimondo senkte den Blick und begann seinen Mantel zuzuknöpfen. „Den Umständen entsprechend." Seine Stimme klang brüchig.

Ich schaute Bernhard an, aber er wendete sich ab.

„Ja, dann. Ich muß los." Ich hob meine Plastiktüte hoch, als beantwortete sie alles.

„Ciao", sagte Raimondo.

Christian war ganz in sein Buch vertieft. Er merkte nicht einmal, daß ich die Tür geöffnet hatte – ich muß dazu sagen, daß ich es leise tat, weil ich ja nicht wußte, ob er schlief.

„Guten Abend", sagte ich.

„Meine Güte, hast du mich erschreckt!" Er legte eine Hand auf sein Herz, aber der Schreck wich schnell einem freudigen Begrüßungslächeln. „He, Mäxx. Ich hab nicht mehr mit dir gerechnet."

„Tut mir leid. Ich hab nicht auf die Uhr geschaut, und dann war es plötzlich schon so spät."

„Macht nichts." Er schob seine Decke zur Seite, und ich setzte mich auf sein Bett. Er wirkte kraftloser als am Tag zuvor, das Atmen fiel ihm sichtlich schwerer.

„Hier." Ich gab ihm die Tüte.

„Was ist das?" Er griff hinein, zog die Taucherbrille heraus und schaute mich erstaunt an.

„Ich dachte, wenn du schon nicht auf den Malediven sein kannst, dann bringe ich dir ein bißchen davon her."

Er schaute das Geschenk an, dann mich, dann wieder die Brille. Ich hatte den Eindruck, es rührte ihn, was mir unangenehm war.

„Bist du schon mal getaucht?" fragte er mich.

„Ich? O nein. Ich kann ja kaum schwimmen."

„Es ist wunderschön", sagte er. „Du siehst eine ganz andere Welt: die Farben, die Vielfalt, das Leben. Und wenn du lang genug unter Wasser bleibst, beginnst du zu vergessen, daß du Mensch bist."

„Wieder die Delphin-Geschichte?"

Christian lachte. „Ja, vielleicht. Aber Wasser ist ein wichtiges Element. Schließlich kommt der Mensch daher. Wir wachsen in der Fruchtblase, also im Wasser auf. Und bekanntermaßen sind Unterwassergeburten die unkompliziertesten." Er schaute mich an. „Du solltest es mal versuchen, das Tauchen meine ich."

„Nur wenn du mich an die Hand nimmst", flutschte es aus mir heraus – und ich erschrak.

„Gerne", antwortete er, bedankte sich für das Geschenk und legte es auf den Nachttisch.

Ich weiß nicht, ob Christian aufgefallen war, daß die Nähe, die in diesem Moment zwischen uns herrschte, es mir schwer machte zu atmen. Es war, als hätte ich gerade ein Erdbeben erlebt und wartete stockenden Atems auf ein Nachbeben. Aber es kam nicht – und ich war froh.

„Bevor ich's vergesse", plapperte Christian drauf los. „Ich hab mir gerade eine neue Geschichte für dich ausgedacht." Seine Augen leuchteten vor Erregung.

„Ich sehe schon, das wird ein langer Abend", sagte ich, stand auf und zog meinen Mantel aus. „Na, dann mal los."

„Also. Als ich heute so durch die Gänge schlich, fragte ich mich plötzlich, ob mir hier wohl jemand begegnet, den ich kenne, ein

Ex-Lover oder so. Und daraus hab ich dann die Geschichte gesponnen, daß ... ähm. Also, es fängt auf dem Operationstisch an. Der Zuschauer sieht, wie an jemandem herumgeschnippelt wird, Wunde zugenäht und so, und dann wird er herausgeschoben und auf die Wachstation gebracht. Okay? Das läuft alles sozusagen im Hintergrund ab, während im Vordergrund der Titel und die Schauspielernamen über den Bildschirm laufen.

Die erste richtige Szene spielt während der Visite, könnte zum Beispiel noch auf der Intensivstation sein, dann wäre es dramatischer. Jedenfalls stehen Ärzte um den frisch Operierten herum, und einer davon erklärt dem Oberarzt die Geschichte des Patienten: Alexander ..." Er schaute mich schräg an, um meine Reaktion abzuschätzen, „... hat einen Unfall gehabt. Er ist bei Glatteis mit dem Auto gegen eine Straßenbahn gekracht oder etwas in der Art. Er ist operiert worden, und jetzt reden die Ärzte gerade über seinen Zustand."

„Du bist unglaublich", warf ich ein.

„Wieso?"

„Wie kannst du Szenen erzählen? Wie kannst du das innerhalb von Stunden so genau im Kopf haben?" Ich war wirklich beeindruckt. Er war der erste Gesprächspartner, der mir tatsächlich gute Geschichten auftischte. Christian hatte Talent, keine Frage.

„Na, aus der Glotze." Er deutete auf den Fernseher, der gegenüber seinem Bett hing. „Wenn man sich täglich Seifenopern anguckt ...", er strahlte, weil er wußte, daß er mich beeindruckt hatte, „... dann lernst du, in Szenen zu denken." Er tat so, als wäre es das Selbstverständlichste der Welt. „Jetzt laß mich weitererzählen, sonst verlier ich den Faden: Raphael, und damit natürlich der Zuschauer ..."

„Alexander!"

„Wieso ist dir der Name so wichtig?"

„Du hast ihn vorher Alexander genannt."

„Ja? Na gut. Alexander kriegt mit, was geschehen ist. Er hört, was alles gebrochen ist und so, unter anderem sein Kiefer, der nun mit Drähten verzurrt ist. Dann hört er die Ärzte noch sagen, wer ihn zusammengeflickt hat, Dr. Tralala, nenn ihn, wie du willst. Jedenfalls fährt Alexander der Name wie ein Blitz durch die wehen Knochen. Denn dieser Chirurg ist ... Raphael."

Christian schaute mich mit einem schelmischen Bart-Simpson-Blick an. „Raphael ist sein Ex-Lover, von dem sich Alexander vor einigen Jahren unter ziemlich unguten Umständen getrennt hat."

„Guter Plot, Meister." Ich legte ihm meine Hand aufs Knie und drückte es. „Jetzt kann die Liebesgeschichte der beiden in einer Rückblende Revue passieren, so daß auch der Zuschauer sie mitkriegt."

„Genau. Du nimmst mir die Worte aus dem Mund. Und Alexander liegt in seinem Bettchen an alle möglichen Schläuche angeschlossen und kann sich bei Raphael nicht mal bedanken."

„Er kocht also in seinem eigenen Sud. Das ist ja eine ganz heimtückische Reuenummer, die du da abziehst."

„Zu gern würde er Dr. Raphael wenigstens einen Blumenstrauß zukommen lassen, schließlich hatte ihm der Ex-Lover das Leben gerettet."

„Aber der läßt sich verleugnen. Alexander bekommt zwar einen Termin von Raphaels Sekretärin, aber als er ihn wahrnehmen will, erfährt er, daß Dr. Raphael plötzlich verreisen mußte."

„Während der ganzen Zeit untermalen die passenden Rückblenden die Story."

„Und zum Schluß gibt es die dramatische, herzzerreißende Versöhnungsszene."

„Nein!" schrie Christian auf. „Das wäre viel zu billig. Man kann nicht jeden Mist, den man im Leben verbockt, mit einem Strauß Blumen wiedergutmachen."

Wie recht er damit hatte.

Die Nachtschwester kam zur Tür herein. „Na, Christian. Was können wir heute noch für dich tun?"

„Nichts, Schwester Luzy, danke. Für mich ist bestens gesorgt." Christian blinzelte sie an, und mir wurde ganz heiß.

Luzy schmunzelte, deutete dann einen Knicks an und ging: „Du weißt ja, wo du mich findest", sagte sie noch. Dann, schon an der Tür angekommen, blieb sie stehen und sagte: „Sie wissen, Herr Mäxx, daß die Besuchszeit vorüber ist. Gehen Sie bitte hinten raus. Sonst könnte ich Ärger kriegen."

Ich nickte, und Christian versprach: „Wird gemacht, Luzy. Kein Problem. Indianer-Ehrenwort."

Dann schloß sie die Tür.

Christian war sofort wieder mit seiner Aufmerksamkeit bei mir. „Ich hab noch kein Ende, aber es muß was Reiferes sein als dieser Kitsch. Alexander war eine gemeine Sau. Er muß alleine zu dieser Einsicht gelangen und alleine damit fertigwerden. Vielleicht erkennt er am Ende, daß Raphael ihm offensichtlich schon vergeben hatte, denn sonst hätte er ihn nicht verarztet. Das allein war ein Ausdruck von Vergebung, oder so. Und? Gefällt sie dir?"

„Na klar. Ich finde sie sogar richtig klasse." Sie würde sich tatsächlich zu einem Film ausbauen lassen.

„Na, dann los!"

„Christian. Deine Ideen sind gut. Warum schreibst du sie nicht selbst? Ich helfe dir gerne dabei."

„Aber nein. Ich kann doch gar nicht schreiben. Wirklich. Das ist viel zu viel Mühe. Falls ich hier wieder rauskomme, muß ich trainieren, sonst verpasse ich den Anschluß. Und bis ich mich zur Ruhe setze, vergeht zuviel Zeit. Nein, wirklich, Mäxx. Schreib du sie bitte."

Ich schaute ihn an. Er lächelte, aber es war nicht echt. In seinen Augen lag ein Schmerz, den ich nicht identifizieren konnte. Jedenfalls war ich mir sicher, daß Christian einen anderen Grund dafür hatte als die angebliche Unfähigkeit zu schreiben.

Christians Figuren verfügten genau über die Art von emotionaler Tiefe, die ich in meinen nie erwecken konnte. Mir gefiel seine Art, zu denken und Empfindungen zu erzeugen, ohne sie zu benennen. Vielleicht sollte ich mich tatsächlich mit ihm zusammentun. „Ich würde deine Geschichte gerne in ein Drehbuch verpacken, aber ich schreibe doch gerade an einem eigenen."

„Das ist doch nur ein Vorwand", sagte er, verschränkte die Arme und machte einen beleidigten Eindruck. Die Heftigkeit seiner Reaktion überraschte mich.

„Nein, es ist kein Vorwand. Die Geschichte steht, ich muß sie nur noch schreiben."

„So? Dann erzähl sie mir doch."

„Ich habe dir schon einmal gesagt, daß ich nicht über Geschichten spreche, die nicht fertig sind."

„Aber warum denn nicht? Meinst du, ich klaue sie dir? Traust du mir das zu?"

Ich wand mich auf meinem Stuhl. Er hatte mich in die Ecke gedrängt.

„Man könnte fast annehmen, du wolltest sie mir verheimlichen."

„Quatsch", sagte ich, aber natürlich hatte er recht. Ich stand auf und ging zum Fenster. Ich hatte Angst, er könnte annehmen, der einzige Grund meiner Besuche läge in der Recherche für meine Geschichte. Ich drehte mich um. Er bettelte mit den Augen.

„Was ist, Partner? Wenn du sie mir nicht erzählst, kann ich dir nicht helfen, sie zu schreiben." Er setzte ein schelmisches Schmunzeln auf.

„Okay, du hast es so gewollt." Ich ging zu ihm hin, hockte mich und stützte meine Unterarme auf dem Fußteil seines Bettes ab.

„Es ist die Geschichte von zwei jungen Männern, die sich im Krankenhaus kennenlernen; Raphael und ..." Ich zögerte.

„Raphael und Alexander!" vervollständigte er.

Mein Mund fühlte sich plötzlich trocken an.

„Und weiter?" drängte er.

„Alexander ist schwer krank ..." Ich wendete mich ab. Ich wollte nicht sehen, wie er darauf reagierte. „Raphael lernt ihn durch Zufall kennen; sie fühlen sich vom ersten Moment an zueinander hingezogen. Raphael besucht ihn einmal, zweimal und dann immer öfter. Bald verbringen sie jede Minute zusammen. Sie erzählen sich ihr Leben, erzählen sich Geschichten und

Anekdoten, sie lernen sich kennen. Und bald kommt die Klischeefrage auf: ‚Warum haben wir uns bloß nicht schon eher kennengelernt?'"

„Klischees sind wunderbar, ich liebe Klischees."

Ich war froh, daß er mich unterbrach. Vielleicht käme ich umhin, weiterzuerzählen.

„Und dann?"

„Da es keine Chance auf eine gemeinsame Zukunft gibt, schaffen sie sich eine Vergangenheit. Sie erzählen sich fiktive Erlebnisse. Verstehst du?"

Christian nickte. „Und darüber verlieben sie sich ineinander. Das ist genial, Mäxx. Das ist einfach genial."

Draußen auf dem Gang fiel etwas zu Boden, ein Tablett mit Besteck oder anderen metallischen Gegenständen, ansonsten war es viel zu still. Ich hielt noch immer den Kopf gesenkt, weil ich ihm nicht in die Augen schauen konnte. Ich spürte seinen bohrenden Blick auf mir.

„Sie ist wirklich toll! Wunderbar! Sie ist einfach wunderwunderschön!"

Jetzt schaute ich ihn doch an. Seine Augen glänzten verträumt, und dieser Schmerz, den ich vorher darin gesehen hatte, war verschwunden.

„Aber sag mal, wie lernen sie sich eigentlich kennen?"

„Ich weiß es noch nicht. Das sind unwichtige Details."

Das schelmische Lächeln kroch wieder hervor und legte sich über das ganze Gesicht. „Vielleicht waren sie Nachbarn, bevor sie sich zum ersten Mal begegneten."

Ich erstarrte.

„Der eine wird nachts vom Rettungsdienst abgeholt und verliert dabei seine Geldbörse. Der andere findet sie und bringt sie ihm am nächsten Tag in die Klinik."

„Nein!" rief ich und sprang auf. „Das war genau der Grund, warum ich sie dir nicht erzählen wollte. Ich wußte, du würdest denken, ich besuche dich nur wegen der Geschichte."

„So ein Quatsch. Ich habe keinen Moment daran gedacht. Im übrigen würde es mich freuen, wenn du eine Geschichte über mich schreiben würdest."

Ich verstand nicht recht. Und während sich die Gedanken in meinem Kopf überschlugen, fing Christian an zu lachen. Er lachte und lachte und lachte. Ich war so darauf programmiert, Enttäuschung oder Verletzung aus seinem Gesicht zu lesen, daß mir völlig entging, wie befreit und glücklich sein Lachen klang. Ja, ich merkte nicht einmal, daß es mich leicht machte, daß es mein Herz schneller schlagen ließ und den Grauschleier von meinen Gefühlen zog, den ich immer so fest darüberhielt.

Christian warf sich derweil so sehr auf dem Bett umher, daß ich Angst hatte, er würde sich die Infusionsnadel aus dem Arm reißen. Dann fing er an zu husten, sein Körper zog sich wie ein Gummiband zusammen, und da war plötzlich etwas ganz anderes in seinem Gesicht. Abgesehen von dem Schmerz, der ihm offensichtlich durch den Körper fuhr, wurden seine weiten Augen mit einem Mal ganz starr.

Ich sprang auf ihn zu, als ob ich hätte helfen können. Aber er hob nur die Hand, um mir zu bedeuten, daß ich ihn nicht anfassen sollte. Er zog die Luft unter lautem Röcheln ein, und langsam, viel zu langsam ließ der Husten nach, und sein aufgebrachter Körper beruhigte sich wieder. Dann blieb er eine Weile lang bleich in den weißen Kopfkissen liegen.

Ich stand hilflos daneben, wußte nicht, was ich sagen sollte. Atemlos wartete ich auf ein Lebenszeichen, und es kam: Er lächelte wieder.

Christian wischte sich die Tränen von den Wangen, atmete noch einmal tief durch.

„Geht's wieder?" fragte ich.

In Christians Augen stand der Schmerz von vorhin. „Nein, es wird nie mehr gehen." Er wendete seinen Blick zum Fenster hinaus, als würde der Himmel die Wucht der Worte lindern, die er bald leise in den Raum stellte: „Mäxx, ich habe Aids."

Diese Worte schnitten mir durch den Leib. Ich muß dazu sagen, daß ich bis dahin erfolgreich vermieden hatte, mich mit dieser Krankheit auseinanderzusetzen. Natürlich hatte ich die Horror-Geschichten im Fernsehen gesehen, natürlich hatte ich in den Zeitungen darüber gelesen. Aber es ist das eine, von der Existenz einer Sache zu wissen; es ist eine ganz andere, ihr plötzlich gegenüberzustehen.

Ich hatte nie Freunde, sondern nur Bekannte. Da fällt es nicht auf, wenn man jemandem nicht mehr begegnet. Ein Test war für mich nie in Frage gekommen. Allein die Tatsache, daß dazu Nadeln verwendet werden und Blut fließen muß, machte es mir unmöglich. Und weil ich eh eine Heidenangst vor Krankheit hatte, wäre ein positives Ergebnis für mich einem Todesurteil gleichgekommen.

Christian sah meinen Schock, denn er nahm meine Hand.

Aids. Christian hatte Aids. Ich entzog ihm meine Hand und rieb mir die Augen.

„Hätte ich es nicht aussprechen sollen?"

Diese Nachricht lähmte mich. Es wird alles verändern, dachte ich, alles. Ich schaute ihn wieder an.

„Nein, nein. Ich habe mich nur an etwas erinnert", sagte ich und kam nicht über die Gefaßtheit hinweg, mit der er mir in die Augen schaute. Ich schämte mich und blickte hilflos auf meine Hände hinunter, die in meinem Schoß lagen.

„Verstehst du jetzt, warum ich wollte, daß du meine Geschichten schreibst?"

Ich war noch immer unfähig zu reagieren.

„Das wird dir auch erklären, warum es mir nichts ausmacht, ja, warum ich mich freue, wenn du eine Geschichte über mich schreibst."

Ich schaute ihn fragend an.

„Was lasse ich denn schon zurück? Was bleibt von mir übrig, wenn ich einmal nicht mehr bin? Ein paar Medaillen von gewonnenen Meisterschaften? Meine Eltern werden sie in eine Kiste in den Keller verbannen. Meine Möbel? Sie werden auf dem Sperrmüll landen. Erinnerungen in den Köpfen von ein paar Männern? Sie werden sich vor allem daran erinnern, daß sie mich nicht halten konnten. Es ist schlimm, dem Tod in die Augen zu schauen, aber es gibt noch etwas Schlimmeres: zu wissen, daß danach nichts von einem zurückbleibt."

Die Luft war so schwer geworden, daß ich kaum noch atmen konnte.

„Und das ist Scheiße!" schrie er in einem plötzlichen Anfall von Wut. Seine Augen waren weit aufgerissen, Tränen standen darin. Er zupfte an seiner Bettdecke, und ich sah, wie sehr er sich beherrschen mußte, um sie nicht zu zerreißen. Dann schaute er mich an, und allein dieser Blick schnürt mir noch heute die Kehle zu.

„Schreib über mich", bettelte er mit erstickter Stimme, „dann bleibt wenigstens etwas von mir zurück."

Nach seiner Offenbarung war ich zwei Tage nicht mehr in der Lage, Christian zu besuchen. Ich schaffte es nicht einmal, ihn anzurufen. Er hatte Aids, das war alles, woran ich denken konnte. Nicht an sein Lächeln, seinen Humor, seine Lebenslust. Nur Aids. Ich sah immerzu diese grausamen Bilder vor mir, die seit Jahren durch die Presse gingen: abgemagerte Menschen, zwanzigjährige Männer, die aussahen, als wären sie siebzig, schwarze, boshafte Flecken auf unschuldigen, zarten Körpern, hohle Augen, spitze Nasen, weiße, speckige Haut.

Ich konnte Christian nicht besuchen. Diese Gedanken würden mich begleiten. Ich würde nicht mehr ihn sehen, sondern nur Aids. Ich würde nicht mehr ihn hören, sondern Aids. Ich würde nicht mehr Christian wahrnehmen, so wie er war, sondern nur noch den Kranken.

Dieses Bewußtsein war wie ein kleiner Tod. Den Christian, den ich kannte, den Menschen, den ich heimlich beobachtet hatte, gab es nun nicht mehr.

Der Alptraum war mir so nahe gekommen, daß Sex völlig außer Frage stand. Ich stopfte meine Unterhosen- und Sockentrophäen zurück in die Kiste und verstaute sie ganz unten in meinem Kleiderschrank. Um sicherzugehen, daß sie mir nicht so schnell wieder unter die Augen kamen, stapelte ich Tischdecken darüber.

Als ich aufwachte, drang ein Poltern an meine Ohren, und ich sprang, weil ich meine Schlafzimmertür plötzlich verschlossen vorfand, aus dem Bett und stürzte in den Gang hinaus. Dort fand ich mich meiner Zugehfrau gegenüber – splitternackt!

„Guten Morgen, Herr Roth", sagte Frau Huber, räusperte sich und faltete das Staubtuch zusammen. „Ich wollte Sie nicht stören. Tut mir leid."

Da erst wurde ich mir des schweren Gewichts zwischen meinen Beinen bewußt. Ich schaute an mir hinunter und sah meine morgendliche Erektion erschlaffen.

Die schiere Peinlichkeit der Situation riß ein Loch in den Nebel, der mich umgeben hatte. Ich drehte mich um und ging ins Zimmer zurück, schloß die Tür und setzte mich aufs Bett. Der Nebel verzog sich, ein Gefühl drängte sich in den Vordergrund und umhüllte mich wie eine seidene Robe.

Ich hatte von Raphael geträumt, einen langen, ruhigen Traum. Ich erinnerte mich nicht mehr an viel, außer an einen strahlend blauen Himmel und eine weite, blumenübersäte Wiese, die kein Ende kannte. Raphael und ich spazierten darüber, und er hielt mich bei der Hand. Es war weniger das Bild an sich, was sich mir eingeprägt hatte, als das Gefühl, das der Traum in mir hinterließ. Zusammengehörigkeit, als wären wir ein Paar, mehr noch, als wären wir immer schon ein Paar gewesen und würden es für immer bleiben. So mußten sich Zwillinge fühlen, dachte ich und bemerkte zugleich, daß mich dieses Gefühl, obwohl ich es erwartet hätte, keineswegs erschreckte. Und aus diesem Gefühl drängten sich Worte heraus: Ich, Maximilian Roth, lebe, ich, Maximilian Roth, habe ein Leben, ich, Maximilian Roth, habe einen Körper, der meinen Befehlen gehorcht. Ich sprach sie wie ein Mantra vor mir her, am Tag, am Abend, in die Nacht hinein, bis ich wieder einschlafen konnte, und es waren die Worte, mit denen ich am Morgen aufwachte.

Vor meinem ersten Besuch bei Christian war er für mich nur ein Schwuler mehr gewesen, der diese Welt bevölkerte. Gut, er hatte mich interessiert, es hatte mir Spaß gemacht, ihn zu beobachten und Phantasien in meinem Kopf auszuspinnen, aber dieses zweifelhafte Vergnügen hatte er mit vielen anderen Männern zu teilen gehabt. So wie er sich kleidete, seine wechselnden Partner, das billige Spiel der Verführung, er kam mir sehr durchschnittlich vor. Es ist von daher nicht gerade überraschend, daß ich genau das von ihm erwartete.

Aber durchschnittlich war er nicht. Immer wieder überraschte mich Christian aufs neue. Nie konnte ich vorhersehen, wie er sich mir gegenüber verhalten oder welche Gedanken und Gefühle er in mir wecken würde. So auch an unserem ersten Wiedersehen nach dem, was ich heute als meinen „Aids-Schock" bezeichne.

Ich brachte Christian einen Bildband mit, in dem die beeindruckenden Fotos des Natur- und Landschaftsfotografen Ansel Adams verewigt waren. Dieses Buch war mir in schweren Zeiten immer wieder ein guter Begleiter gewesen. Ich schenkte es ihm, weil ich keine Worte für meine Gefühle hatte, weil ich nicht hätte ausdrücken können, wie es mir ging, ihm gegenüberzustehen: ein verwirrendes Konglomerat aus Trotz, Schuldgefühlen und dem Wunsch, in seiner Nähe zu sein.

Aber es war überhaupt nicht nötig gewesen, ihn versöhnlich zu stimmen. Da war kein Hauch von Vorwurf in seinen Augen, und keine Silbe wies auch nur im entferntesten darauf hin, daß er mein Verhalten verurteilte. Ganz im Gegenteil. Er wußte genau, was mich in den letzten drei Tagen beschäftigt hatte, und er sagte nichts.

Mit einem stillen Lächeln nahm er das Buch und blätterte darin. Ich setzte mich neben ihn und schaute ihm zu.

„Es tut mir leid, daß ich das letzte Mal mit meiner Geschichte herausgeplatzt bin", sagte er, seine Augen immer noch auf die Fotos gebannt.

„Ist schon okay", sagte ich und hoffte, damit das Thema zu verbannen.

„Ich möchte nicht, daß du da was falsch verstehst."

Ich wollte etwas einwenden, aber er hob die Hand. „Laß mich ausreden", sagte er, klappte das Buch zu und legte es beiseite. „Es ist mir wichtig, daß ich's dir erkläre. Ja, ich bin manchmal wütend auf diese Krankheit, aber sie hat mir auch viel gebracht. Natürlich wäre ich viel lieber gesund. Und wenn mir morgen jemand sagen würde, ich müßte mir nur ein Bein amputieren lassen, um wieder gesund zu werden, dann würde ich es tun. Ich würde jetzt sogar mit einer Kombi-Therapie anfangen."

„Du hast vorher keine Medikamente genommen?"

Er lachte. „Ich bin Profisportler, Mäxx. Aids ist in unseren Kreisen tabu. Es wäre aufgefallen, wenn ich täglich irgendwelche Tabletten eingenommen hätte. Und wer weiß, wie sich das Zeug auf die Dopingkontrollen ausgewirkt hätte? Du mußt sie regelmäßig einnehmen, das fällt schon aufgrund der harten Trainingsperioden flach. Du mußt deine Ernährung darauf abstimmen, auch das geht schlecht, wenn du ständig unterwegs bist. Und es kann dir keiner sagen, mit welchen Nebenwirkungen du zu rechnen hast: Übelkeit, Nervenentzündungen, Ausschlag et cetera. Und hinzu kommt, daß ein massiver Fettumbau stattfindet. Du kannst einen Stiernacken kriegen, deine Arme und Beine können aber spindeldürr werden."

„Aber ohne die Medikamente hast du dein Leben riskiert."

„Mag sein, aber mit der Einnahme hätte ich meinen Beruf aufgeben müssen, und der war mein Leben. Außerdem ging es mir ja gut, bis dieser Scheiß-Infekt meine Lunge fertiggemacht hat."

Christian sprach über seine Krankheit. Auch wenn ich meistens nicht dazu in der Lage war, ihm in die Augen zu schauen, verfolgte ich doch jede seiner Gefühlsäußerungen sehr genau. Aber egal wie sehr ich auch suchte, da war keine Verzweiflung. Er schien damit in Frieden zu sein.

Und während ich mich noch dagegen wehrte, entspannte sich etwas in mir.

In diesen Stunden erzählte mir Christian seine Lebensgeschichte: von seiner Kindheit auf dem Lande, den eigenartigen Gefühlen, die er lange nicht zu interpretieren wußte, der mangelnden Möglichkeit, herauszufinden, was sich hinter ihnen verbarg, und seinem Coming-out, das er dann erst mit Zweiundzwanzig hatte.

„Schwulsein war für mich die totale Befreiung. Es war, als hätte mir jemand gezeigt, daß ich mein Leben lang in einem Käfig gesessen habe. Es war mein Glück, daß meine erste Erfahrung mit einem Mann traumhaft war. Er führte mich vorsichtig und mit viel Gefühl an die Sache heran.

Später machte er mich mit seinen Freunden bekannt, und da es eine sehr aufgeschlossene Clique war, machte ich als Frischfleisch die Runde. Na, du weißt bestimmt, wie das üblicherweise abläuft. Ich fiel von den Armen des einen in die Arme des nächsten, nicht selten gleich in mehrere.

Mäxx, du schaust mich so erschrocken an. Nein, es war nicht der Sex, der mich trieb, wirklich nicht. Ganz so hohl war ich dann auch wieder nicht. Ich bin mit jedem dieser Männer eine Verbindung eingegangen. Ganz gleich unter welche Bettdecke ich schlüpfte, ich war immer ganz dort. Und ich bin nie, na ja, fast nie, einfach nur wegen Sex mitgegangen. Das habe ich vielleicht am Anfang ein-, zweimal gemacht, aber bald erkannte ich, daß mir das nichts brachte. Ich habe mich tatsächlich in jeden dieser Männer ein bißchen verliebt. Und auch wenn es viele waren, ich kann mich an jeden einzelnen erinnern."

Ich weiß nicht, ob alle Menschen, die dem Tod ins Auge schauen, anfangen zu philosophieren. Meine Mutter hat es nicht getan, aber sie stellte in vielen Dingen eine Ausnahme dar, auch bei ihrem Tod. Christian jedenfalls erzählte und erzählte, und ich ließ ihn reden.

„Mein Trainer hat mal eine Übung mit mir gemacht. Mentaltraining hat er das genannt. Ich mußte die Augen schließen und mir vorstellen, ich wäre achtzig und läge auf dem Sterbebett. Dann sollte ich auf mein Leben zurückschauen und sehen, was ich erreicht hatte. Ihm ging es natürlich nur um die sportlichen Ziele, um Geld und Wohnungen in der ganzen Welt. Je größer der Hunger, desto härter die Anforderungen, die man an sich selbst stellt, verstehst du?

Ich habe damals brav mitgespielt und mir alles vorgestellt, was man sich eben so vorstellt. Später, als ich dann erfuhr, daß ich positiv bin, lag ich in Gedanken plötzlich wirklich auf dem Sterbebett und war gezwungen, mein Leben zu betrachten. Aber zu meiner Überraschung bereute ich weder die unerreichten Siege noch das nicht gekaufte Häuschen auf den Bahamas. Mir hat etwas ganz anderes gefehlt. Trotz all den Männern, die in meinem Leben eine Rolle gespielt hatten, war da eine Leere in mir.

Ich habe eine wunderbare Zeit mit diesen Menschen verlebt, so wunderbar, daß ich eins dabei völlig übersah: Ich habe nicht kapiert, daß Liebe mehr ist als dieser Rausch, dieses Zusammenkleben und Verbacken. Ich habe nicht kapiert, daß es nicht das Ende ist, wenn in einer Beziehung plötzlich das Kribbeln nachläßt, sondern daß es in Wahrheit die Chance ist für den Beginn.

Es reicht auch nicht, einem Kerl den Schlüssel zu deiner Wohnung zu geben. Es gab da jemanden in meinem Leben. Er ist mir lange treu gefolgt. Irgendwann dachte ich dann, daß ich mit ihm leben sollte, und ich hab es versucht. Aber er war es nicht. Letztlich habe ich nie jemanden wirklich an mich herangelassen."

Da lag Trauer in Christians Worten und Endgültigkeit, die mir unerträglich war.

„Woran erkennst du, daß du jemanden liebst?" fragte ich ihn, in der Hoffnung, das Gespräch in positivere Bahnen zu lenken.

„Das ist, glaube ich, ganz einfach: Liebe hat eine unermeßliche Kraft. Sie läßt dich Dinge tun, bei denen andere die Hände über dem Kopf zusammenschlagen. Und: Liebe läßt dich manchmal ziemlich dumm aussehen, aber sie macht dich unglaublich schön."

Leise gleiten Hörner und Streicher dahin wie ein warmer Sommerwind über das Voralpenland. Dann, als würden sie auf eine Bauernhochzeit treffen, schwellen sie an, tanzen mit – und verstummen, wie um Kraft zu holen. Mal energisch, mal zurückhaltend spielen sie mit den Erwartungen des Hörers, bis sie in einen schnulzig-schmalzigen Reigen, amerikanischer Filmmusik gleich, verfallen, und aus den für Strauß typischen disharmonischen Folgen die wunderschöne Stimme einer Diva gebären.

„Wo ist mein Bruder?" singt die Gräfin schmerzlich bewegt, und nach der Antwort des Haushofmeisters fährt sie fort: „Das Flüchtige lockt ihn. Wie sagte er heute: ‚Heiter entscheiden – sorglos besitzen! Glück des Augenblicks – Weisheit des Lebens!' Ach! Wie einfach!"

Ich konnte sie sehen, Lisa della Casa, als Gräfin; ihren Kopf geneigt, ihre Hände vor der Brust gefaltet, der Melodie ergeben. Ich verehre sie, weil sie im Gegensatz zu vielen sogenannten Diven nichts vorzustellen suchte. Lisa sang, was ihr der Komponist vorzeichnete. Sie gab sich dem hin, anstatt die Melodien zu mißbrauchen, um sich selbst darzustellen. Unprätentiös kam sie daher, kraftvoll, klar, jeder Buchstabe intoniert, jeder Note Aufmerksamkeit geschenkt, die Dynamik bis ins letzte verinnerlicht.

Vor meinem inneren Auge stand sie auf und überquerte die Bühne: „Du wirst geliebt und kannst dich nicht schenken. Du fandest es süß, schwach zu sein, du wolltest mit der Liebe paktieren, nun stehst du selbst in Flammen und kannst dich nicht retten ... Verliert man nicht immer, wenn man gewinnt?"

Ich legte das halb überarbeitete Manuskript zur Seite und griff nach dem Wein. Der tiefrote Saft plätscherte ins Glas, rann ölig herunter. Es war drei Uhr morgens, und langsam wurde ich müde. Mein Kopf fühlte sich schwer an, meine Bewegungen wurden träge und unkontrolliert; es war mir angenehm, in meinem Körper zu wohnen, samtig und weich fühlte es sich an. Die Musik erfüllte mich, drang durch mich hindurch, trieb mich, als wäre ich eine Wolke und sie der Wind.

Mir fiel ein Artikel ein, den ich unlängst im *Spiegel* gelesen hatte: Musik, richtig eingesetzt, vermag zu heilen. Es sei dabei unwichtig, ob man sie selbst produzierte oder ihr nur lauschte.

Ob Christian wohl klassische Musik hörte? Ich konnte es mir nicht vorstellen. Wie schade. Womöglich würde sie ihm Kraft geben. Lisa della Casas Stimme zu hören mußte einem einfach Mut machen; sie war wie ein Engel.

Mir kam eine Idee.

Als ich mich um halb sechs Uhr morgens durch den Hintereingang ins Krankenhaus schlich, war es gespenstisch still. Ich hörte meine Stiefel auf dem Linoleum quietschen. Dabei versuchte ich alle Geräusche tunlichst zu vermeiden, um keine Aufmerksamkeit auf mich zu lenken.

Ich trat aus dem Aufzug, da kam gerade die Nachtschwester aus Christians Zimmer. Nachdem sie hinter der nächsten Tür verschwunden war, schlüpfte ich zu ihm hinein. Meine Augen brauchten einen Moment, bis sie sich an die Dunkelheit gewöhnt hatten. Rechts neben der Tür erhellte eine in die Wand eingelassene grüne Leuchte ein paar Meter des Bodens, und durchs Fenster drang das vom Dunst gedämpfte Licht der Hoflaternen. Sonst war da nur noch das rhythmisch blinkende Lämpchen des Infusomaten.

Das Sauerstoffgerät blubberte; ich hörte Christians unregelmäßigen, röchelnden Atem. Er schlief. Ich zog die Stiefel aus und ging auf Zehenspitzen um das Bett herum. Dort räumte ich das Nachtkästchen ab, zog dann meinen tragbaren CD-Spieler aus der Tasche und legte della Casa ein. Dann schaltete ich das Gerät an und setzte Christian vorsichtig den Kopfhörer auf.

Sein Atem blieb schwer, er bemerkte es offensichtlich nicht, und schon bald erhob sich ihre göttliche Stimme wieder über die Violinen, tauchte lustvoll in das Orchester ein, badete darin und verschmolz in der Tiefe der Melodie.

Ich setzte mich vor das Fenster an die Heizung. Der Hof war in ein magisches Licht getaucht; die Kälte legte eine neblige Haube um die Köpfe der Laternen. Es war still, und ich allein mit einem Sauerstoffapparat, dem schlafenden Christian und der Erinnerung an eine ganz große Diva.

Heute kann ich mich nur wundern, wie ich dazu kam, all diese Dinge zu tun. Dieser nächtliche Besuch war ja noch harmlos im Vergleich zu all dem, was ich in den nächsten Wochen alles auf mich nahm. Und ich frage mich immer wieder: Was hatte die Kraft, mich in so kurzer Zeit dermaßen zu verwandeln?

Der Laser fuhr zurück; die CD hatte zu Ende gespielt, und ich nahm ihm den Kopfhörer ab. Ich war nah genug, um ihn zu küssen. Sein Atem war gleichmäßiger, durchbrochen nur von dem so sanft klingenden Brodeln in seiner Lunge, das in Wahrheit eine ständige Gefahr für sein Leben darstellte.

Schnell schob ich diesen beunruhigenden Gedanken von mir, schlüpfte in meine Stiefel und ging in die Cafeteria hinunter. Die Tagesschicht würde gleich beginnen, ich wollte nicht entdeckt werden. Dann könnte ich auch gleich noch frische Blumen besorgen, denn die warme Krankenhausluft hatte die Ranunkeln schon ausgetrocknet.

Draußen war es noch dunkel, aber das Schwarz war bereits von einem tiefblauen Schimmer durchzogen. Während drinnen Geschäftigkeit ausbrach, immer mehr Personal mit immer schnelleren Schritten an mir vorübereilte, lag die gesunde Welt noch in tiefem Schlaf. Ich bestellte mir einen doppelten Espresso und zündete mir einen meiner besten Zigarillos an. Ich hob die

Tasse und trank sie mit einem Zug leer, dann schaute ich zum Blumenstand hinüber. Er öffnete erst um acht. Ich war zum Warten zu müde und entschied mich für ein Nickerchen.

Als ich am Nachmittag mit einem großen Topf voller Märzenbecher in sein Zimmer kam, war Christian mitsamt seinem Bett verschwunden. Ein Schrecken fuhr mir durch die Glieder. Das Nachtkästchen stand aber noch da, im Wasserglas stiegen kleine Kohlensäurebläschen auf, seine Pantoffeln warteten unter der Heizung.

Ich ging in das Schwesternzimmer, aber es war keiner da. Ich wartete.

Hinten am Fenster saß ein junger Mann im Pyjama mit zwei anderen zusammen. Sie rauchten. Er kam mir bekannt vor. Ob er es auch hatte?

Aus einem Zimmer kam ein anderer Patient heraus. Auch er kam mir bekannt vor. Ich hatte wohl schon mal Sex mit ihm. Wo waren bloß die Schwestern?

Da kam Luzy mit nassen Handschuhen und einer Infusionsflasche in den Gang. Ich ging auf sie zu.

„Er ist beim Röntgen", sagte sie, noch bevor ich fragen konnte, und warf einen fragenden Blick auf den Blumentopf.

„Der ist für Christian", sagte ich und ahnte, daß mir und ihm wieder etwas genommen werden sollte.

„In der Erde gibt es allermögliche Erreger", erklärte sie mir. Das sei Christians momentanem Gesundheitszustand nicht gerade förderlich.

Ich starrte sie an. Ich hatte sie gehört, ich hatte jedes Wort verstanden, und doch wehrte sich etwas in mir, es zu akzeptieren. Dann gab ich ihr die Blumen und ging.

Hätten die meisten Wartenden nicht Bademäntel getragen, wäre mir der lange, überheizte Gang wie eine Bahnhofshalle vorgekommen. Er war mit Menschen in Rollstühlen und Betten, mit Pflegepersonal und Röntgenassistenten geradezu verstopft.

Ich zwängte mich hindurch und suchte Christians Namen auf den Betten. Da war es, leer, Ich setzte mich auf einen gerade freigewordenen Stuhl und wartete.

Neben mir saß eine junge Frau. Sie war jünger als ich, vielleicht Mitte Dreißig. Ihr kleiner, rundlicher Körper deutete auf ein kompaktes Wesen hin; auf den ersten Blick erschien sie mir sehr patent. Sie schaukelte auf dem Stuhl vor und zurück, dabei zwirbelte sie ein Tempotaschentuch in ihren Fingern. Immer wieder richtete sie verstohlen ihre geröteten Augen auf mich.

„Meine Tochter heißt Susanne", sagte sie dann aus heiterem Himmel, laut genug, daß ich es hören mußte und mir nichts anderes übrigblieb, als sie anzusehen.

„Sie ist erst sechs. Sie wollen sichergehen, daß es kein Tumor ist", sagte sie und schaute mich an, als könnte ich ihr helfen.

Ich nickte freundlich und schaute wieder auf die Tür, aus der Christian hoffentlich gleich kommen würde.

„Es hat damit angefangen, daß sie plötzlich alles doppelt sah. Das war vor zwei Wochen. Jetzt hat sie epileptische Anfälle. Zuerst nur alle paar Tage, inzwischen mehrmals täglich."

Ich wendete mich der Frau zu.

„Ich hab mir Urlaub genommen. Man kann sie nicht mehr allein lassen. Seit zwei Tagen sind wir schon im Krankenhaus. Ich hab so Angst. Ich hab so Angst um mein kleines Susannchen." Dann weinte sie.

Ich sah mich um, aber da war niemand, der sich um sie kümmern wollte. Und die, die sich durch den Gang bewegten, waren von einer Mauer der Geschäftigkeit umgeben, an der jedes Wort und jede Emotion abprallte.

Das Papiertaschentuch in ihren Händen war schon ganz zerfleddert, also zog ich ein Stofftaschentuch aus meiner Manteltasche und hielt es ihr hin: „Es wird schon gutgehen", sagte ich. „Sie dürfen nur keine Angst haben."

Sie putzte sich die Nase und umklammerte dann meinen Arm: „Meinen Sie wirklich?"

„Natürlich", antwortete ich.

Dann ging die Tür auf, und Christian wurde in einem Rollstuhl herausgefahren.

„He, Mäxx. Bist du mein Abholservice?"

„Nur dafür bin ich da!" sagte ich und lachte ihn an. Ich war erleichtert, mich von der verzweifelten Mutter entfernen zu dürfen.

„Alles wird gut", sagte ich zu ihr, tätschelte ihre Hand und befreite mich aus der Umklammerung. Dann stand ich auf und übernahm den Rollstuhl.

Christian war sehr schwach. Als er sich aus dem Stuhl erhob, um in sein Bett zu schlüpfen, mußte ich ihn stützen – und zum ersten Mal berührte ich mehr als nur seine Hand. Sein Körper war ausgezehrt, seine Knochen so spürbar, daß ich Angst hatte, sie könnten durch meine Berührung brechen.

Er ließ sich erschöpft ins Bett fallen und zog sich die Decke bis über die Schultern.

„Wenn sie wenigstens heizen würden", sagte er, während mir der Schweiß in Rinnsalen den Kragen hinunterlief. Ich nickte, dann zog ich das Bett von der Wand und schob es den übervollen Gang entlang zum Aufzug.

„Der CD-Spieler ist von dir, nicht wahr?"

Ich grinste.

„Wann hast du ihn gebracht?"

„Ich konnte nicht schlafen, so bin ich heute morgen schnell mal vorbeigekommen. Ich dachte, du wärst schon wach."

„Nein. Ich könnte nur noch schlafen."

„Macht ja nichts."

Am Aufzug angekommen, drückte ich auf den Knopf.

„Das ist klassische Musik, was?"

„Ja, Lisa della Casa. Ist sie nicht wundervoll?"

Er verzog das Gesicht. „Hast du auch richtige Musik?" fragte er und reckte den Hals, um mich besser sehen zu können.

Ich runzelte die Stirn.

„Alles klar." Er winkte ab und ließ sich in sein Kissen fallen.

„Sag mir, was du hören willst, und ich bringe es dir." Die schwere Stahltür öffnete sich, und ich manövrierte das Bett in den Aufzug. Es war gar nicht so einfach, und ich fragte mich, wie das Personal tagtäglich diese Arbeit verrichten konnte, ohne einen Bandscheibenvorfall nach dem anderen zu erleiden.

„Es wäre tatsächlich eine nette Geste, wenn du mir ein paar CDs aus meiner Wohnung bringen könntest. Das Lesen strengt mich zu sehr an."

„Kein Problem."

„Erinnere mich, daß ich dir nachher die Schlüssel gebe."

Die Tür öffnete sich, und ich schob das Bett den Gang hinunter zu seinem Zimmer. Ein Pfleger kam mir entgegen: „Ah, Christian. Wieder da? Wie war der kleine Ausflug?"

„Super. Wirklich ganz toll", sagte er. Bei mir hätte es verbittert geklungen, aber Christian sagte es so, daß wir alle drei lachen mußten.

Der Pfleger öffnete uns die Tür und half mir, das Bett an seinen Platz zu schieben. Dann hängte er Christian an die Infusion, legte ihm den Sauerstoffschlauch unter die Nase und schaltete die Geräte an: „Brauchst du noch was?"

„Hast du ein paar T-Zellen übrig?" fragte Christian im Scherz.

„Nein, leider nicht." Der Pfleger verharrte. Dann schob er seine Hand in Christians und sagte: „Glaub mir, wenn ich könnte, ich würde sie dir geben."

Christian nickte müde, und der Pfleger verließ das Zimmer.

Ich ließ meinen Mantel an, weil ich nicht wußte, ob er wollte, daß ich blieb. Und wie so oft schien es, als könnte er meine Gedanken lesen.

„Bleib doch ein bißchen", forderte er mich kraftlos auf und zog sich am Bettbügel hoch.

„Willst du nicht schlafen?"

„Ich schlafe genug. Erzähl mir lieber, wie weit unsere Geschichte gediehen ist."

Ich legte meinen Mantel über die Lehne und setzte mich. „Ich habe gerade keine Zeit, daran zu arbeiten", sagte ich. „Ich muß noch eine Episode für die Seifenoper überarbeiten."

„Du mußt dran bleiben", sagte er erschrocken. „Du darfst jetzt nicht damit aufhören." Da lag etwas Dringliches in seiner Stimme.

„Keine Angst, ich gebe sie nicht auf. Ich bin nur ... ich weiß nicht, irgendwie schlapp."

„Fahr in die Schweiz nach Davos", sagte er und richtete sich auf. „Da kriegst du schnell die nötige Kraft. Die frische Luft, die intensive Sonne in den Bergen, das erholsame Klima. Es gibt da ein Hotel ..." Er wendete seinen Blick dem Fenster zu, als könnte er auf den Berg hinaufschauen und es so besser beschreiben. „Die Schatzalp. Thomas Mann diente es unter anderen als Grundlage für seinen *Zauberberg*. Alle möglichen Schauspieler steigen dort ab. Ich saß einmal neben Peter Ustinov beim Tee.

Um diese Jahreszeit packt man sich dort in dicke Decken ein und läßt sich auf dem Balkon in den alten klapprigen Liegen nieder. Man badet in der Sonne, schaut ins Tal hinunter, atmet und schläft. Eine Woche, und du fühlst dich wie neugeboren."

Er schaute mich wieder an. „Ich würde am liebsten mit dir hinfahren."

Es hätte mir angst machen müssen, diese Vorstellung, mit einem anderen Menschen Urlaub zu machen. Aber zu meiner Überraschung tat es das nicht. Im Gegenteil. Vor meinem inneren Auge sah ich uns schon daliegen, ein Tischchen mit Tee zwischen uns und ein bißchen Gebäck dazu. Ich würde eine Zigarre in die frische Luft hinauspaffen, eine Montecristo vielleicht, und Christian würde schlafen und mit jedem Atemzug ein bißchen mehr zu Kräften kommen.

Als ich mich ihm wieder zuwendete, sah ich ihn verschwommen. Da waren Tränen in meinen Augen.

Christian sagte: „Weißt du, wo ich wirklich gern mit dir hinfahren würde? Auf die Akropolis. Natürlich zu einer Jahreszeit, wenn es dort nicht gerade von Touristen wimmelt. Du stehst da auf einem Berg, umgeben von Tausenden von Jahren Geschichte. Mir wird ganz schwindelig, wenn ich nur daran denke. Sagtest du nicht, daß Raphael und Alexander auch zusammen reisen werden?"

Ich nickte.

„Dann mußt du sie nach Venedig fahren lassen. Eine Liebesgeschichte ohne Venedig ist wie Wein ohne Alkohol."

„Venedig ist so Klischee, findest du nicht?"

„Klischees sind wichtig. Du brauchst von Venedig nur ein paar Einstellungen zu zeigen, und die Zuschauer entwickeln automatisch eine romantische Gefühlswelt. Ob du es zeigst oder nicht, sie werden Gondeln sehen und den Dunst über den Kanälen, sie werden das Meer riechen und die venezianische Küche schmecken."

Christian überzeugte mich nicht.

„Wenn ich könnte, würde ich sofort mit dir dahinfahren und es dir beweisen. Ich würde mit dir durch enge Gassen wandeln, in die sich kein Tourist je verläuft. Ich würde uns in ein kleines Hotel einbuchen, weil man in den großen nur von unmöglichen Amerikanern und Japanern umgeben ist. Und ich würde dich in verträumte Restaurants ausführen, wie ins Al Graspo de Ua oder ins Agli Amici. Und natürlich würden wir bei Harry's einen Drink nehmen, je nach Jahreszeit vielleicht einen Rossini."

Christian schwärmte, und es war schön, daran teilzuhaben. Immer mehr krochen auch meine Erinnerungen an die Lagunenstadt aus den dunklen Kammern meines Gedächtnisses hervor. Ein salzig-fischiger Geruch legte sich in meine Nase. Ich hörte das Getrappel von schnellen Füßen in den steinernen Gassen. Der bittere Geschmack von Espresso brannte mir auf den Lippen, und ich spürte, wie mir eine gegrillte Languste auf der Zunge zerging, die nur mit grobem Steinsalz und frischen Kräutern gewürzt war.

Wie schön wäre es gewesen, mit Christian diese Stadt zu erleben, ihre Geheimnisse durch seine Augen kennenzulernen. Ja, Raphael und Alexander werden nach Venedig reisen.

„Und weißt du, wo deine Geschichte noch spielen muß?" fragte Christian, als ich nach dem Höhenflug seiner Erzählung wieder sanft gelandet war. „In Malaga", antwortete er sich selbst. „In der Alcazaba von Malaga."

Und dann erzählte er mir von der alten Burg der Mauren, die den Angriffen des Christentums widerstand, bis sie dann doch fiel. Er führte mich herum zwischen all den alten, mit Moos überwachsenen Steinen, ließ mich aufs Meer hinausschauen und auf die Palmenallee hinunter, durch die Peter O'Toole in dem Film *Lawrence von Arabien* geritten ist.

Christian schmückte seine Erzählungen so lange aus, bis ich das Gras unter meinen Füßen spürte, die prächtigen Farben der Mosaike sah und die tiefen Kerben, die Zeit und Wind aus den Steinen herausgeschliffen haben. Ich ließ mich von seinen Erzählungen treiben, hörte die Kampfschreie der fanatischen Christen und witterte die Einsamkeit, die an all diesen Orten wohnt, die täglich von Tausenden kopflos umherirrenden Touristen bevölkert werden, von Menschen, die schauen, ohne zu sehen, die berühren, ohne zu fühlen, die fotografieren, ohne das Schicksal all derer festzuhalten, die hier lebten, atmeten und starben.

Mit Christian zu reisen war, wie auf Kur zu gehen. Es erholte und erfrischte mich, entfernte mich von dieser Welt, gerade von dieser sonderbaren Welt der Krankheit, die in jenen Wochen so sehr Teil meines Lebens wurde, daß ich sie von der anderen, der gesunden, nicht mehr unterscheiden konnte.

Auch für Christian schien das Reisen in Worten eine energetisierende Wirkung zu haben. Obwohl es ihn viel Kraft kostete, wirkte er danach wacher, seine Haut rosiger, und in seinen Augen sprühte das Leben.

Wir reisten noch viel herum in der Welt, in der Vergangenheit und in der Zukunft, obwohl wir wußten, daß sie uns nicht mehr gehören würde, und dieses gemeinsame Reisen knüpfte das unsichtbare Band zwischen uns immer enger.

Leider habe ich vieles davon vergessen. Es war so perfekt und so intensiv, daß es danach einfach aus meinem Kopf verschwand.

Nur ein allgemeines Gespräch fällt mir in diesem Zusammenhang noch ein.

„Letztlich ist es doch egal, an welche Orte du deine Figuren reisen läßt", sagte er. „Die schönsten Momente im Leben sind sowieso unbeschreiblich. Es reicht, wenn du dem Zuschauer ein paar Bilder anbietest; der Rest findet in seiner Phantasie statt. Zeig ihm eine traumhafte Bucht, einen Ausblick von einem Felsen hinunter aufs Meer, ein Feld voller Sonnenblumen oder sonst etwas. Mehr ist es doch nicht, was einen romantischen Moment ausmacht: Händchen halten und gemeinsam den honigsüßen Duft bunter Blüten aufsaugen. Wo das stattfindet, ist doch egal."

War es wirklich so einfach? Ich hatte keine Ahnung. In der Seifenoper rettete ich mich über diese Liebesszenen immer mit Klischees hinweg – ein seidiger Blick, eine Hand, die die andere sucht, Kerzenschein und irgendwo Kirchenglocken – den Rest übernahmen die Musikredakteure, die die Szene mit einer Schnulze untermalten, die selbst einem Stein Tränen entlockte.

Wenn Christian recht hatte, dann konnte letztlich alles zum romantischen Ereignis werden: der Stau auf der Autobahn, das Einkaufen im Supermarkt, ja selbst ein Fußballspiel. Ich versuchte mir diese Szenen vorzustellen und mußte schmunzeln. Natürlich hatte ich so etwas auch schon in Filmen gesehen, aber nie geglaubt, daß das auch für das wirkliche Leben zutreffen könnte, weil ich ja wußte, wie mit den Gefühlen der Zuschauer gespielt wurde.

„Worüber schmunzelst du?"

Ich teilte meine Gedanken mit ihm, und er sagte: „Du hast völlig recht. Mit der richtigen Einstellung kann sogar eine lärmende Maschinenfabrik den Rahmen für ein romantisches Erlebnis bilden. Nur auf da drin kommt's an", sagte er und tippte auf sein Herz.

Seine Worte stimmten mich nachdenklich. Was könnte unromantischer sein als dieses stickigwarme, grauweiße Zimmer, voller blinkender, piepsender und blubbernder Geräte?

Ich rief mir das Bild von Raphael am Bett von Alexander zurück. Er saß da, so wie ich jetzt am Bett von Christian. Lisa della Casa sang: „In dämmrigen Grüften/träumte ich lang/von deinen Bäumen und blauen Lüften/von deinem Duft und Vogelsang./Nun liegst du erschlossen/in Gleiß und Zier,/von Licht übergossen,/wie ein Wunder vor mir."

Mir wurde warm; dieses Fieber stieg wieder in mir auf. Mein Körper wurde von einem sanften Kribbeln durchzogen, so als stünde ich in großer Höhe und schaute in die Tiefe hinab, so als bestünde Gefahr, daß ich jeden Moment stolpern könnte und fallen.

In meinen heißen Händen hatte ich einen Klumpen Schnee zu einem Ball geformt und zielte damit auf das Stoppschild, das auf der anderen Straßenseite stand. Auch der dritte Versuch ging daneben.

Wann hatte ich zum letzten Mal Schneebälle geworfen? Es mußte dreißig Jahre her sein. Betreten schaute ich mich um.

Ich ging noch am selben Abend in Christians Wohnung. Es war eigenartig. Noch vor Wochen hatte ich zu ihm hinübergeschaut, ihn beobachtet und mir vorgestellt, wie es wäre, Sex mit ihm zu haben. Inzwischen waren wir uns auf ganz andere, viel intimere Weise nahegekommen. Aber anstatt von ihm hinaufgeführt zu werden – wie ich es mir so oft vorgestellt hatte –, ging ich nun allein in seine Wohnung. Ich gebe zu, daß ich neugierig war, hatte ich doch bisher nur einen kleinen Ausschnitt gesehen, einen kleinen, fenstergroßen Einblick in Eßzimmer und Küche gewonnen.

Der Aufzug brachte mich in den vierten Stock; ich sperrte die Tür auf und schaltete das Licht an. Da hingen große Schwarzweißfotografien an der Wand, beleuchtet von in die Decke eingelassenen Spots. Der Boden war mit schneeweißem Teppichboden ausgelegt. An der Garderobe hingen bunte Blousons und eine schwarze Lederjacke, die von polierten Nieten gesäumt war; in der Ecke stand ein Schirmständer.

Ich schob die Tür hinter mir zu und ging in die Wohnung hinein. Erst jetzt sah ich, daß Christian auf den Fotos abgebildet war:

Christian unter Wasser, Christian am Beckenrand, Christian beim Schwimmen, Christian auf dem Siegertreppchen, eine glitzernde Medaille in der Hand. Zum Zeitpunkt der Fotos hatte er noch diesen wohlgeformten Körper, geschmeidig, ohne Falten, alles auf Erfolg getrimmt.

Die erste Tür links führte in ein wölkchenblau gefliestes Bad. Auf den Glasregalen waren allerlei Duftwässer, Faltencremes und ein Haarwuchsmittel aufgereiht. Keine Spur von Staub, das Chrom der Armaturen blitzte.

Gegenüber befand sich die Küche. Die Türen der Schränke glänzten im tiefen Blau. In der Ecke stand ein großer zweitüriger Kühlschrank mit integrierter Eiswürfelmaschine, die Arbeitsfläche zog sich ums Eck herum bis zum Durchbruch ins Wohnzimmer. Darauf lag ein Zettel:

Liebe Frau Szabó.
Vergessen Sie die Fenster nicht. Bitte nehmen Sie alle verderblichen Produkte aus dem Kühlschrank. Ich melde mich, sobald ich Sie wieder brauche.

Beste Grüße, C. L.

Auf dem Eßtisch standen eine silberne Zuckerdose, Salz und Pfeffer und die grüne Glasvase, die sonst immer mit gelben Blumen gefüllt war. Nicht einmal ein Kalkrand erinnerte daran, daß sie bis vor kurzem noch Narzissen beherbergte, Rosen im Herbst und Iris im Winter.

Ich legte mein Gesicht auf den Tisch. Er war kühl und duftete nach feuchtem Holz. Hier hatte sich Christian nehmen lassen.

Im Fenster sah ich mein Spiegelbild, weil es draußen so dunkel war. Gegenüber lag meine Küche. Er muß mich gesehen haben, sooft wie ich den dicken Schmauch meiner Zigarren gegen das regentrübe Fenster blies. Von hier aus konnte er sogar in mein Schlafzimmerfenster schauen.

Ich ging ins Wohnzimmer hinüber. Es war geräumig, weitläufig und angenehm leer. Quer zur Wand stand ein üppiges, mit orangefarbenem Leinen bezogenes Sofa. Auf der anderen Seite ein großer Breitbildfernseher. An der Wand zum Gang zog sich ein Stahlregal entlang, auf dem sich Bücher, CDs und Fotos übersichtlich angeordnet aufreihten: Christian mit einem Kerl am Strand, ein anderer Typ auf einem Motorrad irgendwo vor einem wüstenartigen Hintergrund, ein junger, blonder Mann in New York und noch einige andere.

Ich stellte mir vor, wie der Blonde auf dem Sofa saß und Christian ihm einen Cocktail reichte. Sie stießen an, schauten sich verträumt in die Augen. Sie küßten und umarmten sich, rollten auf dem Fußboden herum. Schnell war die Wohnung von ihrer Zuneigung erfüllt, so als würde die Lust wie eine Art unsichtbarer Nebel auf mich herabfallen. Ich konnte sie riechen, ich konnte sie schmecken.

Meine Brust wurde schwer. In jeder Ecke sah ich Beziehung, Vergangenheit, die Liebe zwischen Christian und seinen Männern. Alles war mit einem Mal durchtränkt von diesem Gefühl; es machte mich einsam.

Ich fuhr an ein paar Buchrücken entlang, als wollte ich sie auf ihre Echtheit testen. Ich ging auf dem weichen Teppichboden umher, setzte mich auf das Sofa, stellte mir vor, von hier aus fernzusehen, ein Buch zu lesen oder ein Glas Wein zu trinken. Ich nahm ein Kissen auf, legte mein Gesicht hinein und sog den Geruch in mich auf. Und dann wollte ich aufstehen und mir sein Schlafzimmer anschauen, aber etwas hinderte mich daran.

Eigenartig. Früher noch, bei ganz bestimmten nächtlichen Besuchen, hatte ich, bevor ich ohne Abschied aus der Wohnung schlich, einen Schlüssel mitgenommen – soweit ich einen zweiten fand –, um dann, am nächsten Morgen, wenn ich mich sicher wähnte, zurückzugehen, mich einzulassen und in das Bett zu legen, in das Bett jenes Menschen, mit dem ich in der Nacht zuvor Sex gehabt hatte. Ich hatte es vollzogen wie ein Ritual, die Begegnung wäre ohne nicht vollständig gewesen. Es hatte etwas Versöhnliches, glich die schmerzliche Anonymität aus, mit der wir uns in der Nacht zuvor begegnet waren. Es war so notwendig gewesen, daß ich, wider besseren Wissens, nie das Gefühl hatte, etwas Verbotenes zu tun. Aber jetzt, in Christians Wohnung, der mir seinen Schlüssel in dem Bewußtsein gegeben hatte, daß ich hineinging und mich umsah, kam ich mir plötzlich schäbig vor.

Um mich abzulenken, schaute ich auf den Balkon hinaus. Vor den gläsernen Schiebetüren bauschten sich türkisfarbene Seidenvorhänge. An den Wänden hingen Fotos und nur wenige moderne Acrylgemälde; nichts Besonderes, einfach nur passend. Passend und geschmackvoll abgestimmt wie alles in dieser Wohnung.

Meist befällt mich in so einer Umgebung ein unangenehmes Gefühl, als befände ich mich in einem Museum, als dürfte nichts berührt werden. Oder wie in Kirchen, in denen ich grundsätzlich verstumme, um die besondere Atmosphäre nicht zu stören. Aber in diesen Wänden hätte ich gut leben können. Da war etwas Heimeliges darin – und doch irritierte mich etwas.

Ich konnte nichts finden, was mir einen Hinweis auf Christians Charakter gegeben hätte. Da war kein Wiedererkennen, kein Aha-Erlebnis: „So lebt er also!" Da blieb immer dieses Fragezeichen, als ob etwas fehlte. Ich kam mir vor, als würde ich zwischen Fassaden umherirren.

Vor den Wohnzimmerfenstern, die wie das Küchenfenster auf den Hof hinausblickten, waren die Lamellen zugezogen – wie immer. Daher war mir der Einblick bisher verwehrt geblieben. Ich schob sie auseinander und schaute hinüber zu meinem Schlafzimmer. Da beschlich mich ein eigenartiges Gefühl. Ich weiß nicht, warum, aber etwas kam mir plötzlich seltsam vor.

Ich zog die Lamellen auf und entblößte die zimmerhohen Fenster, da sah ich einen Feldstecher auf dem Boden stehen.

Ich nahm ihn auf und schaute hindurch. Er war auf die Entfernung meines Schlafzimmers scharfgestellt. Diese kleine Sau. Ich erinnerte mich an seinen Blick bei meinem ersten Besuch im Krankenhaus, seine freundliche Begrüßung, diesen Moment der Beklemmung im Raum. Ich dachte, es hätte an mir gelegen, dabei war sie wohl auch von ihm ausgegangen.

Ich lachte über unsere Dummheit und die Albernheit, einander zu beobachten und dann nicht den Mut zu haben, es zu gestehen. Ich lachte so sehr, daß ich mich auf den Boden setzen mußte.

Welche Ironie, dachte ich. Monatelang hatte ich ihn begehrt, monatelang Phantasien geschürt. Jetzt war es zu spät. Und die Tränen der Freude kehrten sich in Tränen der Bitterkeit. Es war an der Zeit zu gehen.

Ich rappelte mich auf, ging zum Regal hinüber und las die Rücken einiger CDs: *Pet Shop Boys*, Cher, *Culture Club*. Den Namen von Michael Jackson und von Madonna hatte ich schon mal gelesen, in der Tageszeitung vielleicht oder im *Spiegel*. Barbra Streisand kannte ich; eine außergewöhnliche Stimme und ein herausragendes Talent. Wenn sie nur Lieder wählen würde, die auch in meinen Ohren klingen. Diese moderne Musik, sie war einfach nichts für mich.

Ich nahm den Stoß von CDs, der vor seiner Stereoanlage aufgestapelt lag, schaltete die Lichter aus und ging in meine Wohnung zurück.

Meine Küche war sauber; Frau Huber mußte geputzt haben. War es schon wieder Mittwoch? Ich begann langsam das Zeitgefühl zu verlieren.

Ich ging an meinen Weinschrank und angelte mir eine Flasche Rioja heraus, den feinsten, den ich dort lagerte, einen 83er Torre de Trujillo. Diese Fernglas-Geschichte wollte gefeiert werden.

Vielleicht darf ich an dieser Stelle einschieben – oder habe ich das schon einmal erwähnt? –, daß Christian keineswegs das einzige Opfer meiner Lust zu beobachten war. Gut, er war das einzige lohnende Opfer in meiner Umgebung. Warum hätte ich Hetenpärchen nachstellen sollen? Ich hatte mir auch andere ausgespäht, bin auf Garagendächer geklettert, sogar in Bäume, um so an ihrem Privatleben teilzuhaben. Dabei war ich mir schon manchmal ein wenig komisch vorgekommen. Voyeurismus hatte etwas Verruchtes, andererseits war es gerade das, was es so reizvoll machte.

Zu wissen, daß Christian dasselbe tat, nahm der Sache die Magie. Aber es störte mich nicht, denn ich bekam dafür etwas im Tausch. Unsere Perversion machte uns zu Brüdern, verband uns auf ganz besondere Weise. Und dieses Wissen gefiel mir gut.

Der Korken verließ den Flaschenhals mit einem hellen, feuchten Knall, ein gutes Zeichen. Er roch holzig, ein Hauch von muffigem Schimmel und vorne dran ein Mund voll frischer, saftiger Kirschen. Ich goß einen Finger breit davon in ein großes Burgunderglas, schwenkte es, schnupperte daran, goß gerade soviel in meinen Mund, daß er Lippen und Zunge benetzte, und hauchte ein wenig darüber hinweg, um ihn zu wärmen, den flüchtigen Alkohol zu vertreiben. Dann erst schmeckte ich hinein. Langsam bewegte ich meine Zunge im Mund, schloß und öffnete die Lippen, atmete durch die Nase und tauchte ein in diesen Hochgenuß: Erde, sandige Erde, ein wenig Teer, Brombeeren und Lavendel, im Abgang ein Hauch frischer, wässriger Gurke, dann Kühle. So sollte er sein. Ich mußte ihn stehen lassen, vier, fünf Stunden, und er würde sich entfalten. Dann würden Rosen zum Vorschein kommen, Honig und der derbe Brand bitterer Schokolade. Bis dahin hätte ich noch an der Seifenoper arbeiten können, aber ich hatte meinen Raphael vernachlässigt und beschloß daher, meine Zeit lieber ihm zu widmen.

Ich griff nach einer einfacheren Zigarre, einer Davidoff, glaube ich, köpfte sie, schwenkte sie in der Flamme und zog zwei-, dreimal daran, bis sie kräftigen Rauch entwickelte. Dann setzte ich mich vor ein leeres Blatt Papier. Raphael, Raphael, sprich zu mir. Aber Raphael blieb stumm.

Ich reichte Christian die Tüte mit den CDs.

„Oh, danke. Alles gefunden?" Christian lächelte verschmitzt.

Sollte seine Frage eine Anspielung sein? Ich hatte mir fest vorgenommen, das Thema nicht anzuschneiden. Wenn ich zugab, das Fernglas entdeckt zu haben, hätte ich eingestehen müssen, daß ich in seiner Wohnung herumgeschnüffelt hatte.

„Die CDs lagen genau dort, wie du es mir beschrieben hast", antwortete ich und umschiffte so meine Entdeckung. Gleichzeitig fischte ich den Schlüssel aus meiner Hosentasche und hielt ihn ihm hin.

„Macht es dir was aus, ihn zu behalten?" fragte er. „Man weiß ja nie."

„Nein. Überhaupt nicht."

Er nahm die CDs aus der Tüte und schien mit der Auswahl zufrieden.

Ich hatte ihm auch noch ein Geschenk mitgebracht. „Und die ist von mir."

Neugierig riß er das Papier herunter. „Florence Foster Jenkins? Sieht sehr nach klassischer Musik aus. Weißt du ...", er seufzte. „Das ist nett gemeint, aber damit kann ich wirklich gar nichts anfangen."

„Hör doch erst mal rein."

„Aber ..."

„Hör rein", sagte ich, nahm ihm die Scheibe aus der Hand und ging zum CD-Spieler hinüber. Kaum tönte sie aus dem Kopfhörer, hellte sich sein Gesicht auch schon auf.

„Das ist ja wirklich unglaublich", sagte er, als sie sich nach Mozart an Liadoff verging. „Was ist denn das für ein Partygag?"

„Kein Scherz", sagte ich und erzählte ihm ihre Lebensgeschichte: Florence Foster Jenkins lebte um die Jahrhundertwende. Als Kind reicher Eltern gab sie kleine Konzerte, füllte später Konzertsäle und verwirklichte sich dann durch Erbschaft im stattlichen Alter von einundsiebzig Jahren ihren Jugendtraum: Sie mietete New Yorks Carnegie Hall und gab dort am 25. Oktober 1944 ein einmaliges und lange im voraus ausverkauftes Konzert.

Auch jemand, der von klassischer Musik nichts versteht, der nicht weiß, wie die *Königin der Nacht* klingt, kann unmöglich überhören, wie falsch sie kräht. Christian hielt sich den Bauch vor Lachen.

„Wie konnte sie es nur wagen?" fragte er.

„Es war ihr Traum. Und für diesen Traum war sie bereit, alles zu geben. Sie hat die Carnegie Hall ausverkauft. Für jemanden, dem hörbar jegliches Gefühl für Musik fehlte, der keinen Rhythmus hatte und auch kein musikalisches Ohr, ist das doch ein unglaublicher Erfolg."

Schwester Angelika kam zur Tür herein. „Christian, ich fahr dich schnell zum Herzschall, der Hol- und Bringedienst ist völlig hinterher." Sie legte seine Krankenakte aufs Bett.

Christian schaute auf die Uhr. „Stimmt. Ich hatte den Termin schon vor einer Stunde."

„Eben", sagte sie und löste die Bremsen des Bettes.

„Ich kann ihn doch fahren", bot ich an.

„Nein, das ist doch nicht ..."

„Aber ich bitte Sie. Ich sitze doch sonst hier nur rum."

Christian nickte ihr zu. „Ist schon okay, Angelika. Kümmere du dich um die anderen Patienten."

„Bist du sicher?" Sie warf uns einen fragenden Blick zu.

„Aber natürlich", sagte ich.

Angelika nahm Christian von der Infusion, verschloß die Nadel mit einer roten Plastikschraube und befreite ihn vom Sauerstoffschlauch. „Na gut", sagte sie, und ich schob Christian auf den Gang hinaus.

Der Aufzug hielt und öffnete dann seine Türen; ich schob das Bett hinein und drückte auf Erdgeschoß. Christian schaute mich an. Es war ein weicher, aber auch ein fragender Blick. Irgend etwas ging in ihm vor.

Das Wissen um das Fernglas hatte etwas zwischen uns verändert; wir teilten ein Geheimnis. Es kam mir ein bißchen so vor wie in meiner Beziehung zu Gerd. Wir wußten voneinander und sprachen es nie an. Aber trotzdem stand es immer im Raum.

Der Aufzug hielt an, und ich fuhr das Bett hinaus. Wir wendeten uns nach links, dann rechts den Gang hinunter und dann wieder rechts durch den Röntgengang. Wie schon am Tag zuvor war er angefüllt mit Wartenden, und ich plackte mich ab, das schwere Bett hindurchzumanövrieren.

Christian sagte etwas, aber ich verstand ihn nicht. Ich stand zwar dicht hinter seinem Kopf, aber der Gang war so eng, daß die Gespräche laut widerhallten.

„Wie bitte?" fragte ich und hielt an, um ihn besser zu verstehen.

„Ich sagte, es ist schade, daß wir uns nicht früher kennengelernt haben." Seine Stimme schallte durch den Gang. Eine ganze Reihe von Patienten richtete ihren Blick auf uns, und ich stellte mir vor, was sie sahen: einen Mann, der sich zu einem Kranken hinunterbeugt, so als würde er ihn küssen. Ich blickte in Christians Augen, in denen pure Freude spielte. Dann schob ich das Bett lachend davon.

Der Arzt schloß gerade die Tür ab, als ich schwitzend eintraf. „Scheint ja, als hätten wir es gerade noch geschafft", sagte ich und lächelte.

„O nein", sagte der Arzt im Umdrehen. Dann tippte er auf seine Armbanduhr. „Ich habe seit einer Viertelstunde Mittagspause, und ich ..."

Die Goldkettchen, das braungebrannte Gesicht, die weißlackierten Zähne, sein affektiertes Gehabe: eine Arzt-Trine, wie es schwuchteliger nicht geht.

Ich zwinkerte ihn an. „Der Hol- und Bringedienst ist so überlastet", sagte ich übertrieben freundlich.

Der Arzt verschränkte die Arme.

„Machen Sie es uns nicht schwerer, als es ohnehin schon ist", zischte ich ihm zu.

Der Arzt schaute auf Christian hinunter. Dann nahm er das Krankenblatt und schlug es auf. Sein Blick fiel auf das große, rote Pluszeichen – das Symbol, mit dem in diesem Haus die Akten von HIV-Positiven und Aidskranken markiert werden –, und er zuckte. „Na gut. Weil Sie es sind. Aber nur dieses eine Mal."

Er warf den Kopf in den Nacken, strich sich eine graumelierte Locke von der Wange und schloß mit einem schweren Seufzer die Tür auf. Ich schob Christian hinein und plazierte das Bett neben dem Ultraschallgerät.

„Sie haben Glück, Herr Lumier, einen so hilfsbereiten ... Freund zu haben", sagte er spitz.

„Herr Lumier ist mein ... Nachbar", sagte ich und betonte dabei jedes Wort.

Da zuckte der Arzt zum zweiten Mal und zog die ausgezupften Brauen hoch, um mir nun seinerseits ein anbiederndes Lächeln zuzuwerfen. Er hatte angebissen.

„Es ist wirklich schlimm mit dem Personal", sagte er und klang plötzlich sehr verständnisvoll. „Es ist so knapp bemessen, und wenn dann mal ein oder zwei von diesen kleinen Bürschchen krank werden, bricht alles zusammen. Schauen Sie meinen Terminplan an, eine einzige Katastrophe."

Ich nickte verständig und schlug die Augen auf. Christian schaute mich an; wir zwinkerten uns zu, und er lächelte.

Dr. Breitschaft gab etwas Gel auf Christians Brust. Der stieß einen Schrei aus.

„Ja, es ist kalt", sagte der Arzt ungeduldig. „Aber es wird gleich warm."

Seine Arroganz machte mich wütend.

„Sind Sie etwa auch im Heilberuf tätig?" fragte mich Breitschaft über Christians Kopf hinweg, während er mit dem Meßgerät auf der Brust herumfuhr, und wendete sich dann dem Monitor zu.

„Nein", antwortete ich. „Dazu habe ich zu schwache Nerven." Und um sicher zu gehen, daß er an meiner Angel blieb, setzte ich noch eins drauf: „Aber ich bewundere die Ärzte. Wie Sie das nur schaffen?"

Breitschaft wuchs sichtlich ein paar Zentimeter.

Das Geplapper ging weiter. Es war einfach, diesen eingebildeten, neurotischen Wicht einzuspinnen. Ich überlegte, ob ich ihn nach seiner Visitenkarte fragen sollte, schließlich war er Arzt. Ich hätte auch über Herzschmerzen klagen können und ihn bitten, mich zu untersuchen. Er hätte es bestimmt gern getan, auch außerhalb der Sprechzeiten, dessen war ich mir sicher. Und dann hätte ich ihn richtig rangenommen. Meine Phantasie schäumte geradezu bei der Vorstellung.

„Das war ja 'ne komische Nummer", sagte Christian, sobald wir wieder draußen waren. Ich nickte nur, denn ich wollte nicht, daß er mitkriegte, wie sehr ich mich geärgert hatte.

Still manövrierte ich das Bett über den unebenen Boden zurück auf sein Zimmer. Unterwegs schlief Christian ein.

„Ich meinte das vorhin ernst", sagte Christian.

Ich schreckte aus dem Buch hoch, mit dem ich seinen Schlaf überbrückte.

„Was?"

„Ich sagte, ich meinte das vorhin ernst."

„Ja, das habe ich verstanden. Aber was meintest du ernst?"

„Als ich sagte, ich finde es schade, daß wir uns nicht eher kennengelernt haben."

Ich war so perplex, ich konnte darauf nichts erwidern. Meine Gedanken flatterten auf wie ein Schwarm Tauben auf dem Markusplatz von Venedig. Und da war auch wieder diese eigenartige Spannung in meinem Körper, die ich ganz am Anfang gespürt hatte.

„Wenn wir diese Reisen unternehmen, dann ist das für mich nicht nur ein Spiel. Ich stelle mir wirklich vor, ich wäre mit dir dort. Und ich stelle es mir sehr schön vor."

Christians Stimme war verändert, weicher und gleichzeitig durchdringender; seine Worte trafen mich inzwischen nicht mehr irgendwo, sie fuhren mir direkt in die Knochen. Sie machten mir angst, doch sie hörten sich gut an.

Aber gleich erinnerte ich mich daran, daß er vorgeschlagen hatte, wir sollten Raphael und Alexander spielen. Er wollte weiter an unserem Drehbuch spinnen, das war alles. So entspannte ich mich gleich wieder. Ich konnte ihn sogar anlächeln, als ich sagte: „Das finde ich auch." Meine Stimme klang ein bißchen höher und weicher als sonst, eben wie ich mir die Stimme von Raphael vorstellte.

„Erinnerst du dich an unseren Sizilienurlaub?" fragte Christian.

„Na klar", sagte ich und zog meinen Notizblock heraus; inzwischen notierte ich mir unsere Unterhaltungen, um sie für das Drehbuch zu verwenden.

„Wir sind zum Flughafen raus und haben das nächste Flugzeug in den Süden genommen. Es brachte uns nach Catania."

„Ja, ich erinnere mich", sagte ich und kritzelte.

„Ein Bus brachte uns nach Giardino di Naxos, einem kleinen, furchtbar touristischen Dorf am Fuße von Taormina. Hinter uns saß diese Neckermannfamilie mit dem hustenden Kind. Du hast dich so darüber geärgert, erinnerst du dich?"

„Das ist nicht fair, mir die unangenehmen Parts zuzuschieben."

Christian lachte. „War ja nur ein Scherz." Und dann erzählte er mir von dem Hotel am Ende des Dorfes, das in einen großen Park eingebettet war. Darin gab es viele lauschige Ecken, in denen wir es uns, also Raphael und Alexander, abends mit einer Flasche Wein romantisch machten. Und direkt am Wasser lag ein großer Pool.

Mir fiel etwas ein, das ich beitragen konnte: „Wir gingen die Umgebung erkunden und fanden einen abgelegenen Kiesstrand ein Stück außerhalb des Dorfes . Weit und breit war kein Mensch zu sehen. Die Sonne knallte auf uns herab, und wir waren völlig überhitzt. Also beschlossen wir, obwohl wir weder Handtücher noch Badehosen dabei hatten, ins Meer zu springen. Es war herrlich kühl und erfrischend, das Wasser so klar, daß man metertief auf den Grund blicken konnte."

Und während wir phantasierten und diesen kleinen Urlaub zusammenspannen, formten sich die dazugehörigen Bilder in meinem Kopf. Der Film wurde real, er wurde zur Wirklichkeit – wenigstens zu einer Art Wirklichkeit.

„Da lagen Felsen etwa hundert Meter vom Strand entfernt, wie gestrandete Wale im Wasser", fiel Christian ein. „Wir schwammen zu ihnen hinüber und kletterten hinauf. Weil sie immer wieder von großen Wellen überflutet wurden, fanden wir allerlei sonnengetrocknetes Getier. Die Krebsscheren, die im Bücherregal liegen, haben wir daher."

Er sagte das so ernst, daß ich einen Moment lang in Gedanken seine Wohnung nach den Krebsscheren absuchte.

„Das würde ich doch niemals vergessen", sagte ich gespielt echauffiert.

Christian blitzte mich erfreut an, dann sprach er weiter: „Wir haben uns auf die warmen schwarzen Steine gelegt, Vulkangestein vom Ätna, weißt du noch?"

„Und was haben wir dann gemacht?" Diese Frage rutschte einfach so aus mir heraus; ich schwöre, ich stellte sie ohne Hintergedanken.

„Wir haben Sonne getankt", antwortete Christian mit Selbstverständlichkeit.

Erst dann merkte ich, wie sehr ich es mir gewünscht hätte, er würde uns Sex andichten, fiebernde Hände auf unseren überhitzten Leibern oder wenigstens einen Kuß mitten auf dem Meer. Aber Christian tat nichts dergleichen.

Ich weiß, es war kindisch, mich so zu verhalten, aber so ging es mir in dieser Situation mit Christian oft: „Und dann war da doch ein Kerl, erinnerst du dich?"

Christian schaute mich emotionslos an, und ich konnte mich nicht entscheiden, ob er auf eine Story wartete oder ob er von dieser aufdringlichen Wende genervt war. So oder so, ich bohrte weiter: „Er kam über die Felsen herauf und lächelte uns an. Es war so ein typisch sizilianischer Junge, braungebrannt, mit einem muskulösen Körper, natürlich von der Arbeit, nicht vom Fitneßstudio. Er war splitternackt und sehr schön, und er kam direkt auf uns zu ..."

„Ja, ich erinnere mich", fiel mir Christian ins Wort. „Aber nachdem wir unsere Köpfe aufs Meer hinausstreckten und damit demonstrierten, daß wir kein Interesse an ihm hatten, verschwand er wieder. Und wir waren froh, daß wir den Moment für uns alleine hatten."

„Ja, das stimmt", sagte ich betreten. „Jetzt erinnere ich mich wieder."

Und dann sagte Christian etwas, das mich traf wie ein Blitz: „Hast du dich schon mal gefragt, warum du ein Drehbuch schreibst, das sich dann in deinem Leben manifestiert?"

„Wie meinst du das?"

„Du hast mir doch erzählt, daß es in deinem Film um Raphael und Alexander geht, die sich am Krankenbett kennenlernen. Sie unterhalten sich, kommen sich näher, bis der andere stirbt. Ich meine, findest du es nicht eigenartig, daß wir uns kennenlernen und ich nach ein paar Tagen genau dasselbe sage wie deine Hauptfigur? ‚Schade, daß wir uns nicht eher kennengelernt haben'?"

Am Abend, ich trat gerade aus dem Aufzug heraus, sah ich Dr. Breitschaft am Ende des Ganges. Er ging in meine Richtung, blieb aber stehen, als er mich erkannte, drehte sich um und lief weg.

Ich schaute ihm solange nach, bis ich merkte, daß er sich alle paar Schritte nach mir umdrehte. Dann folgte ich ihm. Er bog um die Ecke; ich hinterher. Er ging durch eine kleine Tür die Treppe hinunter in den Keller; ich folgte ihm, immer im Abstand von vielleicht zwanzig Schritten.

Er ging zielstrebig den langen Gang hinunter. Ein Zivildienstleistender kam ihm auf dem Fahrrad entgegen. Er grüßte Breitschaft, und sie wechselten ein paar Worte. Ich blieb stehen und wartete ab. Dann verabschiedeten sie sich voneinander, der Zivi fuhr weiter, und Breitschaft starrte mich an. Ich begegnete seinem Blick, näherte mich aber nicht.

Hier unten befand sich eine ganz andere Welt. Ein älterer Mann entsorgte mit einem Elektrowagen Müllsäcke. Da standen allerlei Kartons, Rollstühle und Betten. Auf der Wanderung von gut fünfzehn Minuten kamen wir an Umkleiden vorüber, an Untersuchungsräumen und der Pathologie. Sie endete vor breiten Schwingtüren, auf denen *Bettenbahnhof* geschrieben stand. Dahinter befand sich ein großer Saal, in dem unzählige Betten standen, die darauf warteten, in röhrenartigen Gebilden desinfiziert zu werden.

Es war still und dunkel. Die Menschen, die hier am Tage arbeiteten, saßen längst bei Wurstbrot und Bier an ihrem Eßtisch, da schlängelte sich Breitschaft durch die Betten hindurch auf die andere Seite des Saals und verschwand hinter einer Wand. Ich folgte ihm, und bald standen wir uns gegenüber. Außer unserem Atem war nichts mehr zu hören.

Er öffnete den Mund, aber ich legte gleich meine Hand darauf. Ich wollte sein Geplapper nicht hören. Er wollte mich küssen, da packte ich ihn, drehte ihn herum und umarmte ihn von hinten. Ich streichelte seine Brust, über den Bauch zu seiner Körpermitte hinunter, küßte ihm dabei den Nacken und die Ohren, ohne jedoch auch nur einen Hauch von lustvoller Erregung zu verspüren.

Dann schnallte ich seinen Gürtel auf und zog ihn aus den Schlaufen, ließ seine Hosen herunter und schubste ihn auf ein Bett. Ich versohlte ihm den Hintern dermaßen, daß mir bald der Arm schmerzte. Aber die kleine Sau fand Gefallen daran. Na warte, dachte ich, und öffnete meine Hose. Sein Gesicht begann zu strahlen, da packte ich ihn bei seinen gestylten Haaren, die vor Festiger knirschten, und rammte ihm meinen Schwanz in den Rachen, bis ihm die Tränen kamen. Aber auch das schien er zu genießen.

So streifte ich mir ein Kondom über und stieß ihm ohne Gleitmittel in den Hintern. Er schrie auf; ich hielt ihm den Mund zu. Er wollte sich wehren, aber ich hatte ihn fest im Griff.

Nachdem ich mich in seinem Becken ergossen hatte, zog ich den Reißverschluß meiner Hose zu und ging, ohne ihn auch nur eines Blickes zu würdigen.

Wenn Breitschaft in Zukunft unfreundlich zu Patienten war, würde er an mich denken.

„Laß uns alles vergessen und so tun wie damals, gleich nach dem Studium. Weißt du noch?"

„Wir hatten beide kein Geld", sagte ich. „und wagten im Winter kaum, die Heizung aufzudrehen."

„Stimmt. Wir zogen uns deswegen immer dicke Wollpullover über und drückten uns im Bett fest aneinander."

„Und weil wir uns keinen Fernseher leisten konnten, hörten wir Radio. Den amerikanischen Sender, weißt du noch?"

„Natürlich."

„Die *Beatles* waren gerade groß im Kommen."

Christian prustete. „Die *Beatles*. Das war lange vor meiner Zeit", sagte er und streckte die Hand aus. Ich rückte näher.

„Stimmt. Ich vergesse immer, daß du soviel jünger bist."

„Na, na, na. Jetzt mach dich nicht älter, als du bist." Sanft strich er mir mit dem Handrücken über die Wange. Er berührte mich nicht mehr mit der offenen Hand, und ich wußte auch, warum: Sie war klebrig und kalt geworden, und er schämte sich.

Ein paar Tage zuvor, als es mir zum ersten Mal auffiel, nahm ich seine Hand fest in die meine, und unwillkürlich ballte er sie zu einer Faust. Ich sprach weiter, als hätte ich es nicht bemerkt, und bohrte mich langsam, Finger für Finger, in sie hinein. Ich wollte ihm beweisen, daß mir sein Schweiß nichts ausmachte, daß sich meine Zuneigung nicht von so einem belanglosen Makel abschrecken ließ. Aber es war ihm unangenehm. Sein Körper spannte sich an, seine Stimme klang plötzlich angestrengt. Die

Angst, die wir mit unseren Geschichten, mit unseren Träumen und Phantasien manchmal für Stunden aus unserem Bewußtsein verbannen konnten, stand wieder neben uns. Seither versuchte ich nicht mehr seine Handfläche zu berühren. Seither respektierte ich seine Grenzen, die von Tag zu Tag ein wenig enger wurden.

Als ich an diesem Tag in die Klinik ging, war ich ziemlich gut drauf. Den ganzen Morgen hatte ich Schubert-Lieder gehört, von Elly Ameling interpretiert. *Gretchen am Spinnrade* klang mir noch im Ohr: „Mein Busen drängt/Sich nach ihm hin,/Ach, dürft ich fassen/Und halten ihn!/Und küssen ihn, so wie ich wollt',/An seinen Küssen/Vergehen sollt'!/Meine Ruh ist hin ..."

Die Glastür schob sich vor mir auseinander, und warme Luft schlug mir entgegen, da sah ich eine Frau auf mich zukommen. Ich hatte sie schon irgendwo mal gesehen, aber ich konnte ihr keinen Namen zuordnen. Wie in Trance strebte sie geradewegs auf mich zu; Wahnsinn lag in ihren Augen. Dann blieb sie stehen und umarmte mich. Ich wußte nicht, wie mir geschah.

Da stand ich nun, nicht drinnen, nicht draußen, warme Luft atmend, die kalte im Rücken spürend. Die Glastür versuchte sich zu schließen, öffnete sich aber nach wenigen Zentimetern wieder, rhythmisch schlug sie zurück.

„Mein Susannchen ist tot", sagte die Frau. „Mein Susannchen ist gestorben. Sie ist weg. Sie haben sie mir genommen. Was soll ich jetzt bloß tun?" Und da erinnerte ich mich wieder an sie.

Ich nahm ihre Arme und führte sie auf eine Bank. Dann bat ich den Pförtner, einen Arzt zu rufen, und ging hinauf.

Christian hatte weiter abgebaut. Das war nun schon das dritte Mal, daß er schlief, obwohl ich ihn vormittags besuchte; sein Buch hatte er seit Tagen nicht mehr angefaßt. Aber er schlief keinen gesunden Schlaf. Er wälzte sich umher, manchmal brabbelte er unverständliches Zeug. Schweißperlen standen ihm auf der Stirn, trotzdem wollte er immer mit drei Decken zugedeckt werden. Wenn ich ihn in so einem Zustand antraf, wollte ich ihn am liebsten wecken – als ob das alles nur ein böser Traum wäre.

Seine Unruhe kroch in mich hinein, sobald ich mich neben ihn setzte. Ich fühlte mich dann schwach und zappelig zugleich, wie wenn mich ein inneres Feuer verzehrte. In diesen Momenten hatte ich den Eindruck, die Kontrolle über meinen Körper zu verlieren. Ein eigenartiges Gefühl, sich seiner selbst nicht mehr mächtig zu fühlen, den Trieben einer fremden Macht ausgeliefert zu sein.

Ich wußte damals schon, daß man mich später einmal fragen würde, warum ich mir das alles angetan habe. „Angetan", das ist wahrlich das richtige Wort dafür, denn was es bedeutet, zuzusehen, wie ein Freund vor deinen Augen langsam dahingerafft wird, das ist mit Worten überhaupt nicht zu beschreiben.

Also, warum tat ich mir das an? Es ist einfach, zurückzuschauen und das damals Unerklärliche zu erklären. Es war viel schwieriger, ohne die Erklärung zu leben, zu erkennen, daß man es selbst kaum aushält und gleichzeitig zu wissen, daß man es durchstehen muß. Daß man gar keine Wahl hat.

„He", sagte er. Das war jetzt immer das erste Wort seiner Begrüßung. Und mit „He" erwiderte ich seinen Gruß, versuchte dabei zu ergründen, wie es ihm ging, weil ich nie den Mut hatte zu fragen, aus Angst vor seiner Antwort.

„He", sagte er. „Ich hab schon auf dich gewartet." Ein Lächeln huschte über sein Gesicht; es hellte auf: sein graues Gesicht, mein graues Gemüt.

Ich ging zu seinem Bett hinüber, setzte mich und legte meine Hand auf seinen Arm, versuchte hinter der Kälte seiner Glieder Leben zu spüren.

„Ich hab eine Geschichte für dich", sagte er. „Sie heißt ...", Christian legte eine dramatische Pause ein. „Raphael und Alexander." Alle hießen fortan „Raphael und Alexander", obwohl sie mit meinem Drehbuch nichts zu tun hatten. Christian lachte sein beherztes, offenes Lachen, das in den letzten Tagen soviel schwächer geworden war.

„Es beginnt damit, daß die beiden in einem Leihwagen durch die Lavalandschaft von Lanzarote brausen – übrigens auch eine äußerst romantische Gegend, falls du noch eine *location* suchst. Du siehst das Auto über den einen Hügel hinauffahren, dann über den anderen hinunter; währenddessen laufen die *credits* für den Film ab.

Dann, in der nächsten Einstellung, siehst du die beiden *close-up*. Die Fenster sind offen, die Haare wirbeln herum, man hört das Motorengeräusch und das leise Säuseln des Fahrtwindes. Beide sind Mittfünfziger. Sie sehen zufrieden aus, ja, richtig glücklich; man sieht ihnen an, daß sie das Zusammensein genießen.

Da sagt der eine zum anderen: ‚Du, Raphael.'

‚Ja?'

‚Ich finde, wir sollten uns trennen.'

Die Kamera ist nur auf die beiden hinter der Windschutzscheibe gerichtet. Der Zuschauer sieht, daß keiner von beiden eine Miene verzieht. Ihr Gesichtsausdruck bleibt zufrieden.

‚Komisch', sagt da der andere. ‚Dasselbe wollte ich dir auch gerade vorschlagen. Ist das nicht eigenartig?'

‚Nicht wirklich. Wir leben seit fast dreißig Jahren zusammen. Wir haben immer alles zusammen gemacht. Wir sind in Urlaub gefahren, haben gemeinsam gekocht, die gleichen Freunde gekannt, dieselben Interessen und Ansichten geteilt, dieselben Gedanken gedacht. Wieso sollten wir nicht gleichzeitig unsere Trennung beschließen?'

‚Du hast recht. Es ist an der Zeit. Wann sollen wir …?'

‚Gleich, oder?'

‚Ja, gleich.'

Dann blendet die Kamera aus. In der nächsten Einstellung siehst du die beiden im Hotelzimmer; sie packen gerade, helfen sich gegenseitig, die Koffer zu schließen.

‚Wohin fährst du?' fragt der eine. Es ist übrigens völlig unerheblich, wer in diesem Stück was sagt, weil sie beide gleich denken, gleich handeln, denselben Charakter haben; deswegen kann man auch auf eine lange Vorgeschichte und Einführung verzichten.

‚Ich glaube, ich werde nach Amerika fliegen. Und du?'

‚Afrika.'

‚Schön. Schreibst du mir eine Karte?'

‚Natürlich.'

Dann gehen sie aus dem Zimmer.

In den folgenden Einstellungen sieht man sie abwechselnd in verschiedenen Landschaften. Dazu spricht im Hintergrund die Stimme der jeweiligen Person, so als würde sie einen Brief schreiben. Sie erzählen sich, was sie gerade erleben.

Anfangs schwärmen sie noch in den höchsten Tönen von ihren Erlebnissen. Sie versichern sich, daß es eine gute Idee war, sich zu trennen. Aber langsam findet eine Wandlung statt: Es schleicht sich ein bedrückter Unterton ein, die Begeisterung nimmt ab.

Waren die Bilder bisher in Bewegung, werden sie jetzt statischer. Sagen wir mal, daß Raphael und Alexander am Anfang noch mit dem Zug oder dem Auto durch traumhafte Landschaften gefahren sind, dann sitzen sie jetzt am Bahnhof und warten auf die nächste Abfahrt. Die Statik wird zur Langeweile, und immer öfter tauchen Sätze in den Briefen auf wie: ‚Ach wenn ich es dir nur zeigen könnte …' Weißt du? Ganz subtil. Es muß sich dieses klamme Gefühl des Unglücklichseins einschleichen, die Kälte des Alleinseins."

„Wie können sie sich auf diese Entfernungen immerzu erreichen?"

Christian schaute mich an, streckte die Hand nach mir aus. Ich kam ihr entgegen, und er strich mir über die Wange: „Typisch Mäxx. Ich präsentiere dir eine Schiffsladung Gefühl, und du fragst, wie man das abwickeln kann."

Das machte mich betroffen.

„Es ist doch unwichtig", setzte er nach und griff nach meinem Arm. „Sie schreiben an die American Express Büros oder so. Das läßt sich lösen. Also hör zu.

In der nächsten Einstellung sieht man einen von beiden die Wohnungstür aufschließen. Er tritt ein, stellt seinen Koffer ab, öffnet die Vorhänge, reißt die Fenster auf. Dann geht er durch die Wohnung, so daß klar wird, daß es seine eigene ist, also die Wohnung, in der er früher mit dem anderen gelebt hat.

Wieder kommentiert seine Stimme: ‚Lieber Alexander. Mir ist es da draußen einsam geworden ohne dich. Ich fahre nach Hause. Ich habe Sehnsucht nach unseren Möbeln, nach dem Duft unseres Bettes, nach dem Ort, an dem wir gemeinsam gelebt haben', und so weiter blabla.

Dann geht er hinüber zu dem Packen Post, der auf dem Tisch liegt, und schaut sie durch. Frag jetzt bitte nicht, wie da Post auf dem Tisch liegen kann. Die Nachbarin hat den Briefkasten geleert oder was weiß ich."

Ich fuhr zusammen. Er hörte sich ungeduldig an, aber heute weiß ich den Blick in seinen Augen besser zu interpretieren. Er akzeptierte mich so, wie ich war. Er kam meinen Verschrobenheiten entgegen, trotzdem wollte er sich nicht davon abhalten lassen, das zu tun, was ihm wichtig war.

„Ist ja gut", sagte ich und schmollte. Christian erzählte weiter.

„Er findet also eine Postkarte von seinem Ex, die erst vor ein paar Tagen irgendwo auf der Welt aufgegeben worden ist. Er liest, wandert dabei gedankenverloren durch die Wohnung. Darin steht ...", er schaute mich mit fragendem Blick an.

„Natürlich dasselbe, was er dem Freund gerade erzählt hat", sagte ich folgsam wie ein Pennäler. „Es wird ihm allein zu langweilig, er fliegt jetzt nach Hause."

„He, Mäxx. Aus dir könnte ja noch ein Drehbuchautor werden!"

Ich lächelte über seinen Scherz.

„Du wirst sehen. Wir werden noch ein Spitzenteam. Also: Kaum hat er die Zeilen fertiggelesen, hört er auch schon den Schlüssel im Schloß. Er geht zur Tür und fällt seinem Geliebten in die Arme."

„Schöne Geschichte", sagte ich und nutzte die Gelegenheit, wieder nach seinem Arm zu greifen, um ihn zu spüren.

„Unterbrich mich nicht", schimpfte er; seine Stimme klang sehr entkräftet, und diese Kraftlosigkeit erfüllte mich mit Traurigkeit.

„Entschuldige."

Christian schluckte trocken. Ich reichte ihm das Teeglas, er trank und erzählte dann weiter: „Sie umarmen sich also. Sehr lang natürlich. Keine Erotik. Die beiden sind mehr wie Brüder, verstehst du? Sie halten sich einfach nur fest und sagen nichts. Die Kamera dreht sich um sie herum, wie in den kitschigen Liebesszenen von Schnulzen. Dann sagt der eine: ‚Komm, laß uns feiern.' Da antwortete der andere: ‚Das wollte ich gerade vorschlagen.'

In der nächsten Einstellung siehst du die beiden durch die Stadt laufen, von einem exklusiven Freßgeschäft ins nächste. Und jedesmal wenn sie herauskommen, schleppen sie ein paar Tüten mehr.

Dann wieder zu Hause. Sie packen aus. Überblendung – es wird schon dunkel – sie kochen, decken einen festlichen Tisch, zünden Kerzen an. Dann essen sie, prosten sich mit Kristallkelchen zu. Während der ganzen Szene erzählen sie sich noch weitere Geschichten: Zeug aus der Vergangenheit, aus ihrer Beziehung, so ‚Weißt-du-noch?'-Kram.

Wieder fährt die Kamera um die beiden herum, im Hintergrund spielt natürlich romantische Musik. Dazwischen sieht man – um die fortschreitende Stunde zu dokumentieren –, wie sich die leergegessenen Teller türmen, der Weinvorrat zur Neige geht. Dann stehen sie gleichzeitig auf und tanzen einen lebensfrohen, wirbelnden Tanz.

Natürlich enden sie im Bett: Sie lachen und liebkosen sich, werden zu wilden, begehrenden Furien, blablabla. Dann liegen sie, nicht wie üblich auf dem Rücken, sondern sich zugekehrt, und schauen sich in die Augen. Sie streicheln sich, eben so, wie man sich das Danach wünscht. In ihren Augen ist Einverständnis zu lesen. Da flüstert der eine: ‚Weißt du, was wir jetzt tun sollten?'

Der andere nickt und sagt: ‚Ich hole Wasser.'

Sie stehen auf; beide sind nackt, völlig entblößt, aber da es dunkel ist, sieht man kaum etwas. Sie müssen nackt sein, verstehst du?

Die Kamera zeigt die Kopfkissen, *close-up*, so wie vorher die Gesichter. Nur, daß das Bett jetzt leer ist. Dann rücken beide wieder ins Bild.

‚Bist du sicher?' fragt der eine.

‚So sicher wie du', antwortet der andere.

Dann schieben sie sich gegenseitig eine Menge Tabletten in den Mund, flößen sich Wasser ein.

‚Ist alles in Ordnung?' fragt der eine.

‚Wunderbar', antwortet der andere. ‚Ich habe mich noch nie besser gefühlt.'

‚Ich bin so froh, daß wir wieder zusammen sind.'

Der andere nickt. ‚Und nichts wird uns mehr trennen.'

Dann umarmen sie sich, und die Kamera blendet aus."

Ich war erschüttert. Wohl weniger von der Geschichte als von der Tatsache, daß Christian sich ständig Geschichten mit dramatischem Ausgang ausdachte. Es machte mich klamm, und in meinem Kopf fieberte ich nach dem einen Satz, der all die Einsamkeit, die in dieser Geschichte lag, transformieren würde. Aber ich fand ihn nicht.

Christian schloß zufrieden die Augen, als hätte er ein wichtiges Werk abgeschlossen. Er hatte seine Kraft erschöpft. Ich wollte gerade aufstehen, um einen Happen zu essen, da hielt er meine Hand fest.

„Du hast mir noch nicht erzählt, wie deine Geschichte ausgeht."

Ich weiß nicht mehr, was mich mehr erschreckte: die Plötzlichkeit seiner Frage oder die Frage an sich. Meine eigenen Worte klangen in meinem Kopf wider: „Sie verlieben sich, obwohl sie wissen, daß ihre Liebe keine Zukunft hat. Der eine wird unvermeidlich sterben."

Aber nachdem Christian die Parallele zwischen meiner Drehbuchidee und unserer Geschichte bereits aufgezeigt hatte, konnte ich ihm das doch nicht erzählen. Es kam mir vor, als würde ich damit sein Todesurteil aussprechen. Schnell stotterte ich ein neues Ende.

„Alexanders Krankheit stellt sich als Fehldiagnose heraus. Man hatte im Labor die Blutproben vertauscht und ihn deswegen falsch behandelt, was ihn fast das Leben gekostet hätte. Aber ein junger Arzt entdeckt den Fehler und ändert die Therapie. Alexander wird gesund und spaziert mit Raphael an der Hand in ein neues Leben."

Als es raus war, hätte ich mir dieses Ende tatsächlich vorstellen können, aber Christian starrte mich an; der Verfall hatte seinen Blick bohrender gemacht.

„Findest du wirklich, daß das ein gutes Ende ist?"

Ich schaute zum Fenster hinaus. „Klar. Ich finde es total klasse."

„Mir kommt das sehr billig vor – und zudem unglaubwürdig."

„Aber jeder erwartet doch, daß Alexander stirbt. Dieses Ende ist die gelungene Überraschung."

„Mäxx!"

„Was? Es gibt genug Beispiele in der Literatur. Lies nur mal *Stadtgeschichten* von Armistead Maupin. Obwohl Michael Tolliver schon seit Jahren HIV-infiziert ist, geht es ihm am Ende der Serie richtig klasse. Er hat einen neuen Lover und ein gutgehendes Geschäft. Warum soll das nicht auch in meinem Film funktionieren?"

„Mäxx!"

Ich konnte ihm einfach nicht in die Augen schauen.

„Mäxx. Schau mich an."

Ich weigerte mich.

„Ich glaube", sagte er und schloß die Augen wieder. „Ich glaube, über das Ende mußt du noch mal nachdenken." Dann schlief er ein.

Eine unerträgliche Unruhe rumorte in mir. Ich hielt es kaum aus, aber ich wartete, bis sich der tiefe Schatten des Schlafes über Christians Gesicht legte, erst dann ging ich nach Hause.

Was war an dem Ende meiner Geschichte nicht gut? Wieso sollte Alexander sterben müssen? Warum sollte im Leben immer alles schlecht ausgehen? fragte ich mich, aber niemand antwortete.

Ich hätte es weder in einem Taxi noch in einer Straßenbahn ausgehalten, so lief ich zu Fuß nach Hause. Und die ganze Zeit über suchte ich nach anderen Möglichkeiten, meinen Film zu einem erträglichen Ende zu bringen. Es könnte auch ein neues Medikament sein, was an Alexander erprobt wird, anschlägt und ihn heilt. Die Krankheit könnte sich ohne ersichtlichen Grund einfach zurückziehen, Remission, oder wie man das nennt.

Der Autor in mir bäumte sich auf: Das ist doch hanebüchener Schmarrn. Denk doch mal an die Glaubwürdigkeit. Nur weil solche Fälle alle Jahrtausend mal vorkommen, heißt es noch lange nicht, daß es dir irgend jemand abnehmen wird.

Könnte Alexander nicht wenigstens durch die Kraft der Liebe geheilt werden?

War das Raphael, der gegen dieses Ende ankämpfte? Ich blieb stehen und horchte, schaute tief in mich hinein. Raphael? Raphael! Nein, er war es nicht. Maximilian kämpfte dagegen an, Maximilian wehrte sich.

Wieder sprach der Autor: Ganz gleich in welchem Gewand du Heilung auftreten läßt, sie würde den Sinn des Films in Frage stellen und eine Seifenoper daraus machen.

Obwohl seit Tagen ein warmer Frühlingswind durch die Straßen wehte, war mir kalt. Ich ging nach Hause, warf meinen Mantel über den Stuhl und öffnete eine Flasche Wein. Dann ging ich in mein Arbeitszimmer und studierte die Skizzen, die ich von Raphael angefertigt hatte: Ich hatte ihn sitzend gezeichnet, auf einer anderen stand er an einen Baum gelehnt, sein Kopf hing vornüber.

Es blieb still in mir; Raphael meldete sich nicht. Ich setzte mich und begann Alexander Gestalt zu verleihen: Alexander im Bett, Alexander im Gang mit einer Infusion an der Hand, Alexander auf dem OP-Tisch. Und dann zeichnete ich ihn liegend in einem Sarg. Ich zerknüllte das Papier und feuerte es gegen die Wand. Nein, Alexander durfte nicht sterben.

Es war eine eigenartige Situation. Ich kann mich nicht erinnern, daß ich so einen Zwiespalt schon einmal erlebt hatte. Tief in mir wußte ich, daß es kein anderes Ende gab, keine andere Lösung als den Tod. Und trotzdem weigerte sich etwas in mir, das schon längst Beschlossene anzunehmen.

Ich kam mir vor wie ein Bungee-Springer, der in fünfzig Metern Höhe auf der Plattform steht und weiß, er muß nur noch einen Schritt tun und dann wird er das erleben, was er sich vorgenommen hat. Aber die Angst ist so groß, er kann es einfach nicht.

Ich ging ins Wohnzimmer und schenkte mir einen sehr großen Cognac ein, kippte ihn in einem Zug hinunter. In Windeseile flammte meine Speiseröhre auf, der Cognac loderte bis hinauf in meine Haarspitzen. Gut. Der Schmerz lenkte mich einen Moment lang ab. Sobald er abklang, schüttete ich schnell noch einen hinterher. Meine Unruhe verlor an Macht, sie wurde vom Alkohol besänftigt, und langsam kehrte die Wärme zurück in meinen Körper.

Ich nahm ein Glas aus dem Schrank und ging zu meinem Rotwein in die Küche. Es war ein 92er Barolo, viel zu jung, um schon getrunken zu werden. Ich hätte ihn wenigstens ein paar Stunden atmen lassen müssen, aber das war mir jetzt egal. Ich nahm mir nicht mal die Zeit, ihn zu dekantieren. Wenigstens goß ich ihn langsam ein, tröpfelte ihn vorsichtig ins Glas. Er warf dicke Blasen, die an der Oberfläche platzten und kleine aromatische Explosionen auslösten. Dann goß ich mir einen viel zu großen Schluck auf die Zunge. Nach dem Cognac schmeckte er samtig, schmiegte sich wie warme Schokoladensoße an meine Schleimhäute. Ich schloß die Augen, um ihn besser schmecken zu können, und legte meinen Kopf zurück, damit der Wein leise meine Kehle hinunterrinnen konnte. Da sah ich Alexander wieder: Er lag in einem Bett. Ich trat näher an ihn heran. Alles war still, die Decke lag ruhig auf seiner Brust. Er bewegte sich nicht, er atmete nicht.

Es machte mich wütend. Ich riß die Augen auf, knallte das Glas und die Flasche auf die Küchentheke und lief hinüber ins Arbeitszimmer. Wie besessen griff ich nach den Skizzen und zerfetzte sie. Es tat gut. Ich packte meine Notizen und schleuderte sie auf den Boden. Ich riß die Post-it-Zettelchen vom Türstock, von meiner Magnettafel, vom Computer und von den Wänden – es konnte nicht angehen, daß ich keine Gewalt mehr über meine Geschichten hatte. Sie waren meine, sie gehörten mir, sie würden genau so ausgehen, wie ich es wollte! brüllte ich innerlich.

Schnaubend sank ich auf den Stuhl, hielt meinen wirren Kopf fest, aber ich hatte Angst, das Bild wiederzusehen, so packte ich meinen Mantel und lief hinaus. Ich mußte mich ablenken, und was eignet sich dazu besser als Sex? Ein Orgasmus entspannt und läßt vergessen, er hilft zum Einschlafen oder um aufzuwärmen, wenn einem kalt ist. Und mir war eisig.

Ich lief hinüber zum Park. In dieser Jahreszeit war die Auswahl nicht groß, aber irgend jemand würde sich schon finden, und wer sich in dieser Kälte hier herumtrieb, der war genauso desperat wie ich.

An der Straße standen drei Autos mit Kennzeichen von außerhalb. Ich war gerettet. Ich marschierte langsam an ihnen vorüber, schlug meinen Mantel nach hinten und zog mir im Scheinwerferlicht demonstrativ die Hosen hoch. Ein kurzer Blick, arrogantes Abwenden – das reizte –, dann ging ich hinüber ins Dickicht.

Die Unruhe hatte mich so sehr im Griff, daß ich zitterte. Ich konnte es nicht länger unterdrücken und lehnte mich an den nächsten Baum, klammerte mich an ihm fest; es half mir, das Beben in meinem Bauch wieder unter Kontrolle zu bringen. Da hörte ich Schritte, ich wendete mich um, zog mein Feuerzeug aus der Tasche und ließ es aufflammen. Stille.

Es war feucht hier draußen in der Nacht, mein weißer Atem stieg auf wie ein Rauchzeichen. Es dauerte nicht lange, da hörte ich die Schritte wieder, das Streifen von Ästen an einer Jacke. Und dann sah ich die Rauchzeichen eines anderen nahen.

Sein warmer, alkoholisierter Atem drang zu mir herüber; es erinnerte mich an meine zweite zufällige Begegnung mit Christian im Durchgang einer Baustelle. Ein Schauer der Erregung schoß durch mich hindurch, dann verdrängte ich den Gedanken; ich wollte nicht an Christian erinnert werden, nicht von einem Fremden.

Er preßte seinen Schwanz gegen meinen Schenkel, und bald wurde sein Atem schwerer. Dann machte er sich an meiner Hose zu schaffen. Gleichzeitig kam er meinem Gesicht so nah, daß ich die Wärme und Erregung spüren konnte, die er ausstrahlte. Aber ich wollte nicht geküßt werden, nicht hier, nicht jetzt, so kehrte ich mich dem Baum zu. Er verstand es als Einladung, sich näher an mich heranzudrängen, seinen inzwischen ausgepackten Schwanz an meinem Hintern zu reiben. Gierig griff er nach meiner Brust, umklammerte meine Flanken. Er wurde energischer, kam aber nicht zur Sache. Mach schon, dachte ich, beeil dich; das dauerte mir alles zu lange. Ich brauchte den Schmerz, weil er mir beweisen würde, daß ich noch am Leben war.

Ich roch den beißenden Gestank von Poppers; er hielt mir die Flasche unter die Nase. Das Zeug ist mir widerlich, aber diesmal sog ich es tief ein. In meinem Kopf pumpte das Blut, mir wurde heiß. Ich setzte die Flasche unter das andere Nasenloch und sog noch einmal daran; meine Stirnhöhlen brannten, es machte mich benommen.

Während er sich hinter mir aufbäumte und immer intensivere Lustschreie unterdrückte, baute sich vor mir eine schwarze Wand auf, so groß und dick und deutlich, daß ich sie sogar in der Finsternis sehen konnte. Sie umschloß mich, ließ meine Brust enger werden, schnürte mir die Kehle zu; bald glaubte ich zu sterben, so sehr drückte mich das Herz.

Und dann hörte ich den Schrei: Er war gellend, durchdringend, übermächtig, als drehte man einen Menschen bei lebendigem Leibe durch den Fleischwolf. Der Schrei kam nicht von außen, er war in mir. Er drang von einem Ort an meine Ohren, viel tiefer als meine Magengrube: Er kam aus der Vergangenheit. Ein muffiger, modriger Geruch breitete sich aus, als hätte jemand eine Kellertür aufgetan. Der feuchte, schimmelige Duft von Vergessen wehte mir entgegen, hüllte mich ein, übermannte mich, bis ich nichts mehr von mir spürte.

Selig sind, die reines Herzens sind, denn sie werden Gott schauen, Matth. 5: 8. *In Angedenk an Teres Marie Roth.*

Auf dem Sterbebild sieht sie jung aus und hübsch. Ich suchte damals ein Foto heraus, das ihr gefallen hätte. Sie wollte immer jung aussehen und hübsch; sie hätte es sich so gewünscht.

Sterbebilder sind bei Protestanten nicht üblich. Aber das lästige Volk, das sich zeitlebens an meine Mutter herangedrängt hatte, die gelangweilten Ehefrauen stinkreicher Ärzte und golfspielender Unternehmer baten mich inständig darum, welche drucken zu lassen. Sie beteten Teres an. Und das war gut so. Sie wußten nicht, wer sie wirklich war.

Das Foto und das Zitat entsprachen ihrem Charakter, jedenfalls dem Teil, den ich bis zu diesem Zeitpunkt von ihr kannte: Meine Mutter war klein, agil und drahtig, dabei sehr vornehm. Sie hatte eine überaus schlanke Figur und ein fast nonnenhaft stoisches Gemüt. Ihr Gesicht war hart und zeugte von ihrer ostpreußischen Herkunft. Sie trug ihr glattes dunkelbraunes Haar sehr lang und steckte es in einer Art ritueller Zeremonie zu einem Dutt auf. Sie war tatsächlich sehr hübsch.

Teres trug niemals Schmuck, obwohl sie es sich wahrlich hätte leisten können, wenigstens in meiner Kindheit. Damals war der Tresor voll mit diamantbesetzten Broschen, Perlenohrringen und allerlei Goldzeug, mit dem mein Vater sie überhäuft hatte. Aber Schmuck hätte sie billig erscheinen lassen, und das war das letzte, was meine Mutter zuließ.

Ich habe ihre Meinung zu diesem Thema noch im Ohr, sogar den Tonfall, in dem sie darüber gesprochen hatte. Wir saßen zum „lunch" in einem dieser viel zu teuren Lokale mit ein paar jener Frauen zusammen, die sich in der Öffentlichkeit gerne als Teres' Freundinnen ausgaben – Diplomatengattinen, Unternehmersgemahlinnen, verarmte Adlige und derlei –, dabei hatte Mutter keine Freundinnen, nur geschäftliche Beziehungen und war auch nicht daran interessiert.

„Warum trägst du eigentlich nie Schmuck, Teres?" fragte die Gräfin.

„Ach, weißt du, Lisbeth", antwortete meine Mutter, „dazu bin ich zu bescheiden." Sie sagte das einer Frau, deren Rücken sich unter der Last von schweren Halsketten krümmte, die man im falschen Licht glatt hätte mit einem Weihnachtsbaum verwechseln können. „Dazu bin ich zu bescheiden" – ist das nicht einfach göttlich?

Teres war eine durchaus seriöse Frau, antwortete stets überlegt und nicht selten politisch – das meine ich in jedem nur erdenklichen Sinne. Sie setzte sich für die Armen und Benachteiligten in unserer Gesellschaft ein und tat dies mit geradezu aufopfernder Hingabe. Niemand wäre je auf die Idee gekommen, daß sie sich um ihr eigenes Kind dafür um so weniger kümmerte.

Ihr Leben war verplant: Ein Dinner hier, eine Eröffnung dort, eine kleine Ansprache bei der Vernissage von Soundso. Nicht ohne Stolz setze ich hinzu, daß sie sich stets weigerte, einen Terminkalender zu führen, und trotzdem nie eine Verabredung vergaß; allerdings versäumte sie den einen oder anderen Termin ganz bewußt. „Händeschütteln mit Politikers", nannte sie das. Nichts davon diente dem bloßen Zeitvertreib. Jeder „Auftritt" verfolgte ein Ziel. Sie lernte kennen, sie lächelte, ließ ein paar freundliche Worte fallen, die von Möchtegerns dankbar aufgenommen wurden, hörte zu und schnappte auf, um den Entscheidungsträgern dann im rechten Moment das Messer an die Brust setzen zu können. Mit all dem verfolgte sie natürlich nur hehre Ziele, keine persönlichen, jedenfalls nicht offensichtlich.

Teres hatte ihr Leben immer derart verplant, daß ich mich nur wundern konnte, warum sie für die Stunden nach ihrem Ableben nichts hinterlassen hatte. Ich kämmte systematisch alle Schubladen durch, aber da war nichts: kein Grab angemietet, keine Trauerzeremonie vorbereitet, keine Einladungsliste geschrieben, nicht einmal ein Testament aufgesetzt.

So war ich auf mich gestellt, auf mich und meine Vermutungen darüber, wie Teres es sich gewünscht hätte. Ich beauftragte das Beerdigungsinstitut, das sich mit der beeindruckendsten Großanzeige in den Gelben Seiten feilbot, und ließ dann die junge Dame das meiste entscheiden. Ich unterschrieb nur Papiere und stellte Schecks aus.

Sobald alle Formalitäten besprochen waren, schickte ich Hedda nach Hause; die Haushälterin meiner Mutter war eine pummelige, krummbeinige Magd mit immerroten Wangen und wachen blauen Augen. Dann setzte ich mich mit einer Flasche Cognac ins Eßzimmer auf meinen Lieblingsplatz, starrte in den Garten hinaus, rauchte, trank und wartete.

Es war ein beeindruckend sonniger Tag. Wenn ich mich recht entsinne, war die Sonne sogar das einzige, was mich an diesem Tag wirklich beeindruckte – als ob es ein Gesetz gäbe, das den Tod nur an Regentagen erlaubte.

Alle paar Stunden kam ein Kurier mit den Todesanzeigen, die ich in den Tageszeitungen schalten wollte, mit den Einladungen zur Beerdigung und eben jenem Sterbebildchen, das ich jetzt in meinen Händen halte. Ich schaute mir alles genau an, veränderte hier und dort das Layout, korrigierte Tippfehler, zeichnete die Druckfreigaben ab, trank, rauchte, wartete.

Es war eine schlichte Beerdigung; ich wollte es so, weil Teres es so gewollt hätte – sie war ja so bescheiden gewesen. Wäre es nach mir gegangen, ich hätte einen Trauermarsch über die Leopoldstraße organisiert. Damals, gleich nach ihrem Tod, hätte ich noch alles für sie getan.

Da meine Mutter von der Kirche nie etwas gehalten und auch nie ein Hehl daraus gemacht hatte, sah sich der Pastor nicht geneigt, besonders lobende Worte über sie zu sprechen – was später noch für einigen Aufruhr sorgte. Ich meine sogar gehört zu haben, daß er, dem Druck der Gemeinde nachgebend, versetzt wurde.

Das einzig Unschlichte an der Zeremonie war das Lied der Sängerin, die ich engagiert hatte. Sie bot *Im Abendrot* dar, eines der vier letzten Lieder, die Richard Strauß nach einem Gedicht von Joseph von Eichendorff komponierte. Das Arrangement der Streicher klingt wunderbar schwer, wird durch das lustige Trillern der Flöten noch verstärkt. Die junge Sopranistin sang lieblich und weich, fast ein wenig zu zurückhaltend, fand ich, denn der Tod ist nicht sanft. Er ist hart. Er trifft dich immer mit all seiner Wucht – ganz gleich, wie sehr man ihn erwartet.

Es kamen viele Menschen zur Beerdigung, was mich nicht erstaunte. Es wunderte mich nicht einmal, daß ich von denen, die in Tränen aufgelöst meine Hand schüttelten, kaum einen kannte. Teres war, wie ich bereits erwähnte, eine stadtbekannte Persönlichkeit, Mitglied im Ausschuß von dieser und jener wohltätigen Vereinigung. Was mir jedoch schmerzlich auffiel, war, daß kaum jemand aus der Familie da war, um ihr die letzte Ehre zu erweisen.

Wenn ich als Kind nach meinen Onkeln und Tanten fragte, bekam ich immer nur knappe Antworten. Dieser sei bereits verstorben, ein anderer ins Ausland verzogen, man habe sich aus den Augen verloren oder pflege keinen Kontakt mehr.

Jemand stellte sich mir als mein Cousin Harry vor. Er führte seinen inzwischen senil gewordenen Vater, meinen Onkel Gustav, bei der Hand. Harry war es dann auch, der mir später half, die ach so dunkle Vergangenheit meiner Mutter etwas zu erhellen. Und dann war da noch die stille Tante Magda; sie beobachtete mich während der ganzen Zeit, sprach aber kein Wort. Erst als alle Trauergäste gegangen waren und in mir nur noch das sichere Gefühl zurückblieb, daß alle soviel mehr über Teres wußten als ich selbst, sprach sie mich an.

„Du bist also der junge Maximilian", sagte sie. Ich war damals achtunddreißig. „Ist ein feiner Kerl aus dir geworden." Sie strich mir über die Wange, als zweifle sie an dem, was sie sah. „Wer hätte das gedacht?"

„Wie meinst du das?" fragte ich, obwohl ich mir nicht sicher war, daß ich das Gewäsch dieser alten, mir mehr oder weniger fremden Frau hören wollte.

Da lächelte sie, etwas zahnlos zwar, aber genauso schön wie meine Mutter, und sagte: „Lebe, mein Junge, lebe. Und denk immer nur an die Zukunft." Dann ging sie davon und ließ mich mit meiner Trauer allein.

Daß Teres keine Vorbereitungen für die Zeit nach ihrem Tod getroffen hatte, war nur eine winzige Facette ihres Charakters, den ich bald noch besser verstehen lernte. Eine weitere Facette zeigte sich mir, als ich mich daran machte, die Bankgeschäfte abzuwickeln, und mit Schrecken feststellen mußte, daß meine Mutter längst Pleite gewesen war, das Haus, in dem ich aufgewachsen war, bis unter den Giebel verschuldet. Es waren nicht die Schulden an sich, die mich schockierten, es war die Tatsache, anerkennen zu müssen, daß ich so wenig über sie wußte. Sie war meine Mutter, und ich hatte keine Ahnung. Es begann mir zu dämmern, daß mich noch einiges erwarten würde.

Die nächste Überraschung erfolgte bei der Durchsicht ihrer Unterlagen. Ich mußte ja die Abonnements abbestellen, Aufträge kündigen, Vereine und Institutionen über ihren Tod informieren. Ich war Monate damit beschäftigt, so verstrickt und verzweigt war ihr Leben gewesen, so weit hatte sie ihre Tentakel in die Welt hinausgestreckt, als könnte sie sich damit eines ewigen Lebens versichern.

Und so langsam begann ich zu erkennen, daß Teres' Entscheidung, nach ihrem Tod alles mir zu überlassen, nur das I-Tüpfelchen ihrer Selbstsucht war.

Christian schlief unruhig, mit Zucken in den Gliedern. Ich legte ihm meine Hand auf die Stirn; sie war kalt. Da er sich freigestrampelt hatte, wollte ich die Decke zurechtziehen, da öffnete er kurz die Augen, sie glänzten fiebrig, doch dann schlief er gleich wieder ein. So setzte ich mich an sein Bett und wartete.

Es war elf Uhr. Eine halbe Stunde zuvor hatte ich noch über dem Manuskript für Gerd gesessen. Ich hatte wieder mal die Nacht durchgearbeitet, denn an diesem Tag hätte ich es zurückgeben müssen – wie schnell die Zeit verging.

Aber mitten während der Arbeit war Raphael aufgetaucht. Kurz nur, nicht länger als ein Atemzug. Er stapfte durch den Schnee, lief auf die Telefonzelle zu und schaute mich dann an. Das hatte er noch nie getan. Er hatte mich überhaupt noch nie angesehen. Sein Blick war eindringlich, bohrend, als wollte er mir etwas sagen, aber ich verstand es nicht. Da beschlich mich ein ungutes Gefühl.

Ich sprang von meinem Schreibtisch auf und begann unruhig in der Wohnung umherzulaufen, bis ich meinen Mantel packte und in die Klinik fuhr, wo ich jetzt saß. Spätestens um zwölf würde Gerd anrufen und nach dem Drehbuch fragen. Er würde einen Anfall bekommen, wenn er mich nicht erreichte. Aber was konnte ich tun? Ich mußte zu Christian.

Christian wurde von Tag zu Tag dünner. Es war, als ob seine Knochen wuchsen. Manchmal kam er mir wie eine Giacometti-Figur vor, die wackelig auf dürren, langen Beinen steht, ihren

Kopf weit in den Himmel streckt, in der Hoffnung, damit dem Leiden dieser Erde zu entfliehen.

Ich spürte Spannung in den Augen, und sie brannten. Aber es lag nicht an der durchgemachten Nacht. Da war ein deutlicher Zug von Sorge auf meiner Stirn. Es war im Grunde selbstmörderisch, mich vor sein Bett zu setzen und ihn anzustarren, mitzubekommen, wie ihn die Krankheit von Minute zu Minute dahinraffte. Aber ich mußte es tun. Da war etwas fast Süchtiges daran.

Ich weiß noch, daß es mir beim Tod meiner Mutter nicht anders ging. Gut, sie hatte nicht erlaubt, daß ich viel Zeit an ihrem Bett verbrachte. Sobald ich mich neben sie gesetzt hatte, hatte sie nach einem Vorwand gefiebert, mich schnell wieder wegzuschicken. Und später, als sie schon so kraftlos war, daß sie mich nicht mehr wegkommandieren konnte, entzog sie sich mir, indem sie sich schlafend stellte. Aber ich weiß noch genau, daß ich auch sie damals jede Sekunde angestarrt hatte wie jetzt Christian – als hätte ich mit meinem Blick die Nähe herstellen können, nach der ich mich gesehnt hatte.

Wenn ich Christian beobachtete, tat ich damit noch etwas anderes. Ich nahm alles auf: die fiebrige Unruhe hinter seinen Lidern, das Brodeln in seiner Lunge, das irritierte Zittern seiner Nasenflügel, als ob er im Schlaf etwas witterte, den feuchten Schweißfilm auf seiner Stirn, die glasige Färbung seiner Haut und die Flecken. Seit meinem letzten Besuch hatte er zwei Flecken mehr: einen auf seiner Wange und einen am Hals. Millimeter für Millimeter tastete ich ihn mit den Augen ab, um zu sehen, ob sich neue bildeten, neue schwarze Male, die an ihm fraßen, die ihn verzehrten, die ihn mir raubten. Deshalb starrte ich – als könnte ich sie so in Schach halten.

Der Kopfhörer baumelte vom Nachttisch. Christian hörte gerne Musik, hatte aber nicht mehr die Kraft, sich weit genug hinüberzulehnen, um den Kopfhörer abzulegen.

Ich angelte ihn mir, setzte ihn auf und schaltete den Player an. Lisa della Casa. Er lauschte meiner Lieblingsdiva. Das war nun schon das zweite Mal, daß ich es mitkriegte. Ich weiß nicht, warum, aber es machte mir das Herz schwer.

Teres starb zwei Tage vor ihrem fünfundsiebzigsten Geburtstag, ganz so, als hätte sie sich beeilt, diesen großen Tag nicht mehr erleben zu müssen. Nicht, daß sie das Fest gescheut hätte, ganz im Gegenteil. Mutter hatte zeit ihres Lebens im Rampenlicht zugebracht. Eigentlich stimmt das nicht. Sie war viel zu subtil dafür, viel zu durchtrieben. Es war eher so, daß sie es immer schaffte, so zu erscheinen, als richtete sie das Licht auf andere; kaum einer bemerkte, daß sie es immer genau in einem bestimmten Winkel tat, damit das Licht verstärkt auf sie zurückgeworfen wurde.

Sie hatte also ganz bestimmt weder das Fest noch die Ovationen gescheut. Was Teres gescheut hatte, war anzuerkennen, fünfundsiebzig Jahre alt zu werden, denn sie hatte sich immer darum bemüht, jünger zu wirken – was ihr auch gelang. Bis die Krankheit ihren Körper überwältigte und sie innerhalb weniger Wochen regelrecht auffraß, wäre sie glatt für sechzig durchgegangen.

Ich bin mir fast sicher, daß ich mit meiner Vermutung richtig liege, denn sie starb viel zu schnell. Ich erinnere mich noch an den Nachmittagstee. Das war vielleicht drei Monate, bevor sie plötzlich von der unerklärlichen Schwäche heimgesucht wurde – sie war bis dahin aktiver gewesen als ich.

Ich traf meine Mutter nicht oft, aber regelmäßig. Sie lud mich meist allein zu sich ein, was ich damals als Ehre empfand, hatte sie doch aufgrund ihrer gesellschaftlichen Verpflichtungen wenig Zeit – heute sehe ich das etwas anders. Jedenfalls war es bei diesem Nachmittagstee. Ich vermute, wir unterhielten uns, worüber wir bei diesen Zusammenkünften immer zu sprechen pflegten: über die Ursachen für das Schicksal der Armen. Jedenfalls schlug sie ein Bein über das andere – eine der wenigen unsittlichen Gesten, die ihr anhafteten –, und ich sah einen bedrohlichen dunkelbraunen Fleck auf ihrem Knie.

Ich habe keine Ahnung, ob sie da schon von ihrer Krankheit wußte. Zuzutrauen wäre es ihr, daß sie mit mir über Ungerechtigkeiten sprach und dabei wußte, daß sie bald sterben würde.

Ja, natürlich hatte sie da schon von ihrer Krankheit gewußt, denn, wenn ich daran denke, erinnere ich mich, daß sie das Kleid über den Fleck schob, sobald sie meinen panischen Blick bemerkte. Und so unachtsam war sie nicht. Teres legte viel zu viel Wert auf ihr Äußeres, als daß ihr auf ihrer makellos weißen Haut etwas entgangen wäre.

Natürlich sprach ich sie nicht darauf an; es wäre mir niemals in den Sinn gekommen, einen Makel an meiner Mutter zur Sprache zu bringen. Der Fleck blieb unerwähnt – selbst als der Krebs sie mir schon fast weggenommen hatte.

Aber ich bin mir ziemlich sicher, daß sie, selbst wenn sie wegen dieses Fleckes je einen Arzt aufgesucht hatte, eine Operation, Chemotherapie oder Bestrahlung grundsätzlich abgelehnt hätte. Es hätte sie ja entstellt.

Reste von weißem Speichel klebten in Christians Mundwinkeln. Ich meinte zu bemerken, daß seine Handgelenke geschwollen waren. Zuerst war ich mir nicht sicher, glaubte, es mir nur einzubilden. Ich nahm den Kopfhörer ab und beugte mich vor, markierte mir die Breite seines Unterarms mit Hilfe von Falten in der Zudecke. Ich hatte recht. Sobald ich eine weitere Falte hinter seinem Gelenk verschwinden sah, ging ich hinaus, um einen Arzt zu holen.

„Schwester Luzy, Christians Handgelenke sind geschwollen. Können Sie einen Arzt holen?"

Sie legte mir ihre kleine, zierliche Hand auf den Arm: „Wir wissen das schon, Herr Roth."

„Und was heißt das?"

„Seine Nieren spielen nicht mehr mit. Sie treiben das Wasser nicht so aus, wie sie sollten."

„Und was unternehmen Sie dagegen?"

„Wir haben die Infusionen eingestellt."

„Wird das helfen?"

Luzy senkte den Blick. „Nein. So wird er auf Dauer verdursten."

„Dann muß Ihnen etwas anderes einfallen." Der hilflose Blick in ihren Augen machte mich wütend. Ich werde diesen Blick nie vergessen. Ich weiß nicht, ob es ihr eigener Schmerz war oder meiner, der sich darin spiegelte. Aber er tat mir weh.

„Ihnen muß doch etwas einfallen", bettelte ich leise.

„Beten Sie, Mäxx. Beten Sie."

Dann ging ich wieder zu Christian. Er war wach und schaute mich durch seine glasigen Augen an. Und wie immer hellte sich sein Gesicht ein wenig auf, als er mich erblickte.

„He, Mäxx. Ich hab schon auf dich gewartet. Wo warst du nur so lange?"

Ich sagte ihm nicht, daß ich schon Stunden neben seinem Bett gesessen hatte, sondern ging zu ihm und nahm seine Hand, seine kalte, klebrige Hand, die durch die aufgedunsenen Unterarme noch dürrer und fragiler wirkte.

„Ich muß dir doch noch eine Geschichte erzählen."

„Ja. Erzähl mir eine Geschichte", sagte ich.

Er leckte sich die Lippen; sie waren trocken, rot und geschwollen, wie offenes Fleisch. Ich nahm das Teeglas von seinem Nachttisch und hielt es ihm hin. Er schüttelte ablehnend den Kopf.

„Nimm ein Wattestäbchen", sagte er. Auf dem Nachttisch lag ein Päckchen mit Dingern, die aussahen wie übergroße Q-Tips. Sie waren in Flüssigkeit getränkt.

Christian öffnete den Mund. Darin war es ganz weiß, seine Zunge dick und furchig. Vorsichtig rollte ich das Stäbchen darin umher, benetzte seine Lippen damit. Dann strich ich ihm über die Stirn, um die Schweißperlen abzuwischen, die sich in einer Tour bildeten.

„Du bist ganz verklebt."

„Ich schwitze nur noch."

„Waschen sie dich nicht?"

„Doch, doch. Aber sie kommen nicht hinterher."

Ich wollte ihm anbieten, daß ich das übernehmen könnte, aber ich traute mich nicht. Ich hatte Hemmungen, kämpfte mit mir, dann tat ich es doch.

Nein, das stimmt gar nicht; ich bot es ihm nicht an. Ich stand einfach auf, füllte die Schüssel mit warmem Wasser, tröpfelte etwas Duschgel hinein und begann sein Gesicht mit dem warmen Waschlappen abzutupfen.

Wie gut ihm das tat, war so offensichtlich, daß ich weitermachte. Ich rieb seine Hände ab, schob dann die Decke zurück, öffnete seine Pyjamajacke und wusch seine Brust. Es entspannte ihn, er wurde sichtlich ruhiger. Wir sprachen nicht. Wir taten beide so, als würde es nicht passieren.

Dabei schlief er wieder ein. Er schlief, und ich wusch ihn. Es war schön, es war richtig, wir mußten das so tun.

Als ich fertig war, packte ich ihn wieder ein. Dann wachte er auf.

„He, Mäxx. Ich hab schon auf dich gewartet. Wo warst du nur so lange?"

„Ein Bild taucht aus der Schwarzblende auf. Es ist ein großes, edles Haus. Die Kamera zeigt in langsamen Bewegungen verschiedene Ausschnitte davon, so als würde sich ein Mensch darin umsehen. Dazu spricht eine ruhige, sonore Stimme aus dem Off.

Sie erklärt, was an diesem Haus besonders ist, für denjenigen besonders ist, der durch das Haus führt: das Arbeitszimmer seines Vaters, in dem die Bücherregale bis unter die Decke reichen und mit schweren wissenschaftlichen Werken vollgestellt sind. Das Boudoir, in dem seine Mutter Kaffeekränzchen mit den Reichen und Schönen der Stadt abgehalten hatte. Der Speicher, auf dem er als Kind herumgestöbert hatte und von dem aus er aufs Dach geklettert ist, um Flugzeugpilot zu spielen. Man erfährt, daß diesen Menschen mit dem Haus eine lange Geschichte verbindet.

Dann hört man einen Wagen. Die Kamera schwenkt die weite, ausladende Freitreppe hinunter, zur Eingangstür hinaus auf den Vorplatz. Ein kleines spritziges Cabrio fährt vor. Darin sitzt ein gutaussehender, gepflegter Mann von vielleicht Anfang Dreißig. Er klettert über die geschlossene Autotür und schüttelt dem Butler die Hand. Sie kennen sich; sie pflegen ein freundschaftliches Verhältnis, aber es wird auch klar, daß sie sich lange nicht mehr gesehen haben.

‚Und wo ist der Herr des Hauses?' fragt der junge Mann.

‚Er braucht noch eine Weile. Aber die anderen sind schon da. Sie sitzen hinten am Pool.'

‚Die anderen? Das wird ja immer mystischer. Brian ...' – er spricht den Namen britisch aus, gepflegt britisch. ‚Was kommt da auf mich zu?'"

„Brian?" Ich unterbrach Christian. „Wieso heißt der Butler Brian?" Einen Moment lang war ich unsicher, ob ich Christian von meinem Privatlehrer erzählt hatte.

„Brian, Paul, George, Alfred. Ist doch egal. Nenn ihn, wie du willst. Jedenfalls zuckt der Butler mit den Schultern und wendet sich dem nächsten ankommenden Gast zu. Ein Diener in Livree fährt das Cabrio weg, der junge Mann geht ab.

In der nächsten Einstellung schaut die Kamera durch dünnen hellblauen Tüll aus dem ersten Stock auf den Pool hinunter. Dort steht, sitzt und geht eine Reihe gutgekleideter Männer herum, Champagner- oder Cocktailgläser schwenkend, rauchend. Es sind vielleicht fünfzehn, nur zwei oder drei unterhalten sich, der Rest steht für sich, kickt Grashalme, studiert Blumenbeete, schaut auf die Uhr.

Dazu kommentiert wieder jemand aus dem Off, sagt etwas wie:

‚Da sind sie nun: George, Richard, Stephen, Andi, Marcus, blablabla. Und schau sie an. George hat sich sogar in sein Tweedjackett gezwängt. So typisch für ihn.'"

Christian leckte sich die Lippen und schloß die Augen. Dann riß er sie wieder auf und erzählte weiter.

„Eine Stimme unterbricht; es ist der Butler: ‚Sir. Es sind alle da, Sir.'

Die Kamera schwenkt durchs Zimmer – es ist ein Schlafzimmer – zur Tür, in der der Butler steht.

‚Gut, Brian.' Die Kamera zeigt endlich den Sprecher. Es ist ein Mann von Mitte Vierzig. Er trägt einen seidenen dunkelblauen Morgenmantel und ein Tuch um den Hals. Man sieht ihm an, daß er einmal sehr hübsch anzusehen war. Aber über seinem Gesicht liegt nun ein weißlicher Schimmer, seine Augen wirken ein bißchen zu groß, die Nase zu spitz.

‚Haben sie alle zu trinken?'"

Christian schloß wieder die Augen. Seine Brust blieb ein bißchen zu lange bewegungslos. Ich spannte mich an.

„Brian nickt. ‚Ja, Sir.'

‚Dann bitten Sie sie zu Tisch, Brian.'

‚Wie Sie wünschen, Sir.'

‚Danke, Brian. Danke.'

Brian geht ab. Die Kamera schwenkt wieder zurück, schaut aus dem Fenster zu den Gästen hinunter. Bald stehen die Sitzenden auf und begeben sich ins Haus; das Gemurmel verstummt."

Christian erzählte mir seinen ganzen Film: vom reichen Lawrence, der seine ehemaligen Liebhaber einlädt, ohne ihnen zu sagen, daß die anderen Gäste auch Ehemalige von ihm sind. Lawrence verschweigt ihnen auch den Grund, warum er sie alle hergebeten hat: Er wird bald sterben, sehr bald.

Lawrence will die letzten Stunden seines Lebens mit ihnen zubringen, um sich zu verabschieden, um nicht alleine sterben zu müssen und um sozusagen die Wunden zu heilen, die er ihnen zugefügt hat.

Die Story entwickelte sich langsam, aber mit einer ungeheuren Spannung. Einige Gäste verstanden schnell, andere brauchten länger. Der Zuschauer sieht, wie die Unruhe steigt. Ein jüngerer Ex-Liebhaber springt erbost auf und läuft wütend davon, einem anderen steigen Tränen in die Augen. Wieder ein anderer steht auf und geht zu Lawrence hinüber, um ihn zu umarmen.

Christian ließ zwischen den Gästen eine Dynamik entstehen, die die einzelnen Personen bald zu einer Gruppe zusammenfügte, sozusagen zu einer Familie. Sie waren verbunden durch den, der sie alle zusammengebracht, geliebt, verlassen, verletzt und wieder geliebt hatte.

Dann kocht Rivalität auf, die die Gäste anspornt, im Laufe des langen Wochenendes miteinander zu reden. Der bereits Abgereiste kommt zurück, andere lernen sich beim Spazierengehen kennen. Bekanntschaften entwickeln sich, Freundschaften – und Leidenschaft. Es wird gelacht, geweint und getrauert. „Und in der allgemeinen Spannung", sagte Christian erregt, „kommt es hier und dort zu Sex."

Christian war kraftlos. Immer wieder schlossen sich seine Augen, blieb seine Brust länger still, bis er mit einem Ruck wieder atmete, die Augen öffnete und weitersprach. Und jedesmal setzte ich mich auf, rutschte auf meinem Stuhl nach vorn, als befürchtete ich, er würde gehen, als hoffte ich, ich könnte ihn mit einer schnellen Handbewegung halten. Jeder Aussetzer war wie ein kleiner Tod. Es ist eigenartig, ihn zu erwarten.

„Der Film endet mit Lawrences Beerdigung", sagte Christian nach einer weiteren, viel zu langen Atempause. „Man sieht all die Männer auf dem Friedhof; von der Spannung ist nichts mehr zu spüren. Sie stehen eng beieinander wie eine Familie. Einige halten sich bei den Händen, andere stützen oder trösten sich.

Der Pfarrer predigt, aber seine Stimme wird überlagert von Lawrences aus dem Off: ‚Da stehen sie nun, meine Männer: George, Stephen, Andi, Martin und all die anderen. Ich habe jeden von ihnen geliebt und jeden betrogen. Sogar als ich sie am Ende zusammenbrachte, war ich selbstsüchtig. Ich habe sie verletzt – aber mein Tod wird alle ihre Wunden heilen.'

Dabei zieht sich die Kamera langsam von der Menge zurück, erhebt sich über die Köpfe der Trauergemeinde und verweilt in dieser Position. Dann, sobald Lawrence verstummt, entfernt sie sich weiter und weiter und weiter. Der Abspann läuft, das Bild geht in die Weißblende über, Musik schwillt an."

Das war nun die fünfte Geschichte, die mir Christian über das Sterben erzählte, und ich fragte mich, ob das seine Art war, dem nahenden Tod zu begegnen: Geschichten über ihn zu erzählen und sich so mit ihm anzufreunden.

Erst später fand ich heraus, daß das seine Art war, dem Leben zu begegnen. Und was das bedeutete, sollte ich schon bald erfahren.

Wie zu erwartet war, hatte Gerd einen Zornanruf auf meinem Anrufbeantworter hinterlassen. Nachdem ich nun weder bei der Autorenkonferenz mein Gesicht gezeigt hätte noch das Manuskript pünktlich abgeliefert, sei ich endlich gefeuert. Ich würde nie mehr für ihn arbeiten, er würde zudem dafür sorgen, daß ich in dem Geschäft nie wieder einen Fuß auf den Boden brachte, und er würde mich verklagen und so weiter. Der Lautsprecher schnarrte, als ich seine Nachricht abspielte, so laut hatte er ins Telefon gebrüllt – ich drückte die Löschtaste. Das letzte, womit ich mich jetzt beschäftigen wollte, waren die Tiraden dieser ausgerasteten Klemmschwester.

In meinem Arbeitszimmer hatte ich ein furchtbares Chaos angerichtet, aber mir fehlte die innere Ruhe, aufzuräumen. Deshalb stakste ich durch die Wogen von Papier und fischte ein paar leere Blätter aus dem Drucker. Vom Boden klaubte ich den Montblanc auf – er gehörte meinem Vater –, dann schloß ich leise die Tür.

Ich gönnte mir eine Montecristo. Ich hatte vor Jahren eine Kiste davon in England ersteigert. Ihr außergewöhnlicher Geschmack rührt vor allem daher, daß ihre ligero-Blätter in einer besonderen Art von Zedernholz aufbewahrt werden. Mit ihr setzte ich mich in meine geliebte Küche.

Ich hatte in den letzten Tagen so viel erlebt, was wert gewesen wäre, aufgeschrieben zu werden, so viel, was man für Drehbücher hätte verwenden können, aber ich verspürte nicht das geringste Bedürfnis, es festzuhalten.

Anstatt mir die Zigarre anzuzünden, wärmte ich sie in meiner Hand und schnupperte daran. Auch trank ich keinen Wein, obwohl ich früher um diese Uhrzeit bereits einiges intus gehabt hätte. Ich verspürte Ruhe, tiefe, innere Ruhe, und das bei all dem Aufruhr in meinem Leben. Diese Ruhe fesselte meine Aufmerksamkeit, so daß ich nicht genau sagen kann, wann ich das Licht in Christians Wohnung bemerkte.

Auf den Lamellen von Christians Wohnzimmer tanzte der Schatten eines schlanken Mannes. Seine Bewegungen waren hektisch, als stöbere er. War da vielleicht ein Einbrecher zugange?

Ich beobachtete ihn eine ganze Weile, hoffend, er würde vor dem Küchenfenster auftauchen – als ob ich einen Einbrecher von einem Freund hätte unterscheiden können –, aber er tat es nicht.

Sollte ich Christian anrufen? Es war spät, ich hätte ihn geweckt. Wenn es ein Einbrecher gewesen wäre, hätte ich ihn damit beunruhigt. Wenn ich aber die Polizei geholt hätte und der Fremde sich dann als Freund herausstellte, als Nachbar, der die Blumen goß? Aber Christian hatte doch gar keine Pflanzen.

Es gab nur einen Weg, es herauszufinden. Ich schnappte mir Christians Schlüssel, stürzte die Treppe hinunter und im Hinterhaus wieder hinauf. Die Wohnungstür stand einen Spalt breit offen, das Schloß schien aber nicht beschädigt. Ich horchte; es war still. Ich schob die Tür vorsichtig auf und schlich auf Zehenspitzen hinein. Die Wohnung war wieder dunkel, nur die Wände leuchteten wie mattes Neon; sie reflektierten das Licht des Mondes. Ich pirschte mich an das Wohnzimmer heran und schaute hinein; vor den Lamellen stand ein Mann und schaute zwischen ihnen hindurch zum Fenster hinaus.

Da stellte ich mich breitbeinig, wenn auch sehr zittrig, in den Türrahmen und schaltete das Licht an: Chaos. Schubladen waren aufgezogen, der Inhalt auf den Boden geleert. Die Schränke standen offen, sie schienen durchwühlt.

Der Fremde drehte sich gemächlich um. Seine Augen blinzelten gegen das Licht an, und ich sah, daß sie gerötet waren. Aber es stand kein Schrecken darin, wie man es von einem Einbrecher erwarten würde. Im Gegenteil, er lehnte sich mit verschränkten Armen gegen die Fensterbank und schaute mich erwartungsvoll an.

„Was haben Sie hier zu suchen?" fragte ich, meine Stimme brach vor Aufregung. Ich spannte mich noch mehr an, stellte mich auf einen Kampf ein, aber er machte keine Anstalten. Und dann erst bemerkte ich, daß ich ihn schon einmal gesehen hatte.

„Wer bist du?" fragte ich, unsicher geworden. Er schaute mich giftig an, musterte mich. Dieser Blick machte mir noch mehr angst.

„Ich bin Manfred", antwortete er und schaute mich herausfordernd an. „Ich nehme an, du weißt, wer ich bin?"

„Nein."

Er lachte höhnisch, als hätte er mich beim Lügen erwischt. Dann zog er eine Schachtel Zigaretten aus der Brusttasche und setzte sich an den Eßtisch: „Möchtest du eine?"

Ich folgte ihm in sicherem Abstand. „Nein, danke."

„Ich bin seit fünf Jahren mit Christian zusammen. Und du?" Er stellte seine Frage wie eine Wette, aber ich kannte das Spiel nicht. Was hätte ich auch dagegen zu setzen gehabt?

„Ich kenne ihn kaum", antwortete ich wahrheitsgemäß und ließ Manfred gewinnen.

Er schüttelte den Kopf. „Was du nicht sagst." Dann schlug er mit der Faust auf den Tisch. „Erzähl mir doch keine Märchen!"

Ich zuckte zusammen und verteidigte mich: „Ich lüge doch nicht."

Ich merke gerade, daß es mir schwerfällt, mich an den genauen Ablauf der Ereignisse zu erinnern.

Manfred schrie anfangs ziemlich herum, bis ich irgendwann den Mut aufbrachte, zu fragen, wovon er überhaupt rede? Es kam heraus, daß er schon die ganze Zeit etwas geahnt hätte, Christians Umzug in diese Wohnung, das veränderte Verhalten, und wenn Manfred bei ihm war, hätte Christian oft zu mir hinübergeschaut, anstatt sich mit ihm zu unterhalten.

Und er, Manfred, hätte mich oft genug am Fenster sitzen sehen, um beurteilen zu können, daß mein verlorener Blick, den ich in die Welt hinausschickte, das Herz so manchen Mannes erweichen könnte. Manfred hätte gespürt, wie er seinen Geliebten immer mehr an mich verlor, und es sei feige von Christian gewesen, Manfred einen Brief zu schreiben, anstatt es ihm ins Gesicht zu sagen.

Wie gesagt, er kann es auch anders formuliert haben oder in einer anderen Reihenfolge aufgezählt, ich übernehme keine Garantie. Es ist letztlich auch unerheblich.

Wenn man sich die Situation vor Augen führt, versteht man leicht, warum ich völlig überfordert war. Schließlich hatte ich keinen blassen Schimmer, wovon Manfred sprach.

Ach ja, und dann hat er auch noch die Fotos erwähnt. Wieder etwas, womit ich nichts, aber auch gar nichts anfangen konnte.

„Welche Fotos?"

Er schätzte mich ab – nach dem, was ich kurz danach erfuhr, ist mir klar, daß er glauben mußte, ich würde ihn auf den Arm nehmen. Er stürmte ins Wohnzimmer, sammelte mehrere Abzüge vom Boden auf und knallte sie auf den Tisch.

Ich näherte mich, nahm sie auf. Ein Schatten, ein Umriß, Reflexion. Weil es im Eßzimmer zu dunkel war, ging ich damit ins Wohnzimmer hinüber. Da sah ich mich dann: in Unterhosen, nackt, von vorne, von hinten, stehend, liegend und in jeder anderen Position. Es waren sehr intime Fotos dabei.

Es war so unglaublich, daß ich Zeit brauchte, um zu verstehen: Christian hatte mich verfolgt. Er hatte ein Panorama meines Sexlebens erstellt und sogar Großaufnahmen von ... Nein, ich will das hier gar nicht beschreiben.

Zuerst mal war ich entrüstet. Fernglas hin oder her, aber das ging wahrlich zu weit. Wäre ich eine Person des öffentlichen Lebens gewesen, er hätte mich damit bloßstellen können, erpressen. Aber du bist doch gar keine Persönlichkeit, sagte ich mir dann. Wen würde schon interessieren, was du tust? Wer könnte mit den Fotos etwas anfangen außer ...? Und mit der Antwort verflog meine Entrüstung. Zurück blieb Freude, eine Art Glücksgefühl: Christian hatte mich abgelichtet, auf Papier gebannt, festgehalten – nur für sich.

Manfred muß es mir angesehen haben, denn als ich meinen Kopf hob und ihn wieder anschaute, standen Tränen in seinen Augen. Mir fiel nichts Blöderes ein, als zu sagen, daß es sich um ein Mißverständnis handeln müsse.

„Ach ja?" sagte er verletzt, ließ die gerade angerauchte Zigarette auf den Boden fallen und drückte sie auf dem weißen Teppichboden aus. Er kam zu mir herüber und schubste mich auf die Couch. Dann setzte er sich vor mich auf den Tisch. Er strahlte eine Hitze aus, sie war feucht wie von einem tropischen Fieber.

„Ich habe dir schon einmal gezeigt, zu wem Christian gehört." Er sprach leise, aber seine Augen funkelten. „Fordere mich jetzt nicht heraus."

„Wie bitte?"

„Erinnerst du dich nicht? Es war ein lauer Herbstabend gewesen. Christian hatte sich schon Tage nicht mehr bei mir gemeldet, hatte meine Anrufe nicht beantwortet. Ich bin einfach zu ihm gegangen und habe so lange geläutet, bis er mir aufgemacht hat. Er war so weit weg, er hatte sich so verdammt weit von mir entfernt. Er wollte mir nicht einmal mehr Schlüssel für die neue Wohnung geben. Verdammt, ich hatte immer einen Wohnungsschlüssel von ihm – wenigstens die zwei Jahre davor. Aber ich hab ihn mir geholt.

Dann hat er für mich gekocht, irgendein buntes Nudelgericht; es kam mir vor wie eine Henkersmahlzeit. Er war nicht bei mir. Immerzu flüchteten seine Augen zum Fenster, über den Hof, zu dir hinüber. Ich hätte ihn umbringen können. Er wollte gerade die Nudeln auftragen, da habe ich das Geschirr zur Seite geschoben, Christian am Oberarm gepackt und auf den Tisch hinuntergezwungen. Und dann habe ich ihn genommen, vor deinen Augen. Ich wußte, daß du zuschaust; ich wußte, du würdest es sehen. Du solltest es sehen, damit du endlich kapierst, zu wem Christian gehört."

„Aber ..."

„Aber was?" Er sprang auf und drohte mir. „Erzähl mir nicht, daß du mir Christian nicht wegnehmen wolltest. Das kannst du dir sparen. Ich habe deine Blicke gesehen, wie sehnsüchtig sie über den Hof herüberkamen, ich habe gesehen, mit wieviel ..." Er spuckte die Worte geradezu aus, „... mit wieviel Liebe du vorhin die Fotos angeschaut hast."

Er ging ans Fenster hinüber, drosch in die Lamellen, daß sie flatterten wie ein Schlag wilder Gänse. „Glaub nicht, daß ich ihn so einfach aufgebe. Ich habe hart um ihn gekämpft. So leicht kriegst du ihn nicht."

Die Luft war dick und verbraucht, meine Glieder schmerzten, so sehr spannte ich mich an. Aber ich blieb sitzen, wagte es nicht, mich zu bewegen.

Tränen liefen Manfreds Wangen hinunter; er senkte seinen Kopf, wir schwiegen. Plötzlich kam er schnellen Schrittes zu mir herüber, hob die Fäuste, als wollte er auf mich einschlagen. Ich hatte Angst, aber ich versuchte nicht, mich zu verteidigen. Dann sackte Manfred auf dem Tisch zusammen, vergrub das Gesicht in den Händen.

Es dauerte eine Weile, bis er sich beruhigt hatte, dann erzählte er mir ihre Geschichte: Manfred hatte Christian in Acapulco kennengelernt. Christian hatte oben auf dem Berg gestanden, schöner als alle anderen. Schöner als die mexikanischen Jungs, die für ein paar Dollar den Todessprung wagten.

Christian hatte gestrahlt, und es war still um ihn herum gewesen. Kein anderer hatte sich an die Klippe herangetraut, solange er dort stand.

Manfred hatte ihn gesehen und gewußt, daß er ihn haben mußte. Und er hatte noch etwas gewußt: So wie Christian dort oben gestanden und in die Ferne geschaut hatte, so war sein Charakter. Unerreichbar. Und wie er dann gesprungen war, federleicht seine Pirouette und Saltos absolviert hatte, hatte Manfred gewußt, daß Christian auch durch ihn so hindurchschneiden würde wie durch die Luft und durch die Wasseroberfläche. Trotzdem hatte er ihn haben müssen.

„Christian ist wie ein Fisch: glatt, geschmeidig und flink – und unmöglich zu greifen, geschweige denn ... festzuhalten."

Manfred wischte sich die Nase am Ärmel ab, dann schaute er mir unvermittelt in die Augen: „Du denkst jetzt bestimmt, daß ich selber schuld bin. Man sollte sich nie mit einem Menschen einlassen, von dem man weiß, daß man ihn nicht haben kann."

Während er das sagte, erhob er drohend seinen Zeigefinger. Seine Augen flackerten mit einer Heftigkeit, daß ich den Atem anhielt. Dann ballte er die Hände zu Fäusten, und noch einmal erwartete ich Prügel. Aber er schlug nicht zu.

„Ich muß dich enttäuschen. Auch wenn er für mich unerreichbar geblieben ist, so habe ich ihm doch gutgetan. Was weißt du schon von ihm? Er braucht mich, er ... liebt mich."

Wieder liefen heiße Tränen an seinen Wangen hinunter. Er preßte sich die Fäuste gegen die Augen; ein Schmerz bebte durch seinen Körper.

„Ich habe Jahre um ihn gekämpft. Und jetzt kommst du und nimmst ihn mir einfach weg." Manfred schrie die Worte, schoß vor und packte mich am Kragen, schüttelte mich, daß ich ernstlich um mein Leben fürchtete. Aber ich machte keine Anstalten, mich zu wehren. Ich ließ es einfach über mich ergehen.

Das war alles so irreal. Ich kam mir vor wie im falschen Film. Christian hatte mir nie etwas von Manfred erzählt oder überhaupt von einem Liebhaber. Ich hatte auch nicht gesehen, daß ihn je irgend jemand in der Klinik besucht hätte. Jetzt saß ich in dieser Wohnung einem wildfremden Menschen gegenüber und hörte mir seine Lebensgeschichte an, ließ mich von ihm beschimpfen, sogar bedrohen.

Mit Abstand betrachtet, hört sich das ziemlich schräg an. Aber da war natürlich noch mehr. Und auch wenn ich es zu diesem Zeitpunkt nicht wußte, so muß ich es geahnt haben. Jedenfalls blieb ich sitzen, als gehörte ich in diese Szene, als stünde es in meinem Vertrag, daß ich diesen Dialog zu führen hatte.

Vielleicht habe ich mich dann doch gewehrt oder etwas gesagt, ich kann mich daran nicht mehr erinnern, jedenfalls sank Manfred als nächstes an meine Schulter und heulte. So starr, wie ich da saß, muß ich wie ein Ölgötze ausgesehen haben. Mein Hemd war durchnäßt, ich bekam kaum Luft von der Hitze, die er verstrahlte, so schob ich ihn von mir oder versuchte es wenigstens, denn sobald er meine Hände auf seinen Schultern spürte, sprang er auf, griff seine Jacke und lief davon.

„Manfred!" Ich rannte hinter ihm her und schob ihn gegen die Wohnungstür, so daß er sie nicht öffnen konnte. Seine Hitze brannte in meinen Händen.

Der Gang war dunkel, aber seine Augen leuchteten; sie waren erfüllt von der Liebe für Christian, von der Sehnsucht, von ihm geliebt zu werden.

Ich hätte ihm stundenlang in die Augen schauen können und so diesen Gefühlen nahekommen, aber er brach die Stille.

„Ich hasse dich", flüsterte er, dann umarmten wir uns. Ich wußte genau, was er damit ausdrücken wollte. Das Leben hielt ihm die Liebe vor die Nase wie dem Esel eine Karotte. Er rannte und rannte, immer schneller, aber anstatt sie einzuholen, entfernte sie sich und er konnte nichts dagegen tun. Er war böse auf das Leben, nicht auf mich.

Er schob mich von sich. Ich dachte, es wäre alles gesagt. Aber ihm fiel noch etwas ein: „Du liebst ihn, nicht wahr? Du wirst ihn mir nicht lassen."

Ich wußte nicht, was ich darauf antworten sollte. Da zog mich Manfred an sich heran und legte seinen Mund auf meinen. Automatisch schlossen sich meine Augen, so wie sie es immer taten, wenn sich mir ein Mensch liebevoll näherte. Dann durchbrach seine Zunge die Barriere meiner Lippen und drang tief in mich ein.

Das Kleingeld klimperte, als meine Hose zu Boden fiel. Ich riß ihm das Hemd vom Körper, dabei sprangen die Knöpfe durch den Gang.

Alles passierte, alles – und seine Hitze, diese feuchte, tropische Hitze, wurde bald die meine.

Christian nahm den Kopfhörer ab, als ich ins Zimmer trat.

„He, Mäxx."

„He. Was hörst du?"

„Ich gestehe es ja ungern, aber es ist 'ne Scheibe von dir. Kiri te irgendwas."

„Kiri TeKanawa."

„Ja, genau. Die Braut kann wirklich singen."

So war er, mein Christian. „Braut" nannte er eine der ganz Großen.

„Freut mich", sagte ich und reichte ihm noch ein paar andere CDs, die ich ihm mitgebracht hatte: Lucia Popp, Eva Marton, Maria Callas.

Dem Außenstehenden mag es eigenartig vorkommen, daß ich Christian nicht zur Rede stellte wegen der Fotos. Aber ich hatte mir einen plausiblen Grund dafür ausgedacht: Wie durfte ich ihm einen Vorwurf machen, solange ich selbst geheime Lüste pflegte? Mit den Fotos hatte mir Christian nicht geschadet. Dagegen tat ich etwas, das tatsächlich unrecht war: Ich stahl meinen Sexpartnern Trophäen der Lust und machte mich damit zu einem Dieb.

Heute kann ich mir eingestehen, daß mich etwas ganz anderes davon abhielt, die Fotos anzusprechen. Sein kleines Geheimnis beinhaltete eine besondere Nähe. Ich hatte Angst, wenn ich es aus dem Dunklen, Versteckten an das grelle, kalte Krankenhauslicht zerrte, könnte etwas zwischen uns zerbrechen. Daß er mich fotografiert hatte, interpretierte ich als Ausdruck einer besonderen

Verbindung zwischen uns, einer geheimen und damit einer um so intensiveren. Das Wissen um diese Verbindung wäre mir schon viel wert gewesen, es allein hätte mein Schweigen gerechtfertigt.

Und da war noch etwas: nämlich die Angst, daß mir Christian mit einer banalen Entschuldigung alle Illusionen hätte zerstören können.

Die Fotos verschwieg ich also, meine Begegnung mit Manfred natürlich auch – wir redeten auch später nie darüber –, aber Manfred an sich beschäftigte mich.

In den letzten Stunden hatte ich unzählige Möglichkeiten im Kopf durchgespielt, wie ich herausfinden konnte, was zwischen Christian und Manfred tatsächlich ablief. Ich erinnerte mich an ein Gespräch über die Liebe, in dem Christian mir von einem Versuch erzählte, einen treuen Freund zu einem Liebhaber zu machen und daß es nicht geglückt war. Ob er damit von Manfred gesprochen hatte? Aber warum ging Manfred davon aus, mit Christian eine Beziehung zu haben, wenn der ihm nicht einmal sagte, daß er im Krankenhaus lag?

Ich mußte mehr darüber herausfinden und hatte mich daher entschlossen, mit einer ganz unverfänglichen Frage zu beginnen: „Kriegst du eigentlich viel Besuch?"

„Du weißt doch, wie das ist. Solange du einen knackigen Arsch hast, sind sie alle hinter dir her. Selbst als Positiver hast du noch den Rotes-Schleifchen-Bonus. Aber wehe, du wirst krank. Dann wirst du zur Bedrohung."

Es klang logisch, was er sagte, und er sagte es mit einer derartigen Selbstverständlichkeit, daß ich ihm eigentlich hätte glauben müssen. Aber ich wußte doch, daß Manfred Christian liebte. Er wäre doch ganz bestimmt zu Besuch gekommen?

„Es war also noch niemand da?" bohrte ich nach.

„Doch." Er lächelte mich süffisant an. „Du."

Seine Antwort war so entwaffnend und sein Lächeln so durchdringend, daß mir weitere Fragen im Hals stecken blieben. Es ging mich ja tatsächlich nichts an. Was mich interessieren durfte, war, was zwischen ihm und mir abging, aber das konnte ich ihn unmöglich fragen.

„Und deine Eltern?"

„Sie wissen nicht, daß ich im Krankenhaus bin."

„Willst du es ihnen nicht sagen?"

Christian senkte seinen Blick. „Du mußt wissen, daß sie nicht gerade begeistert waren, als ich ihnen gestand, daß mein Herz nur für Männer schlägt. Nach dem ersten Schock haben sie mir nur immerzu erklärt, wie schwierig es sei, einen Sohn wie mich zu haben, einen Sohn, der nie mit einer Freundin am Arm nach Hause kommt. Ich solle mich mal in ihre Situation versetzen, sagten sie. Was sollten sie den Nachbarn antworten, wenn sie sich nach dem Familienstand des Sohnes erkundigten, was den Freunden, wenn sie beim Kartenspielen zusammensaßen, oder Tante Trude, die sich immer besonders für mich interessiert hat?

Andererseits haben sie kein Problem darin gesehen, sich im Restaurant mit ihren Kegelfreunden über die verklebten Samenstränge des Nachbarsohns zu unterhalten, während sie blutige Steaks zerteilten.

Sie haben sich niemals Gedanken gemacht, wie es mir damit ging. Als ob es einfach wäre, als Schwuler in einem Team zu schwimmen. Oder die Fragen nach einer Freundin unbeantwortet zu lassen, weil ich nicht lügen will. Oder mich nach den Urlaubsplänen der verheirateten Teamgenossen richten zu müssen, weil sie an die Schulferien gebunden sind. Oder zu den Feiern allein aufzutauchen, während die anderen ihre Ehefrauen mitbrachten, und dann noch ihre ständigen Versuche über mich ergehen lassen zu müssen, mich mit ihren einsamen, alkoholsüchtigen Freundinnen zu verkuppeln."

Mir war das alles erspart geblieben. Ich hatte mich nie damit auseinandersetzen müssen. Aber wenn ich an das Unverständnis dachte, mit dem mir meine Mutter ständig begegnet war, dann konnte ich seinen Schmerz nachempfinden. „Ich verstehe. Du willst sie nicht sehen, weil du ihnen böse bist?"

Christian schüttelte den Kopf. „Wie kommst du denn darauf?" fragte er und schaute mich entgeistert an. „Für sie ist es schlimm genug, daß sie einen schwulen Sohn haben. Ich will nicht, daß sie auch noch zusehen müssen, wie er an Aids stirbt. In ihren Augen ist das doch immer noch eine Krankheit, die nur Perverse kriegen."

Jetzt war ich es, der ihn verständnislos anschaute. So fügte er hinzu: „Es würde ihnen doch nur noch mehr weh tun, mich so zu sehen. Es ist besser, sie halten mich als Gesunden in Erinnerung."

Er wollte seine Eltern also schützen. Wenn Christian sie schonte, dann hatte er womöglich auch Manfred nur eine Lüge geschrieben, um ihm Leid zu ersparen. Was aber bedeutete das für mich?

An dem Abend fühlte ich mich nicht mehr so leicht wie in den Tagen davor. Ich weiß noch, daß ich lange überlegte, ob ich einen Zettel für Manfred an Christians Tür hängen sollte und ihm mitteilen, daß Christian ihn wahrscheinlich doch liebte. Aber konnte ich mir sicher sein? Was, wenn es nicht stimmte? Durfte ich mich einmischen?

Ich hängte keinen Zettel an die Tür, aber ich setzte mich in meine Küche, rauchte, trank und wartete, ob drüben noch einmal das Licht angehen würde. Ich wollte Manfred wiedersehen. Ich wäre hinübergegangen und hätte ihn in den Arm genommen und gehofft, daß er mich festhält. Aber ich hätte ihm meine Vermutung nicht erzählt. Nicht weil ich wirklich Angst hatte, damit Verwirrung zu stiften, sondern, und das verstehe ich erst heute, weil ich Angst gehabt hätte, das wenige, was von Christian noch da war, an Manfred zu verlieren.

Der Arzt hatte gerade die Visite beendet, als ich auf das Zimmer zuging. Mit den Medizinstudenten stand er vor der Tür; sie besprachen die neuen Röntgenaufnahmen, die zeigten, daß nun auch Christians Leber von Metastasen befallen war, der Wasserstau in Beinen und Armen also nicht mehr nur vom Nierenversagen herrührte. Es würde ihm nicht mehr viel Zeit bleiben.

Es war in dem Moment, daß ich beschloß, fortan bei Christian zu bleiben, Tag und Nacht, soviel es nur eben ging. Es war mir klar, daß es schwierig werden würde und daß es das Personal nicht mitkriegen durfte. Aber das war mir egal. Es kam einfach nicht in Frage, daß Christian zu irgendeinem Zeitpunkt aufwachte und mit angstweiten Augen nach mir suchen mußte.

Als sich ihr Leben dem Ende zuneigte, schickte mich Teres immerzu weg – und ich folgte ihr. Ich wollte auf keinen Fall noch einmal denselben Fehler begehen.

„He, Christian."

„He, Mäxx."

Es war zu einem stillen Ritual geworden, daß ich ihn wusch, wenn ich am Morgen kam. Schon nach dem ersten Mal sagte ich es den Schwestern, um Ärger zu vermeiden. Ich hatte Widerspruch erwartet und mich auf Streit eingestellt. Aber im Gegenteil: Sie unterstützten es.

Also ließ ich wie üblich die kleine rote Plastikwanne ein, träufelte ein wenig Duschgel in das lauwarme Wasser und ließ den Waschlappen vollsaugen. Dann ging ich zu seinem Bett hinüber und erzählte ihm, womit ich die letzten Stunden zugebracht hatte. Ich wusch ihn, ganz so, als gehörte es zum täglichen Umgang wie das Händeschütteln.

Und weil er wenig zu berichten hatte, dachte er sich meist aus, was er gerne getan hätte. Oft spielte ich dabei eine Rolle, wurde ich Teil seiner unternehmungslustigen Phantasie. Oder er gab mir weitere Ideen und Ratschläge für mein Drehbuch. Und wenn ihm dazu nichts mehr einfiel, fragte er mich aus.

Ich kann mich nicht mehr an alle Gespräche erinnern. Nur wenige habe ich mir eingeprägt. Aber eins weiß noch ganz genau.

Ich muß vorwegschicken, daß Christian zu jenem Zeitpunkt schon viel von mir wußte, mehr als jeder andere. Er wußte, daß ich noch nie mit einem Mann zusammengelebt hatte, worauf es mir beim Sex ankam und an welchen Orten ich mich herumtrieb. Als er mich fragte, welches Sexerlebnis das aufregendste in meinem Leben gewesen sei, schoß mir Frieder in den Kopf. Ich versuchte etwas Aufregenderes zu finden, schon weil ich nicht erlauben konnte, daß Frieder so einen prominenten Platz in meinem Leben einnehmen durfte, aber je länger ich darüber nachdachte, desto klarer wurde mir: Frieder spielte eine ganz entscheidende Rolle in meinem Leben.

Nach der ersten Episode im Gartenhäuschen trafen wir uns natürlich noch öfter. Wir sprachen dabei nie. Er, weil es ihm grundsätzlich schwerfiel, ich, weil mir die Stille, die unsere Begegnungen begleitete, mehr sagte als alle Worte der Welt.

Frieder ging sehr bodenständig mit der Sache um. Ich war da, er war da, und das genügte ihm. Für mein kleines Kinderherz dagegen war das alles viel komplizierter.

Ohne je darüber gesprochen zu haben, wußte ich, daß niemand von meiner Liebe zu ihm wissen durfte. Anfangs kroch ich durch die Hecken heimlich an das Gartenhäuschen heran, riß mir dabei die Haut auf und verschmutzte meine Kleider. Aber mit jeder Begegnung wuchs mein Mut, und es kümmerte mich immer weniger, ob mich jemand sah. Trotzig ging ich hinaus, zielgerichtet wie ein Lemming auf das Meer zu.

Frieders Berührungen waren grob und kantig, aber ich fühlte mich wie ein Same, der zu einer wunderschönen Blüte aufgeht. Ständig wollte ich seine Haut spüren, ich dürstete nach seiner dicken Zunge und dem süßen Speichel, ich wollte nichts mehr riechen als seinen glitzernden Schweiß. Doch natürlich gab es da Grenzen. Ich sollte lernen, aber nichts wollte mehr in meinen Kopf. Er war schon voll mit den Gedanken an Frieder. Ich sollte essen, aber mein Magen war eng, wollte nichts anderes mehr in sich aufnehmen als Frieder.

Bald lebte ich nur noch für die paar Minuten, die uns vergönnt waren. Frieder kam aber nur dreimal die Woche, und er kam, um zu arbeiten. Von der Gartenarbeit hatte ich mich zurückgezogen, weil ich es nicht aushielt, ihm so nahe zu sein und ihn doch nicht zu berühren. So verbrachte ich jene Nachmittage an meinem Fenster und schaute hinunter, beobachtete jede seiner Bewegungen.

Ich magerte ab, wie hätte es auch anders sein können. Ich verfiel und verkam, wurde noch sonderbarer. Meine Mutter ließ Ärzte kommen. Sie diagnostizierten präpubertäre Depression und wiesen Hedda an, besondere Speisen zuzubereiten – mir graut noch heute bei der Vorstellung an mit Malzbier aufgeschlagene Sahne –, aber nichts wollte helfen. Sehnsucht ist ein Vampir; sie saugt dich leer, macht dich gleichzeitig süchtig nach ihr.

War das nicht Liebe? Ja, ich hatte geliebt, verdammt. Auch ich hatte schon einmal für sie geblutet, und wie. Wann ist mir bloß diese Fähigkeit abhanden gekommen?

Es war nur eine Frage der Zeit, bis uns meine Mutter dabei erwischte, und ihm kündigte. Blind, wie ich war, schockierte mich das nicht einmal, denn plötzlich wähnte ich mich der Erfüllung meiner Sehnsucht nahe.

„Wähnte" ist das richtige Wort, denn ich lebte tatsächlich in einem Wahnzustand. Ich war mir sicher, Frieder würde mich unter einen seiner kräftigen Arme klemmen und davontragen, irgendwohin, wo wir uns Tag und Nacht lieben konnten, wo uns niemand beobachten würde, sich niemand um uns scheren. Ich war mir so sicher. Statt dessen packte er seine Sachen und ging einfach davon, und ich blieb wie gelähmt zurück.

Nach einer Schrecksekunde wollte ich ihm hinterherrennen, aber meine Mutter packte mich am Arm; noch nie zuvor hatte ich soviel Kraft in ihrem Griff gespürt, soviel Zorn in ihren Augen gesehen. Frieder war schon an der Gartentür, als ich mich dann endlich losreißen und ihm hinterherlaufen konnte.

„Nimm mich mit!" schrie ich. „Geh nicht ohne mich!"

Er drehte sich um, schaute mich an und schloß mich in seine Arme. Dann hob er mich hoch und gab mir einen Kuß. Ich spürte seine sonnengegerbten Lippen auf meinen, schmeckte seinen grünen Atem und wußte: Jetzt wird alles gut. Aber anstatt mich bei der Hand zu nehmen und aus dem Gefängnis meiner Kindheit hinauszuführen, stellte er mich ab, drehte sich um und ging.

Ich fühlte mich betrogen, war blind vor Wut, aber ich brachte kein Wort über die Lippen, denn dann hätte ich den bitteren Geschmack wahrnehmen müssen, der sich auf sie gelegt hatte. Ich hätte spüren müssen, daß sie mir brannten wie verätzt. Ich wünschte nur noch, Frieder hätte mich niemals berührt.

Das war solange her, ich hatte es längst vergessen. Erst Christians Frage und sein eindringliches Bohren machten mir klar, warum ich seither nie wieder einen Mann liebevoll geküßt hatte, warum sich meine Augen schlossen, wenn sich ein anderer meinen Lippen näherte – als wäre der Kuß eine Faust.

Wenn man Tag und Nacht am Bett eines Sterbenden ausharrt, merkt man nicht, wie rapide er abbaut. Ich weiß nicht, ob man darüber hinweggeht, weil man es nicht sehen will, oder ob man es tatsächlich nicht wahrnehmen kann, so wie man auch nicht wahrnehmen kann, wie Gras wächst, wenn man es ständig beobachtet.

Bald graute mir vor jedem Schichtwechsel, denn die Hilflosigkeit in den Augen der Schwestern, die Christian sechzehn Stunden nicht mehr gesehen hatten, rief mir seinen Verfall jedesmal wieder schmerzlich ins Bewußtsein.

Seine Haut wurde speckig, Beine, Bauch und Unterarme schwollen immer mehr auf, und es kam mir so vor, als zöge sich das Leben langsam aus seinem Körper zurück. Nur in seinen Augen loderte noch das spitzbübische Feuer seines Charakters mit fast unverminderter Kraft. Allerdings fehlte es Christian immer mehr an der Energie, sie offenzuhalten, mich anzusehen. Die meiste Zeit dämmerte er dahin und rollte dabei seinen Kopf auf dem Kissen hin und her. In den seltenen wachen Momenten sprach er nur noch wenig, und wenn, war es oft unverständlich.

Es war spät in der Nacht – eigenartigerweise war er nachts noch am klarsten –, da schreckte er mich aus dem Halbschlaf.

„He, Mäxx. Mäxx."

Ich sprang auf und stolperte wackligen Schrittes an sein Bett.

„Gib mir deine Hand."

Ich legte meine Hand in seine; da war wieder dieses Feuer in seinen Augen, und ich fragte mich, ob er wohl fieberte.

„Weißt du, was uns noch fehlt?" fragte er und war dabei so klar wie der Himmel in jener Nacht.

Ich hatte nicht einmal eine Ahnung, wovon er sprach.

„Wir haben in den letzten Wochen ein wunderschönes Bild unserer Vergangenheit entworfen, du und ich, Raphael und Alexander, schöner, als sie ein Paar je erleben könnte, das schon zwanzig Jahre zusammen verbracht hat. Wir haben romantische Orte bereist, zusammen Weihnachten gefeiert, eine gemeinsame Wohnung eingerichtet und uns ein Häuschen am Strand nördlich von San Francisco gebaut. Wir haben meine Eltern besucht, sind händchenhaltend in die Oper gegangen und haben einen Traum von Buchladen eröffnet. Aber eins haben wir nicht geteilt ..."

„Was?"

„Sex."

Wenn ich Freunden heute davon erzähle – ja, ja, ich habe inzwischen tatsächlich Freunde –, pfeift mir oft moralischer Müll um die Ohren: Sex mit einem Sterbenden, so etwas täte man nicht. Das grenze an Nekrophilie; Tod und Sterben seien doch etwas Heiliges.

Sex etwa nicht? antworte ich dann. Und: Warum sollte ein Sterbender kein Recht auf Sex haben?

Ich habe Sex nie kategorisiert. Er gehört zum Leben wie das Essen, das Atmen und der Herzschlag. Deswegen zögerte ich keinen Moment, Christian diesen Wunsch zu erfüllen. Die Frage war nur: Wie? Und bevor ich nun erzähle, wie es vonstatten ging, möchte ich noch betonen, daß es letztlich eben ein Sterbender war, der mir zeigte, wie heilig Sex wirklich sein kann, welche Kraft er in sich birgt, wenn man ihn im entsprechenden Bewußtsein praktiziert. Und wenn ich es mir genau überlege, dann war nach diesem Erlebnis für mich Sex nie wieder dasselbe.

„Wie stellst du dir das vor?" fragte ich ihn und dachte an seinen kraftlosen Körper, der inzwischen nicht mal mehr seinen Urin halten konnte.

„Du bist doch der Drehbuchautor", antwortete er mit einem Lächeln.

Ich schaute ihn mit großen Augen an.

„Was unterscheidet schon den gemeinsamen Urlaub in der Karibik von einem gemeinsamen Flug in die Lust?" Seine Augen blitzten auf.

Klar, dachte ich. Recht hatte er. Und es fiel mir wahrlich nicht schwer, mir etwas auszudenken, hatte ich doch in meiner Phantasie schon so oft Sex mit ihm gehabt.

„Schließ die Augen", sagte ich und lehnte mich vor, um ihm näher zu sein.

Jetzt schaute Christian mich fragend an.

„Na, mach schon!" forderte ich ihn auf.

Er kniff die Augen zusammen wie ein kleiner Junge, der sein Geburtstagsgeschenk erwartet. Als er dann die Augen fest geschlossen hielt, gluckste er vor Vorfreude, die matten Bewegungen seines Zwerchfells ließen ihn erbeben.

„Es ist Sommer, mitten in der Nacht. Du liegst im Bett und wartest auf die süße Entspannung, die der Schlaf auf seinem Rücken trägt. Aber es ist so heiß, daß du dich abgedeckt hast. Denn ab und zu weht eine leichte Brise durchs Zimmer und streicht über deinen Schwanz, umspielt deine Eier mit einer Sanftheit, wie es kaum ein Liebhaber fertigbringt.

Am Anfang hast du dich noch hin und her gewälzt, langsam wirst du ruhiger, entspannst dich. Ein bißchen Schweiß läuft dir aus den Achseln, kleine Perlen bilden sich auf deiner Bauchdecke und laufen seitlich durch die Falten ab."

„He, du Penner", rebellierte Christian scherzhaft. „Ich habe keine Falten."

Wir mußten beide lachen.

„Okay. Der Schweiß läuft von deiner Bauchdecke entlang der Rillen deiner ausgeprägten Bauchmuskeln ab."

„Schon besser."

„Schschhh ... Du kommst langsam in diesen Dämmerzustand, in dem du nicht mehr weißt, ob du noch wachst oder schon träumst. Da kraxle ich durchs Fenster. Du siehst mich nicht, alles, was du wahrnimmst, ist ein bißchen Wind und ein Schatten. Du überlegst noch, ob du die Augen aufmachen sollst, um zu sehen, was das war, da spürst du etwas an deinen Händen. Du ziehst sie zurück, doch es geht nicht mehr; ich habe sie an die Bettpfosten gefesselt.

Ein Schrei entspringt deiner Kehle ‚Ah', ein Schrei der Überraschung, und ich nutze die Gelegenheit, um dir einen Knebel zwischen die Zähne zu schieben. Du strampelst mit den Beinen, aber ich bin kräftiger als du und nehme zuerst das eine, dann das andere und binde sie fest.

Jetzt liegst du wehrlos und nackt vor mir, bist mir völlig ausgeliefert. Adrenalin jagt durch deinen Körper, vor Angst stellen sich dir alle Haare auf. Du willst weg, aber du bist gefesselt, so bietet sich dir nur noch ein Fluchtweg: die Lust. Das einzige, was dir bleibt, ist, dich hinzugeben.

Du spürst etwas Eisiges und erschauerst. Dann riechst du den scharfen Duft von Alkohol und verstehst, daß ich dich damit besprühe."

Christians Haare stellten sich auf, er lag mit Gänsehaut im Bett. Sein Atem wurde schneller, die Augen hinter den Lidern aufgeregter.

„Dein Körper zuckt und windet sich, obwohl du versuchst, gelassen zu bleiben, weil du es mir nicht zeigen willst. Aber du hast keine Chance, bald finde ich genau jene Stelle, die dich vor Erregung fast umbringt. Dein Körper bäumt sich auf; ich gebe dir einen Moment. Dann sprühe ich wieder, und gerade als du hoffst, wieder eine Pause zu bekommen, blase ich sanft über diese Stelle hinweg – um das Kälteempfinden zu verstärken."

Christian bebte, seine Kehle spannte sich an; seine Hände ballten sich mit letzter Kraft.

„Dann nehme ich eine Feder und streiche dir damit über den Körper. Ich beginne am Kopf, kitzle über Brust und Bauch hinunter, befummle deine Eier, deinen übersteifen Schwanz und fahre langsam an der Innenseite deiner Schenkel hinunter zu den Füßen. Aber du kannst dich nicht mehr entspannen, weil du weißt, was als nächstes kommt: der Alkohol, die Stelle, Pusten und die Feder dazu. Du möchtest schreien vor Lust, aber der Knebel läßt es nicht zu; du möchtest dich entwinden, aber mit den Fesseln geht es nicht, du möchtest zerspringen ..."

Ich sah, daß sich Christians Bettdecke ein wenig wölbte. Da schoß es mir heiß den Rücken hinauf und an meiner Brust hinunter ins Becken. Ich konzentrierte mich auf Christian, ließ mich nicht mehr von meiner Phantasie treiben, nicht mehr von meiner Vorstellung von Sex mit ihm, sondern versuchte, seine innigsten Wünsche zu erraten.

Ich erzählte und erzählte, entwarf ein Bild des perfekten Sex. Währenddessen flackerte immer wieder Anspannung durch Christians Körper. Und jedesmal, wenn ich ihrer gewahr wurde, durchzuckte es auch mich, schoß noch mehr Blut in meinen Unterleib, bis er zu bersten drohte.

„Und dann, du glaubst schon zu kommen, da werde ich langsamer, genau in dem Maße, daß deine Erregung kurz vor dem Höhepunkt stehenbleibt. Dein Körper ist im Zustand allerhöchster Anspannung, schon der nächster Atemzug wird ausreichen. Ich sehe es, ich rieche es, ich spüre es. Aber die Erregung ist so groß, du kannst sie nicht mehr halten; ich merke, daß du abzustürzen drohst, und lecke mit der Zungenspitze an der kleinen zarten Verbindung zwischen Eichel und Schaft."

Christian bäumte sich auf.

„Da explodierst du, spritzt eine Fontäne von Samen senkrecht in die Luft. Der heiße Saft klatscht auf deine Bauchdecke, deine Brust und deine Schenkel, und das zu spüren erregt dich noch mehr. Du kommst, minutenlang. Selbst als dein Schwanz schon erschlafft, schießen immer noch Ballen purer Energie durch dich hindurch, als stündest du unter Strom, zuckt es süß in deinem Körper."

Christians Atem verlangsamte sich wieder, er sackte zusammen und schlief ein, da setzte ich noch etwas hinzu, ganz leise, nur für mich: „Und ich stülpe meine Lippen über deine Eichel und sauge deinen Samen in mir auf, in der Hoffnung, daß er aufgehen möge."

Da spürte ich meinen Unterleib zucken und eine allzu vertraute Wärme, die sich an meinem Oberschenkel ausbreitete. Ich legte meinen Kopf zurück, benommen, beflügelt, berauscht, in diese einzigartige Anspannung aufsteigend, da roch ich ihn wieder: den süßen Duft von Flieder aus unserem Garten.

Ich war danach so erregt, daß ich nicht mehr einschlafen konnte, so ging ich ins Bad, um mich ein wenig frisch zu machen. Ich ließ mir kaltes Wasser über die Handgelenke strömen, spritzte mir ein bißchen ins Gesicht und fuhr mir dann mit nassen Händen durchs Haar. Das flimmernde Neonlicht in diesem orangegefliesten Bad machte mich grünlich bleich und unterstrich die Ringe unter meinen Augen. Mein Blick war stechend, durchdringend; in den schwarzen Klamotten sah ich aus wie einer, der den Tod bringt.

Christian hatte Rasierwasser mitgebracht – Antaeus, was sonst –, daneben stand sein Deo, die Zahnpasta, Zahnseide, eine Hautlotion und Rasierzeug. So viel konnte man über die Menschen erfahren, wenn man sah, mit welchen Produkten sie sich pflegten, welche kleinen Schönheitskorrekturen sie mit Hilfe von Cremes und Pudern vornahmen, welche Leiden sie behandelten; es sagt alles über sie.

Wenn ich mich nachts aus den fremden Betten in die Bäder gestohlen hatte, schnupperte ich immer an den Dosen und Tuben, an den Flaschen mit duftenden Aftershaves. Manchmal gab ich einen Tropfen Zahnpasta auf meine Lippen, schmeckte daran und bin so für Momente in ihre Welt eingetaucht. Es liegt eine unglaubliche Schönheit darin, die Hand über die frischen Handtücher fremder Männer gleiten zu lassen, die Finger zwischen Laken zu stecken, die nach frischem Lavendel oder Wiesenduft riechen, oder gar das Gesicht hineinzulegen.

Am Anfang kroch ich nach diesen Ausflügen wieder unter die warmen Bettdecken zurück und beobachtet die Männer, weidete mich an ihrer schlafsüßen Unschuld, schaute zu, wie die feinen Schleier der Träume über ihre Gesichter hinwegzogen. Damals hatte ich noch die Geduld zu warten, bis sie aufwachten und mich in ihre tief entspannten Arme schlossen.

Dann, nach dem Aufstehen, schaute ich ihnen beim Duschen zu: wie ihre Hände über den Körper glitten, sich kleine Schaumballen in Nischen und Bögen bildeten, die ich noch Stunden zuvor liebkost hatte. Aber bevor sie nach dem Handtuch greifen konnten, sich darin einwickelten, um die hauchdünnen Rinnsale von Duschwasser davon aufsaugen zu lassen, zog ich die Wohnungstür schon hinter mir zu.

Später blieb ich dann nicht mehr so lange. Schon vor einem guten Jahrzehnt – es könnte auch länger her sein, ich weiß es nicht mehr – wurde mir diese Zeremonie zu aufwendig. Ich hatte nicht mehr die Geduld, soviel Zeit zu investieren – außerdem war ich den Fragen, ob ich wiederkäme, ob ich anrufen oder gar meine Telefonnummer hinterlassen würde, ein paarmal gefährlich nahe gekommen, und damit dem Bleiben.

Seither beschränkte ich mich darauf, ins Badezimmer zu schleichen, an Duftwässern und Gels zu riechen und alles weitere in meinem Kopf zu simulieren. Ich stellte mir die Männer bildhaft vor, wie sie mit verschwollenen Augen vor dem Spiegel standen und an den bevorstehenden Tag dachten, noch Falten vom Schlaf im Gesicht. Ich sah sie Deo unter die Achseln sprühen, den Rasierapparat am Gesicht ansetzen, und ich lernte die Gedanken zu ahnen, die ihnen in dem Moment durch den Kopf gingen.

In diesem Krankenhausbad waren keine Schubladen und Schränkchen, in denen ich hätte herumstöbern können. Ich schraubte das Rasierwasser auf, sog süßes Holz und eine deutliche Note grünes Moos tief in mich ein. Aber es war anders als bei all den anderen bisher.

Ich weiß nicht, warum es mir auffiel, aber mit einem Mal kam mir mein Umgang mit Männern, den ich bis dahin überaus konsequent empfunden hatte, ziemlich zwiespältig vor. Diese Erkenntnis beunruhigte mich keineswegs, im Gegenteil, da war eher etwas Heimelig-Vertrautes daran.

Dieser Zweispalt war mir schon einmal begegnet. Ich setzte mich an den Rand der Badewanne. Ja, genau: in den Briefen meiner Mutter, die sie an meinen Vater geschrieben hatte – meinen vermeintlichen Vater, muß ich richtigerweise sagen, doch mehr dazu an anderer Stelle.

Ich habe es meinem Cousin Harry zu verdanken – wenn man in diesem Zusammenhang von Dank sprechen möchte –, daß ich ein paar Monate nach der Beerdigung meiner Mutter noch einmal durch ihre Sachen ging, daß ich mich überhaupt noch einmal damit beschäftigte, denn nach ihrem Tod hatte ich alles von einer Umzugsfirma einlagern lassen.

Harry rief nämlich an, um zu fragen, ob mir etwas an der alten Tischuhr läge, die immer auf der Kommode im Entree gestanden hatte. Onkel Heinrich, mein Vater, hätte sie von seiner Großmutter geerbt, und es wäre seinem Vater, meinem senilen Onkel Gustav, ein großes Anliegen, sie in der Familie zu behalten – als ob ich nicht zur Familie gehörte.

Ich erinnerte mich gut an das Stück. Über dem runden Zifferblatt bäumte sich ein bronzenes Pferd mit einem Reiter auf; häßlich, wenn auch sicherlich sehr kostbar. Mir lag nichts daran, weshalb ich ohne zu zögern einwilligte. Allerdings, schränkte ich ein, Harry müsse sie selbst suchen.

Wir verabredeten uns zwei Wochen später am Lager. Als ich ankam, war er natürlich längst da – ich kam ja immer zu spät. Wir schüttelten uns die Hand, und ich bemerkte in mir das Bedürfnis, mich mit ihm verwandt zu fühlen. Aber ich brachte ihm dieselbe Befremdung entgegen, die ich auch in ihm wahrnahm.

Ich schloß die Tür auf und war überwältigt von dem Anblick: ein Berg von Kisten und Möbeln. Harry schaute mich mit großen

Augen an. Als er sich darauf einließ, hatte er natürlich nicht gewußt, daß ich nichts aussortiert hatte.

„Weißt du wenigstens ungefähr, in welcher Kiste sie sein könnte?"

Ich zuckte mit den Schultern und setzte mich mit einem Buch vor die Tür in die Sonne.

Harry ging auf die Suche. Kiste für Kiste kämpfte er sich durch. Ich hörte ihn stöhnen und ächzen, hörte, wie er Kartons öffnete, Dinge herausnahm und wieder weglegte. Gleichzeitig fiel es mir schwer, mich auf die Worte zu konzentrieren, die ich vor Augen hatte. Ich stand auf und schaute hinein, ich wollte wissen, was er da alles fand.

„Willst du mir nicht doch helfen?" fragte er, als er mich sah. „Du weißt doch, wo die Uhr stand, und müßtest anhand anderer Gegenstände erkennen, ob sie in der Kiste sein könnte."

Ich hatte mir versprochen, mich nicht mit diesen Dingen zu belasten, bis ich eine sinnvolle Lösung dafür fand.

„Was hast du eigentlich mit dem ganzen Krempel vor? Zwei Kisten sind feucht geworden und schimmeln vor sich hin."

„Wo?" fragte ich und ging hinein.

Er zeigte sie mir. „Wenn du dich nicht bald darum kümmerst, kannst du gleich alles wegschmeißen."

Es war natürlich unsinnig, die Dinge vergammeln zu lassen. Ich hatte überhaupt nicht daran gedacht.

Ich ging zwischen den Kisten und Möbeln hindurch und schaute, ob noch anderes feucht geworden war.

„Wenn du schon guckst, würdest du mir bitte beim Suchen helfen?"

Ich warf ihm einen trotzigen Blick zu.

„Die Kisten in dieser Ecke habe ich schon alle durch", sagte er und deutete darauf.

Es ist unvorstellbar, welche Berge dort aufgetürmt standen. Nur zur Erinnerung: Es war ein ganzes Haus eingepackt, ein Haus, in dem meine Mutter fast fünfzig Jahre gelebt hatte.

Es dauerte viele Stunden, bis wir das häßliche Teil ausfindig gemacht hatten, aber zuvor fiel mir noch etwas anderes in die

Hände: eine Kiste mit Andenken an meinen Vater. Ich vermutete es, weil Uniform und Mütze obenauflagen; mein Vater war nämlich General gewesen, bevor er bei einem Manöverunfall ums Leben kam – wenigstens wurde es mir so erzählt.

Neben allerlei Kleinkram, bestickten Taschentüchern mit Monogramm, Manschettenknöpfen, einer Fliege, einzelnen Büchern und anderem Zeug fand ich ein ungeöffnetes Päckchen. Der Name meiner Mutter prangte vorne darauf und unsere Anschrift. Es trug weder Poststempel noch Briefmarken, mußte ihr also persönlich übergeben worden sein. Ich drehte es um, kein Absender zu finden.

Während Harry am anderen Ende des Lagers weiter umschichtete, öffnete ich das Paket und schaute hinein. Ganz oben lag ein rotes Schächtelchen, darin ein Bundesverdienstkreuz. Darunter fand ich den Paß meines Vaters, eine Reihe von Orden und Bändern, den Füller von Montblanc mit goldener Feder, eine Armbanduhr, seinen Ehering – meine Mutter trug ihren bis zu ihrem Tod.

„Hast du was gefunden?" rief Harry.

„Ja, äh, nein", antwortete ich. „Ich komme gleich."

Da stand Harry schon neben mir. „Es ist so still geworden, da dachte ich, du bist fündig geworden." Dann fiel sein Blick auf die Uniform. „Onkel Heinrich?"

Er griff vorsichtig hinein. Dann nahm er sie auf und strich sanft darüber.

„Kanntest du ihn?" fragte ich. Harry war nur fünf Jahre älter als ich. Da Vater schon kurz nach meiner Geburt verunglückte, konnte Harry ihn nur als kleiner Junge gekannt haben.

Harry ist ohnehin ein schwer durchschaubarer Zeitgenosse. Da ich ihn damals noch kaum kannte, kam er mir noch ein wenig undurchschaubarer vor. Aber mit der Uniform in der Hand schien er fast ein wenig entrückt. „Wie bitte?"

„Ob du ihn kanntest, habe ich gefragt."

Da schaute er mir in den Augen und sagte: „Nur ein bißchen." Und wie schon auf der Beerdigung bekam ich das deutliche Gefühl, daß er mehr wußte, als er zugab.

Ohne mich zu fragen, griff er in das Paket und zog einen Packen Briefe heraus.

„Was ist denn das?" fragte er.

„Nach was sieht's denn aus?" antwortete ich unmutig und riß sie ihm aus der Hand.

Die Briefe waren auf seidenes Papier geschrieben, der oberste an meinen Vater adressiert, der in der Kaserne Glücksburg stationiert gewesen war. Ich ließ meine Hand sinken und schaute Harry an, um ihm zu bedeuten, daß ich damit allein sein wollte. Da warf er mir wieder einen vielsagenden Blick zu, den ich nicht zu interpretieren wußte, und verschwand hinter den Kisten.

Obwohl es weder der Ort noch die Zeit war, sich damit zu beschäftigen, machte ich die ersten Briefe auf und las hinein.

Mein lieber Heinrich,
ich würde alles darum geben, es ungeschehen zu machen, fast alles. Glaub mir, ich habe jede Möglichkeit in Erwägung gezogen, sogar an Abtreibung gedacht, aber ich kann es nicht. Ich weiß nicht, ob Du das als Mann je verstehen kannst, aber ich bitte Dich inständig, versuche es. Versuche, mich zu verstehen.

Deine Dich liebende Teres

Heinrich,
so melde Dich doch. Ich flehe Dich an, vergib mir.

Deine Dich liebende Teres

Lieber Heinrich,
ich verstehe, daß es Dir schwerfällt, darüber zu sprechen, aber denkst Du, daß es für mich einfacher ist? Ich bitte Dich, antworte mir endlich und teile mir mit, wann ich mit Deiner Rückkehr rechnen kann.

Deine Dich liebende Teres

Wie paßten diese Briefe zu den Erzählungen meiner Mutter? Ich hatte ihn als liebevollen, großherzigen Menschen kennengelernt, dem nichts wichtiger gewesen war als seine Frau und sein Kind. Er hätte Teres immer auf Händen getragen, und ihre Schwangerschaft sei die größte Freudenbotschaft in seinem Leben gewesen.

Nach diesen Zeilen zu urteilen, hatte er sich jedoch unmöglich verhalten. Wie konnte man einen Menschen, den man liebte, hinhalten?

Natürlich konnte ich das alles damals noch nicht beurteilen, ich wußte ja nur einen klitzekleinen Teil der Geschichte. Ehrlich gesagt: Ich weiß heute noch nicht alles. Aber es war schon nach dem Lesen dieser Briefe, daß ich begann, die Geschichten meiner Mutter über meinen hochheiligen Vater in Frage zu stellen, die Nähe, die zwischen den beiden angeblich geherrscht hatte, anzuzweifeln.

Nähe, Distanz. Ein Zwiespalt, mit dem sich wohl schon meine Mutter auseinandersetzen mußte. Nähe, Distanz, das waren Themen, die mich mit ihr verbanden.

Christian hustete. Ich schreckte hoch, schaltete das Licht aus und öffnete die Tür. Er lag ruhig im Bett und schlief.

Nach dieser Erinnerung hatte ich das dringende Bedürfnis zu duschen. Ich ging auf Zehenspitzen ins Bad zurück, zog mich aus, drehte den Hahn auf und stellte mich in die Wanne. Im Spiegel sah ich meinen Körper von den Knien bis zum Hals. Nachdem ich andere Männer so oft unter der Dusche bespitzelt hatte, fand ich es lustig, mir selbst dabei zuzuschauen. Ich seifte mich ein, bis ich ganz in weißen Schaum gehüllt dastand, dann ließ ich alles wieder abspülen.

Nach dem Abtrocknen strich ich mir die Haare glatt, legte mir etwas von seinem Aftershave auf; eine Rasur wäre dringend nötig gewesen, aber ich konnte mit den elektrischen Dingern nicht umgehen. Ich schaute mich noch einmal im Spiegel an. Ich war noch genauso bleich, hatte noch dieselben Augenringe wie zuvor. Aber meine Lippen waren durch das Rubbeln mit dem Handtuch fleischig geworden, rund und rot.

Ich ging an Christians Schrank, um mir Wäsche zu leihen. Es war still auf der Station. Draußen warfen Straßenlaternen gespenstisches Licht auf die nackten Äste der Eichen, dahinter stockschwarzer Himmel. Nachdem ich angezogen war, trat ich an Christian heran. Das Brodeln in seiner Lunge hatte eine fast beruhigende Wirkung, war im harmonischen Gleichklang mit dem Sauerstoffgerät, das in einer Tour vor sich hinsprudelte.

Auf dem Gang näherte sich Klappern: die Nachtschwester. Es war kurz vor halb sechs Uhr morgens. Wenn ich nicht erwischt werden wollte, mußte ich jetzt verschwinden.

„Bis später", flüsterte ich und ging. An der Tür drehte ich mich um. Das Zimmer war vom bleichen Mondlicht erhellt, die Farben auf Blau und Weiß reduziert. Das Bett, der Bügel, die Arme auf seiner Decke; Christian sah aus wie Schneewittchen im gläsernen Sarg.

Bevor ich darüber nachdenken konnte, stand ich wieder an seinem Bett und beugte mich hinab. Sanft berührten meine Lippen die seinen – sie waren süß wie Unschuld –, und ich schaute ihm dabei ins Gesicht.

Drei Nächte, bevor Christian starb, fuhr ich mit der Straßenbahn blind durch die Gegend – ich ging zwar nicht mehr nach Hause, aber zwischendurch mußte ich einfach mal raus.

Die Stadt war leer, frei von lästiger Geschäftigkeit. Ich fuhr in die eine, bald in die andere Richtung, dann stieg ich in die nächste Bahn und in die nächste. Das Woher und Wohin war mir egal, Hauptsache, ich fühlte mich in Bewegung.

Ich glaube, ich stand am Stachus, als die Siebenundzwanzig heranfuhr und der Schaffner mir einen Blick zuwarf. Ich stieg ein – ich wäre sowieso eingestiegen –, ging langsam nach vorn und bemerkte, daß er mich im Spiegel beobachtete. Dann setzte ich mich auf die linke Seite, gerade so, daß er mich und ich ihn gut sehen konnte.

Kurz nach Mitternacht hatte er Schichtwechsel; sein Kollege stieg ein, sie redeten ein paar Worte, machten die wohl üblichen Scherze. Wäre er ausgestiegen, wäre ich ihm gefolgt, aber er lächelte mich an und ging an mir vorbei, setzte sich zwei Reihen hinter mir hin. Ich konnte ihn nicht sehen, nicht einmal sein Spiegelbild im Fenster. Es machte mich nervös, aber es erregte mich auch, deshalb drehte ich mich nicht um. Es ist wie mit dem Schmerz: Wenn man sich auf ihn einläßt, wird er geil. So wartete ich und gondelte ans andere Ende der Stadt.

An der Endstation hörte ich, wie er sich mit einem lauten Seufzer erhob. Ich zog mich an der Stange hoch und stellte mich an die Vordertür. Die Bahn blieb stehen, wir stiegen aus.

Ich folgte ihm in den Park, der Himmel war bewölkt, die Nacht sehr dunkel. Ich befürchtete, daß ich ihn in seiner blauen Schaffneruniform bald verlieren würde, deshalb legte ich einen Zahn zu, aber da war er schon nicht mehr zu sehen. Mist! Ich verlangsamte meinen Schritt, drehte mich gerade um, da zog mich jemand am Arm hinter einen Baum.

„Es ist gefährlich, so allein im Dunkeln", flüsterte er, und mir lief ein Schauer über den Rücken.

„Du hast recht", antwortete ich mit eindringlicher Stimme und packte ihn an der Kehle, bis er ächzte. „Na, willst du mehr?"

„Ja", keuchte er.

Flugs hatte ich ihn mit meinem Gürtel an den Baum gefesselt, seine Jacke geöffnet und mich an seinen Brustwarzen zu schaffen gemacht. Er stöhnte laut, warf sich gequält hin und her.

Ich kannte dieses Gefühl, diese Lust am Leiden, und mir bereitete es normalerweise eine ungeheure Freude. Ich wußte, ich hätte ihn züchtigen können, anpinkeln, erniedrigen, aber ich verspürte keine Lust. Es machte mir einfach keinen Spaß, und mit einem Mal war die Erregung auf Nimmerwiedersehen verschwunden.

Ich verstand es nicht. Es war alles richtig an ihm: Er war blond und jung, kein einziges Härchen zu spüren. Seine Augen waren unschuldig und unverdorben, er hätte mir gefallen müssen, aber in meiner Hose regte sich nichts.

Nach allem, was ich in den letzten Wochen mitgemacht hatte, mag es lächerlich klingen, aber es war diese Erfahrung, die mich erkennen ließ, daß ich nicht mehr derselbe war.

„Was ist?" fragte er.

„Halt die Klappe", antwortete ich und gab ihm eine schallende Ohrfeige; er heulte auf. Nein, da war keine Lust mehr darin. Ich mußte aufhören, sonst würde ich ihn verletzen.

Ich rieb mir die Stirn. Impotenz, das kannte ich nicht, daher dachte ich, hoffte ich, meine plötzliche Hilflosigkeit und meine Verlegenheit würden daher rühren.

Ich schnallte ihn ab. „Verschwinde", sagte ich und schubste ihn von mir. Aber er ging nicht.

Ich an seiner Stelle hätte wenigstens einen Schwall böser Worte über mir losgelassen, bevor ich gegangen wäre – ich meine den Maximilian von damals –, aber er nahm mich statt dessen in den Arm.

„Ist schon okay", flüsterte er mir ins Ohr, und da liefen mir auch schon die Tränen.

Nichts war okay. Gar nichts war mehr so, wie es einmal gewesen war, und es machte mir angst. Mein ganzes Leben lang hatte ich alles unter Kontrolle gehabt, meine Arbeit, meine Zeit, meinen Körper. Aber seit ein paar Tagen lief alles aus dem Ruder.

Er drückte mich noch fester an sich, und ich begann der Nacktheit seiner zarten Brust mein ganzes, verwirrtes Leid zu klagen. Ich brabbelte von Raphael, von Christian und von meiner Mutter, von meiner Unfähigkeit zu lieben, von meiner Sehnsucht nach der Sehnsucht und all meiner Angst davor.

Jetzt, wo ich das alles niederschreibe, muß ich lachen: Da hat mir das Schicksal richtig eins ausgewischt. Ein paar Wochen zuvor war ich es, der in der Sauna Sex von einem Jungen wollte und statt dessen seine ganzen Probleme zu hören kriegte. Jetzt war's andersrum. Ich war der Gunst eines Fremden ausgeliefert. Der einzige Unterschied: Der Schaffner war nicht so ein Schwein, wie ich es gewesen war. Er ließ mich reden, und er hörte zu. Erst als mein Redestrom versiegte und ich langsam wieder zur Besinnung kam, fragte er mich:

„Bist du wieder okay?"

Ich nickte und schneuzte mich.

„Soll ich dich noch begleiten?"

Ich schüttelte den Kopf. Dann gab er mir einen Kuß auf die kalte Stirn und verschwand in der Nacht – ich habe nicht mal nach seinem Namen gefragt.

In der Nacht darauf ließ ich einen Schwall weißen Rauchs in den tiefschwarzen Himmel aufsteigen. Ich rauchte eine Zigarette. Es war keine Zeit mehr für Zigarren, nicht mal mehr für einen Zigarillo. Inzwischen zählte jede Sekunde.

In vielen Fenstern flimmerte Neonlicht, in nur zweien hüpften die Schatten eines Fernsehers über die Wand. Wie viele Patienten jetzt wohl nicht schlafen konnten?

Ich atmete. Noch eine Wolke, einen Blick, einen Moment der Stille, dann ging ich auf die Hoftür zu, vorbei an all den Mauern, hinter denen sich Dramen abspielten, vorbei an den Menschen und ihren Schicksalen, vorbei an mannigfaltigen Krankheiten, an Hilflosigkeit, Hoffnung, Trauer, Verzweiflung. Kliniken sind wie Zeitmaschinen: Keiner kommt mehr so heraus, wie er hineingegangen ist.

Ich öffnete die Tür und tauchte ein in die Wärme und das Leid, ein paar eilige Schritte später saß ich wieder neben Christian am Bett.

Zu diesem Zeitpunkt habe ich es kaum mehr ausgehalten. Oft hört man Leute sagen, es sei einfacher, den Tod zu akzeptieren, wenn man den Menschen sterben sieht, einfacher, als wenn er plötzlich nicht mehr da ist. Aber das stimmt nicht. Wenn einer plötzlich geht, dann kannst du dir etwas vormachen. Du kannst dir Geschichten ausdenken, wie man sie Kindern erzählt. Du kannst dir einreden, er sei verreist, du kannst dir vorstellen, daß er sich an einem Ort befindet, der viel schöner ist, und du hast meist das Glück, dich an einen gesunden, kräftigen, vielleicht sogar lachenden Menschen zu erinnern.

Wenn du allerdings in der Gewißheit lebst, daß dein Freund bald sterben wird, wenn du neben seinem Bett sitzt und wachst, dann ist es, als würde er tausendmal gehen. Jeder Atemzug könnte der letzte sein, jedes Wort das zuletzt gesprochene. Du weißt nicht, was du festhalten sollst, woran dich erinnern.

Für mich war dieses ständige Bewußtsein von seinem nahenden Tod, als legte ich mein Herz auf den Operationstisch und würde zusehen, wie es Stück für Stück kleingeschnitten wird, so klein, bis nichts mehr davon übrigblieb.

Der Tod begann das Zimmer auszufüllen. Ich kämpfte dagegen an, atmete heftiger, um Leben zu bewahren, aber manchmal hielt ich es einfach nicht aus. Die Enge des Zimmers wurde zur Enge meines Herzens, und ich flüchtete, wieder und wieder.

Ich sprang auf und lief durch die leeren Gänge, in der Hoffnung, irgend jemanden zu finden, der mir helfen könnte. Es war zwei Uhr morgens. Alles schlief. Die, die arbeiteten, waren damit beschäftigt, Leben zu retten. Was kümmert schon ein gebrochenes Herz, wenn ein anderes nicht mehr schlägt?

Ich irrte umher, gehetzt und hilflos, und tat schließlich etwas, was ich davor noch nie getan hatte: Ich flüchtete mich in die Krankenhauskapelle. Hier herrschte eine andere Stille als draußen in den Gängen. Vorne am Altar flackerten zwei große Kerzen aufgebracht vom Luftzug, den ich hereingelassen hatte. Rechts neben der Tür brannten ein paar Teelichter vor der Heiligen Maria.

Die Tür fiel hinter mir ins Schloß, und ich verspürte das unbeschreibliche Bedürfnis, niederzuknien, mich klein zu machen, so klein und hilflos, wie ich mich angesichts des Todes fühlte. Ich weiß nicht, wie man betet, welche Worte und Formeln man spricht. So reihte ich Worte aneinander, Bilder, Eindrücke, Gefühle.

Es war Nacht, ich sah die Kerzen. „In einer Nacht mit vielen Kerzen", begann ich und schaute mich um; sie flackerten: „Ist jeder Atemzug ein Wind, der lange Schatten in den Marmor brennt und kalt ist, wie die Flammen Hitze sind."

Das Wachs schmolz, dicke Tropfen rannen herunter. Sie sind wie das Leben, dachte ich: „Und wenn ich das Wachs dann schmelzen seh, in Stund' und Tag, so ohne Erbarmen, ... Tropfen für Tropfen, wie das Leben verrinnt, da brennt mir das Herz in Flammen."

Wieder und wieder flüsterte ich Worte vor mich hin wie ein Mantra, und langsam begann ich, mich leichter zu fühlen. Es war wie eine Katharsis.

Ich kniete lange in dieser Kapelle, ich glaube, ich nickte sogar ein, aber ich weiß es nicht mehr. Dann schreckten die Kerzen auf, die Tür hinter mir wurde geöffnet; eine Nonne war eingetreten. Sie bekreuzigte sich, kniete vor dem Marienbild und betete einen Rosenkranz.

Schnell trat ich hinaus in den Gang, in die morgendliche Geschäftigkeit. Ich orientierte mich, lief nach links, dann nach rechts, steuerte auf den Aufzug zu.

Christians Brust bewegte sich, also atmete er. Ich trat leise an ihn heran, da hörte ich, daß sein Atem laut war, daß er die Luft durch den engen Rachen in sich hineinziehen mußte. Ich setzte mich still auf meinen Platz am Fenster.

Um sieben kamen Schwester Luzy und eine neue Lernschwester herein, um das Bett zu machen. Christian wachte davon auf.

Luzy stellte Sabine vor, und dann machten sie sich daran, das Bett abzuziehen, so wie sie es inzwischen dreimal am Tag taten – tun mußten, weil Christian in Schweiß badete. Da fragte die Neue: „Sollen wir ihn nicht vorher waschen?"

Ein Schrecken verdunkelte Christians Gesicht, und ich schoß von meinem Stuhl hoch.

„Nein, nein, laß nur", erklärte Schwester Luzy. „Das übernimmt Herr Roth."

Sie legten Bettdecke und Kissen auf den Stuhl, rollten Christian auf eine Seite, zogen Fell und Bettuch unter der Dekubitus-

Matratze hervor, stopften es ihm unter den dürren Rücken und spannten frische ein.

Christians Rücken wies blaue, wundgelegene Hautstellen auf. Und dort, wo bis vor einer Woche noch die Plastikschläuche in seine Lunge hineingeführt hatten, waren Entzündungen zu erkennen.

Luzy rollte Christian auf die andere Seite, dann zogen sie das alte Bettuch ab und schlugen das neue wieder unter die Matratze, strichen das Fell darüber glatt. Danach bezogen sie Decke und Kissen frisch.

„Brauchen Sie noch was, Herr Roth?" fragte Luzy.

Auf dem Tisch standen Waschschüssel und Duschgel, die Gummihandschuhe, die ich benutzen sollte, aber nie benutzte, lagen daneben.

„Ich glaube, ich hab alles, Schwester."

„Kommt heute der Arzt?" lallte Christian. Wir waren erstaunt, weil er mit dem Personal schon seit Tagen nicht mehr gesprochen hatte.

„Ja. Die Visite ist für acht Uhr angesetzt."

„Sagen Sie ihm, daß ich ihn nicht sehen möchte, Luzy. Ich will niemanden sehen."

„Aber …"

Ich warf ihr einen scharfen Blick zu; sie schaute zu Boden. Dann gingen sie hinaus.

„Was ist los?" fragte ich, sobald wir alleine waren.

„Ich will nur meine Ruhe, verstehst du? Ich will nur meine Ruhe."

„Soll ich auch gehen?"

„Nein, ich will dich bei mir haben. Bleib. Bleib, und erzähl mir eine Geschichte."

Seine Kraftlosigkeit machte mich klamm. Wenn es eine Möglichkeit gegeben hätte, ihn zurückzuholen, zurück in diese Welt, ich hätte es getan, ich hätte alles getan.

Christian schloß die Augen wieder und rollte seinen Kopf von mir weg. Ich griff unwillkürlich nach seiner Hand – nicht jetzt, bitte –, da schaute er mich wieder an: „Keine Angst", flüsterte er, „ich bin noch nicht soweit."

Wieder wurde es eng in diesem Raum, es drückte mir schier die Luft ab. „Soll ich dir ein Gedicht aufsagen?" fragte ich.

„Ja", antwortete er, „erzähl mir ein Gedicht."

„In einer Nacht mit vielen Kerzen", begann ich, mein Hals war dick, „ist jeder Atemzug ein Wind ..." Ich befürchtete, gleich nicht mehr sprechen zu können, da merkte ich, wie meine Angst mit den Worten ging. „... und jeder Tropfen heißen Wachses, eine Stunde, die zum Tode gerinnt."

Christian lächelte, es gefiel ihm. Er sagte nichts, aber es zuckte in seiner Hand. Er wollte meine drücken, aber dazu reichte seine Kraft nicht mehr.

„Wenn ich den Docht dann schmelzen seh, in Stund' und Tag, ohne Erbarmen, Tropfen für Tropfen, wie das Leben verrinnt, da brennt mir das Herz in Flammen."

Und dann rollte eine dicke, ölige Träne an seiner Wange herunter.

„Ich glaube, ich möchte jetzt schlafen", sagte er, und wieder stieg die Angst in mir auf, daß dies seine letzten Worte gewesen sein könnten.

„Soll ich dich später waschen?" fragte ich.

„Ja", sagte er. „Später, später."

Ich blieb an seinem Bett sitzen, wahrscheinlich, um mich zu überzeugen, daß er tatsächlich nicht aufhörte zu atmen. Dann ging ich hinaus, um mit der Schwester zu sprechen.

„Tut mir leid, daß er vorher so abweisend war. Er hat es sicher nicht so gemeint."

„Aber Mäxx. Wir wissen doch alle nur zu gut, wie er sich fühlt."

„Kann man den Arzt denn bitten, heute nicht zu kommen? Christian wollte sich eben nicht einmal waschen lassen. Sie wissen ja, wie penibel er es sonst damit hält."

Luzy nickte.

„Morgen geht es ihm bestimmt wieder besser", sagte ich.

„Bestimmt", antwortete sie, aber wir schauten uns dabei nicht in die Augen.

Den Rest des Vormittags verbrachte ich dann am Fenster und wünschte mir, ich könnte die schwere Atmosphäre mit dem leichten Schmauch einer Romeo y Julieta Churchill aufhellen. Ich schaute hinaus und ließ mich von Gedanken treiben, wartete, trauerte und atmete tief, als könnte ich, einem Blasebalg gleich, Leben in diese Wände pumpen.

Es war Anfang April und wurde morgens schon wieder deutlich früher hell. Aber die Sonne verbarg sich schamvoll hinter Wolken. Ab und zu riß eine auf und ließ ein paar wärmende Strahlen auf die Erde herunterscheinen. Aber sobald man den Kopf hob, um sie zu schauen, schob sich schon der nächste Wolkenfetzen davor.

Christian räusperte sich. Wie junge Mütter bei jedem Geräusch zucken, in Angst, ihrem Neugeborenen könnte es an etwas fehlen, so war auch ich auf ihn programmiert. Ich konnte unten in der Cafeteria sitzen und trotzdem „hören", wenn er aufwachte, wenn er im Schlaf sprach, ja, wenn er träumte – und das war gut so.

„He, Mäxx."

„He, Christian."

„Wie geht es deiner Geschichte?" fragte er.

Raphael war nicht mehr aufgetaucht, und ich war so mit mir beschäftigt gewesen, mit uns, daß alles andere in den Hintergrund gerückt war. Aber ich konnte es Christian nicht sagen; ich hatte ihm ja versprochen, sie fertigzuschreiben.

„Ein paar Kleinigkeiten fehlen noch", sagte ich, und meine Stimme brach.

„Ich weiß. Du hast noch keinen Anfang."

„Einen Anfang?"

Christian lächelte. „Weißt du noch, wie wir uns kennengelernt haben?"

Ich nahm an, er wollte wieder unser Spiel spielen; er wollte Alexander sein, und ich Raphael. Jede Sekunde war so kostbar, ich wollte nicht spielen, aber wie hätte ich es ihm verweigern können?

„Nein, erzähl es mir", antwortete ich. „Ich habe es vergessen."

„Erinnerst du dich an den Tag? Etwa gegen dreizehn Uhr habe ich die Wohnung im Hinterhof besichtigt", sagte er. „Es war ein sonniger Tag. Ich bin mit der Maklerin in den vierten Stock gefahren, sie hat mir die Tür aufgeschlossen. Die Wohnung war nichts Besonderes; ich habe viele gesehen wie sie. Aber dann habe ich mich ans Küchenfenster gestellt und in den Hof geschaut. Dort gegenüber am offenen Fenster hast du gesessen. Du hast ein schwarzes Hemd getragen, wie so oft. Als ich dich zum ersten Mal gesehen habe, hast du den rechten Arm auf das Fensterbrett gestützt, dein Kopf lag auf deinem Oberarm. In den Fingern hast du eine Zigarre gehalten, die dicken blauen Rauch verströmte. Ich sehe es wie heute. Und in deinen Augen lag ein Blick, den ich gar nicht beschreiben kann."

Ich fühlte, wie mich eine Art Lähmung überkam. Sie kam langsam, aber bis ich ihrer gewahr wurde, war sie so weit fortgeschritten, daß ich mich nicht mehr dagegen wehren konnte.

„Die Maklerin quatschte sich hinter mir den Mund fusselig, aber ich hörte ihr nicht zu. Ich sah nur dich, sah diese Sehnsucht in deinen Augen und wußte, daß ich dir nahe sein mußte.

Blablabla, ratterte sie ihre Sprüche herunter, blablabla und der Waschkeller und die Garagen. Ich hörte aber nicht zu.

Dann bist du aufgestanden und verschwunden. Vielleicht hat das Telefon geläutet, oder es ist jemand an deine Tür gekommen, ich weiß es nicht. Aber da war ein Schmerz in meinem Bauch, ein reißender Schmerz, als hätte man mir ein Organ herausgerissen."

„Christian ..."

„Du verstehst das nicht. Seit ich wußte, daß ich positiv bin, wollte ich mein Leben ändern. Wenn dir der Tod begegnet, fragst du dich, was im Leben wesentlich ist. Das Haus auf den Bahamas ist es nicht, auch nicht Medaillen. Das einzige, was zählt, ist, mit einem Menschen eine Verbindung einzugehen, die mehr ist als Sex, Befriedigung, Erfüllung irgendwelcher Wünsche. Wenn ich sterbe, sagte ich mir, will ich wissen, daß ich einmal einem Menschen in Liebe begegnet bin.

Ich nahm die Wohnung. Ich drückte der Maklerin einen Scheck in die Hand und zog ein, weil ich dir nahe sein wollte."

„Warum hast du mich nie angesprochen?" fragte ich. Wie ich schon sagte, der Maximilian von damals war blind und taub und dumm. Ich an Christians Stelle hätte mich für diese Frage geohrfeigt, denn ebensogut hätte ich ihm ins Gesicht spucken können.

Ich sah das Unverständnis in seinen Augen – und auch seine Liebe, die es ihm immer wieder möglich machte, mir zu vergeben.

„Kannst du es dir wirklich nicht denken?"

„Nein", sagte ich unsicher.

„Ich hatte Aids, Mäxx. Wie hätte ich jemandem, den ich liebte, das zumuten können?"

Am frühen Morgen – es war immer noch eisig, aber ein warmer Wind schlich aus den Bergen in die Stadt – da träumt Christian, er läuft durch einen Wald. Die Bäume stehen dicht beieinander, Gestrüpp versperrt ihm den Weg. Er ist überrascht, wieviel Kraft in seinen Beinen steckt. Er schaut an sich hinunter und entdeckt, daß sein Körper nicht mehr so knochig ist und dürr. Er greift nach seiner Brust und bemerkt, daß er wieder in tiefen Zügen atmen kann. Er schreit, nur um seine Stimme zu hören, und da ist es wieder: ein Beben, versetzt mit dem Stolz eines jungen Mannes – und er fühlt sich jünger als an dem Tag, an dem er zum ersten Mal einen Mann geküßt hat.

Christian erreicht das Meer. Er steht auf einer Klippe. Unter ihm schlagen Wellen hart an die Felsen. Es riecht nach Freiheit. Gischt spritzt herauf, das Meer leckt mit salziger Zunge an seinem Körper. Tropfen rinnen an ihm hinunter, von der Brust über den Bauch, an den Beinen entlang die Felsen hinunter, und plötzlich weiß Christian, warum ihm solche Muskeln gegeben waren. Er muß schwimmen – und siegen, ein letztes Mal.

Er geht in die Knie, beugt seinen Körper, streckt die Arme nach hinten. Und dann, als hätte er einen Startschuß gehört, stemmt er sich ab und springt. Sobald er die Wasseroberfläche durchschneidet, schlagen die Wellen über ihm zusammen, taucht er hinab in die Dunkelheit.

Das Wasser massiert seine Flanken. Mit jedem Zug schwellen die Muskeln seiner Arme, mit jedem Schlag die der Beine. Kraft strömt in ihn zurück, füllt seinen Körper mit prickelnder Energie, bis er beginnt zu glänzen – wie ein Stern in mondloser Nacht. Und mit jedem Meter, den er taucht, wird er ein bißchen mehr zu dem Delphin, der er immer gewußt hatte zu sein.

Da sieht er etwas glitzern. Es ist ein junger Mann. Sein Gesicht kommt ihm bekannt vor. Christian greift nach ihm, helle Funken sprühen, und ein warmer Schauer durchflutet seinen Körper. Doch er schwimmt davon; langsam genug, damit Christian ihm folgen kann, zu schnell, um ihn zu greifen.

Sie schwimmen auf ein Licht zu. Es ist so schön, daß Christian daraufhin vergißt, den anderen zu fangen. Es ist heller, als alles, was er je zuvor gesehen hat. Doch es ist kühl, es macht Christian leicht. Es kommt ihm so vor, als schmölze es ihn wie die Flamme die Kerze.

Das Licht öffnet sich vor ihm zu einem Tunnel. Menschen stehen darin, Menschen, die er kennt. Aber bevor er hindurchschwimmt, will er dem anderen danken. Er wendet sich ihm zu und sieht in seinen Augen ein Bild: Über dem Wasser, auf dem Land, hinter dem Wald liegt eine Stadt. Da steht ein Haus, groß und schwarz in der Nacht. Oben im dritten Stock liegt ein Mann, vom Leben ausgezehrt. Und dann erinnert sich Christian, daß er noch etwas vergessen hat.

Es war früh am Morgen, da schreckte mich ein Klopfen aus meinem Dämmerschlaf. Ich stand auf und ging zur Tür.

„Ja, bitte?" Ich schaute den Gang hinauf und hinunter, aber es war keine Menschenseele zu sehen. Ich ging zurück ins Zimmer. Christian hatte die Augen weit geöffnet. Es war lange her, daß ich sie so hatte leuchten sehen. Er wirkte jung, voller Leben und Zuversicht, die Hoffnung noch im Herzen, ahnungslos über die Pfade, die er in seinem Leben einschlagen würde. Er bewegte seine Lippen, und ich beugte mich zu ihm hinunter. Er flüsterte mir etwas ins Ohr, dann schloß er die Augen und tauchte davon.

Vögel zwitscherten, Autos hupten, Menschen unterhielten sich im Hof. Hoch oben am Himmel schwirrte ein Flugzeug vorüber, im Gang klapperten Absätze über den harten Boden. Es war, als hätte jemand Stopfen aus meinen Ohren genommen. Zum ersten Mal in meinem Leben hörte ich, wieviel Stille im Quietschen einer Straßenbahn verborgen liegt.

Ich schob Christians Kissen zurecht, strich ihm die letzten Tropfen Schweiß aus dem Gesicht und kuschelte ihn ein, damit es so aussah, als würde er schlafen. Dann setzte ich mich ans Bettende und schaute ihn an.

Draußen hellte sich der Himmel auf, und ich hielt Christians Hand. Sie war leicht geworden, leichter als Pergament, trotzdem fühlte ich mich seltsam geborgen darin. Mit ihm war ein Teil von mir gestorben, und es erleichterte mich. Ja, ich spürte genau, wie ich immer leichter wurde; der Schatten, der mich ein Leben lang begleitet hatte, lichtete sich.

Ich denke gerade an meine erste Schlittenfahrt, an das erste Mal, daß ich als Kind oben auf einem Berg stand. Da war kein Vater und kein Freund, der es mir gezeigt hätte. Da war ich, der Berg, der Schlitten und viele Kinder, die mich drängten. Ich hatte Angst. Jemand schob mich an, und bevor ich mich versah, schoß ich den Berg hinunter, weiter und weiter, immer schneller. Vor Angst schloß ich die Augen, aber bald spürte ich nur noch den eisigen Wind, der meine Augen tränen ließ. Und dann war mir, als öffnete sich mein Schädel, als entspannten sich die Knochen, die mein Hirn einzwängten, als ließen sie das Licht herein.

Die Geschwindigkeit verdrängte die Angst. Zurück blieb reines Glück, so groß, daß ich lachte und lachte und lachte. Bis zu Christians Tod habe ich mich nie wieder so frei gefühlt.

Schwester Angelika polterte ins Zimmer. Sie schaute auf Christian, dann auf mich. Behutsam kam sie näher, stellte sich neben mich und legte mir die Hand auf die Schulter.

„Ist er nicht wunderschön?" fragte ich sie; sie drückte meine Schulter.

Sie schaltete den Infusomaten aus und drehte den Sauerstoff ab, dann ging sie leise hinaus.

Ich blieb noch eine Weile sitzen, ich hätte ewig so sitzen bleiben können, aber die Welt ist nicht ewig, diese Welt ist begrenzt.

Ich stand auf und gab ihm einen letzten Kuß auf die kühle Stirn. Mein CD-Player lag dort und meine CDs. Er hatte die *Vier Letzten Lieder* von Richard Strauß gehört. Lisa della Casa hatte ihm Trost gespendet. Kein Wunder. Sie war ein Engel.

In seinem Schrank lagen Unterhosen und Socken. Aber Christian war kein nächtlicher Liebhaber, den ich halten mußte. Ich hatte ihn nicht gejagt, ich hatte ihn nicht erobert, also brauchte ich auch keine Trophäe.

Die Gänge waren noch leer. Das Echo meiner Schritte pochte gegen meinen Rücken. Vereinzelt saßen Menschen mit traurigen Gesichtern auf einsamen Stühlen und warteten auf Hilfe. Bald würden sich hier Hunderte von Menschen drängen, alle auf der Suche nach Gesundheit. Sie würden aufgeregt in den Gängen umhertippeln, in der Hoffnung, daß endlich ein Apparat zeigen würde, was sie bedrückte – während oben, im dritten Stock, eine Seele die ewige Gesundheit gefunden hatte.

Als Kind ging ich selbstverständlich davon aus, Dinge würden ewig währen: mein Spielzeug, meine Kleidung, die Schule, das Leben.

Mit Zwanzig setzte man mir die erste Zahnkrone ein, und ich war mir sicher, der Beisser würde nun bis an mein Lebensende gesund und schön bleiben.

Vor vier Jahren sagte mir der Zahnarzt, er müsse ihn ziehen, weil er komplett durchgefault war. Ich wollte ihm nicht glauben. Ich gehe immer noch davon aus, daß Dinge ewig währen.

Der Himmel hatte die Farbe von gebleichten Jeans, und die Fassaden leuchteten, als hätte sie jemand frisch gestrichen. Die Stadt schien sich herausgeputzt zu haben. In den Gesichtern der Passanten spielte das Lächeln der Sonne, es sprach von Entzückung. Ich fühlte mich unbeschwert, nichts war mehr wichtig, denn alles befand sich im Zustand der Perfektion.

Durch die Gebäudeschluchten fegte der Föhn, wärmte die von der Kälte geröteten Wangen. Fahnen flatterten, der Wind zerrte mit gewaltiger Kraft an ihren Schnüren. Ich hatte den Eindruck, ich müßte nur meine Arme ausbreiten, und der Wind würde mich davontragen, hinaus aus dieser Stadt, weg von dieser Welt.

Ich ging in die U-Bahn hinunter. Im Zwischengeschoß stand ein Junge, er war noch keine Zwanzig. Ich schaute in seine hungrigen Augen, und er erinnerte mich an die Zeit, in der ich an seiner Stelle stand, mit derselben Neugier, demselben Verlangen nach Gehaltenwerden und der ganzen Angst davor. Er lächelte mich an und verschwand in der Toilette. Ich hatte das Bedürfnis, ihn in die Arme zu nehmen und zu trösten und dann nach Hause zu schicken, deshalb folgte ich ihm.

Im Nu hatte er meine Hose aufgeknöpft und die Hand darin versenkt.

„Geh, Junge. Geh nach Hause", flehte ich ihn an. „Du weißt nicht, was noch alles auf dich wartet."

Er starrte mich an. „Bist du noch ganz dicht? Verpiß dich, du Gruftie." Und schon war er aus der Tür. Da stand ich nun auf dem Pissoir, die Hosen auf die Knöchel heruntergelassen. Und recht geschah mir. Was hatte ich in seinem Alter schon hören wollen?

Weil mir der Aufzug zu eng gewesen wäre, ging ich zu Fuß hinauf in meine Wohnung. Im Treppenhaus traf ich meine Nachbarin.

„Ist es nicht ein wunderschöner Morgen, Frau Moser?" sagte ich und setzte zum Überholmanöver an.

„Herr Roth. Guten Morgen. Da war gestern ein Mann an Ihrer Tür. Er hat geläutet und geklopft; er wollte gar nicht aufhören. Ich habe ihm gesagt, Sie würden schon aufmachen, wenn Sie zu Hause wären. Er sah sehr besorgt aus."

„Ein Mann?" Von den wenigen Männern, mit denen ich eine Art freundschaftlichen Kontakt pflegte, würde keiner unangemeldet vor meiner Tür erscheinen.

„Er war vielleicht so groß wie Sie", sie versuchte meine Größe abzuschätzen, tat sich aber schwer, „und sehr gepflegt. Ein wirklich gutaussehender Herr mit rot-blondem Haar und Vollbart." Ein Blitzen sprang über ihr Gesicht; er muß sie wirklich beeindruckt haben.

Gerd. Was wollte der denn? Das Drehbuch? Das konnte er doch nicht ernst gemeint haben. Er hatte ja das Original. „Danke, Frau Moser. Er wird sich schon wieder melden."

Ich setzte an zu gehen, da fragte sie mich noch: „Haben Sie denn etwas von unserem jungen Herrn Nachbarn gehört?"

Ich blieb stehen.

„Wissen Sie, wie es ihm geht?"

„Es geht ihm gut, Frau Moser. Ich glaube, es geht ihm sogar sehr gut."

Ich war schon seit Tagen nicht mehr zu Hause gewesen. Der Anrufbeantworter blinkte unermüdlich. Da mußten mindestens zwanzig Nachrichten drauf sein, aber es kümmerte mich nicht.

Mein Arbeitszimmer sah wieder aus wie ein Arbeitszimmer und nicht mehr wie ein Schlachtfeld. Frau Huber hatte alle Notizen aufgehoben und sorgsam übereinander gestapelt. In der Küche blitzte der Herd, der Tisch war abgeräumt, der Boden frisch gewischt.

Ich setzte mich auf einen der schiefen Korbstühle und steckte mir eine Petit Corona von El Rey del Mundo an; sie war eine richtige Erholung nach all den hektischen Zigaretten der letzten Tage. Ich genoß es, mich in ihrem schweren Rauch einzunebeln. Er filterte das Licht, machte es milchig trübe, nahm ihm das Grelle. Trotzdem erschien es mir, als hätte mir jemand eine dunkle Brille von den Augen genommen. Ich sah, was wohl alle Künstler inspiriert hatte zu malen: Schönheit, nichts als pure Schönheit.

33 Gründe, niemals einen Mann mit nach Hause zu nehmen: Menschen, die man liebt, sterben. Das muß man sich nicht antun, stand da. Es war komisch, ich verspürte keinen Schmerz. Im Gegenteil. Was übrigblieb, war Liebe.

Ich versuchte diese Leichtigkeit festzuhalten, aber es wollte mir nicht gelingen. Der Hauch von Frieden, der meine Seele gewärmt hatte, wurde dünner, und dann sah die Stadt nicht mehr so herausgeputzt aus, die Fassaden nicht mehr frisch wie noch Stunden zuvor. Die Schatten des Lebens krochen aus den Ecken, wuchsen in der sich davonschleichenden Erinnerung an Christian.

Das ging innerhalb von Stunden, genaugenommen in Minuten, und als ich es zum ersten Mal bemerkte, war es schon geschehen, und weder der edle Rioja noch die milden kubanischen Zigarren wollten mir darüber hinweghelfen.

Es war ein bißchen so, wie wenn man aus einem Opiumrausch erwacht oder nach einem langen Fallschirmflug auf der Erde landet. Eben noch spürte ich nicht mal das Gewicht meines eigenen Körpers, im nächsten Moment wurde ich fast davon erdrückt.

Als ich schließlich aufgab, mich zu wehren, und dem Alltag erlaubte, mir wieder näher zu rücken, meldeten sich als erstes die Gedanken an Gerd zu Wort. Durch mein Verhalten hatte ich wieder einmal für reichlich Spannung gesorgt. Wenn ich weiter für ihn arbeiten wollte, war ein Bettelgang angesagt.

Sobald ich diese Gedanken durchgemahlen und mich für die Champagner-, „Ich war so krank"- , Opernkarten-Version meiner Versöhnungszeremonie durchgerungen hatte, versuchte ich mich auf Raphael zu konzentrieren. Wie sollte ich eine Geschichte über ihn schreiben, wenn ich ihn nicht mal mehr sehen konnte, geschweige denn fühlen? Und wie würde ich ohne ihn mein Versprechen einlösen können, das Drehbuch zu schreiben, damit mehr von Christian übrigblieb als Medaillen im Keller seiner Eltern?

Medaillen, Eltern, Christians Wohnung. Ob es wohl ein Schock für sie sein würde, wenn sie vom Tod ihres Sohnes erfuhren? Oder hatten sie es womöglich erwartet? Ob sie vorher schon etwas gemerkt hatten? Aber wieviel mußte man wissen, damit einen der Tod nicht erschreckt wie ein Gespenst in der Nacht?

Nach der Beerdigung würden sie sich mit Christians Überbleibseln auseinandersetzen müssen.

Dieser Gedanke erinnerte mich an die Beerdigung meiner Mutter. Damals ließ ich mich ins Haus zurückfahren. Die Haushälterin war schon da, aber anstatt wie sonst in der Schürze durchs Haus zu laufen und hier und da etwas zurechtzurücken, abzustauben oder herumzutragen, saß sie im Mantel am Eßtisch und starrte in den Garten hinaus. Ich setzte mich ihr gegenüber; wir schwiegen uns an.

Irgendwann fand ich die Kraft zu sprechen und erklärte Hedda, daß ich ihr Gehalt selbstverständlich weiterzahlen würde; sie winkte ab. „Aber Herr Maximilian. Ich bin längst in Rente. Ich kam doch nur Ihrer Frau Mutter zuliebe."

Wieder schweigen.

„Was mache ich denn jetzt?" fragte ich schließlich und kam mir in meine Kindheit zurückversetzt vor. Wie oft war ich ihr so gegenüber gesessen, den großen breiten Eichentisch zwischen uns, und hatte mich ihr näher gefühlt als meiner Mutter.

Sie zuckte mit den Schultern. „Weiterleben", antwortete sie. „Einfach weiterleben."

Nach Teres' Tod war ich wie gelähmt. Ich erledigte nur das Nötigste: Meldung an das Nachlaßgericht, an die Bank, ans Finanzamt, an die Pensionskasse et cetera. Aber ich konnte das Unvermeidliche nicht lange hinauszögern, es ereilte mich bald: in Form von Forderungen.

Wie ich schon sagte, das Haus war mit Hypotheken derart belastet, daß ich es verkaufen mußte. Ich hatte alles so lassen wollen, doch unter diesen Umständen blieb mir nichts anderes übrig, als mich damit zu beschäftigen. Aber ich konnte weder Bücher sichten, noch die Möbel verkaufen, noch was immer sonst nötig ist, um ein Haus zu räumen, die Reste eines Menschenlebens „abzuwickeln". Ich konnte es einfach nicht.

So gab ich einer Umzugsfirma den Auftrag, das, was von Mutters Leben übriggeblieben war, zu verpacken, mietete ein Lagerhaus und ließ alles dort unterstellen. In das Haus fuhr ich nie wieder.

Ich schaute zu den Fenstern von Christians Wohnung hinüber. Vor ein paar Tagen – wie lange war das her? – wachte ich nach meiner Begegnung mit Manfred dort allein auf. Mein Kopf war auf die Schwelle zum Wohnzimmer gebettet, meine Glieder schmerzten, an manchen Stellen brannte mir die Haut, dort, wo ich mich am Teppich aufgerieben hatte. Und ich schmeckte Salz auf meinen Lippen: sein Schweiß? seine Tränen? meine Tränen?

Nachdem ich mich aufgerappelt hatte, sah ich, daß ich auf den Fotos geschlafen hatte; sie lagen überall verstreut auf dem Boden. Manfred und ich hatten Sex darauf gehabt.

Die Fotos! Ob Manfred wohl das Chaos aufgeräumt hatte? Christians Angehörige würden erschrecken, wenn sie eine durchstöberte Wohnung vorfänden und all die Fotos!

Der Wohnungsschlüssel lag noch auf der Fensterbank. Ich zwang mich, in Christians Wohnung hinüberzugehen und nachzusehen; seine Verwandtschaft hätte jederzeit auftauchen können.

Die Wohnung war noch im selben Zustand, wie ich sie verlassen hatte. Manfred war nicht mehr hiergewesen.

Ich klaubte die Fotos auf und sortierte sie auf dem Eßtisch. Alle, auf denen ich zu sehen war, legte ich zur Seite. Die anderen gab ich in den leeren Karton, aus dem Manfred sie offensichtlich herausgenommen hatte.

Schwere befiel mich. Ich schleppte mich zur Couch. Ich schaute auf das Chaos von ausgeleerten Schubladen, offenen Schränken, umgestürzten Kartons. Ich konnte die Wohnung unmöglich so lassen. Das schuldete ich Christian. Er würde nicht wollen, daß seine Eltern sie in diesem Zustand sahen.

So quälte ich mich wieder hoch, schob die Schubladen an ihren Platz, sortierte, stellte, legte, was mir möglich war, zurück. Am Ende sah die Wohnung wenigstens vordergründig ordentlich aus. Und da fand ich auch den Brief, von dem Manfred gesprochen hatte.

Ich habe den Wortlaut nicht mehr im Kopf, und er ist schon eingepackt, aber es stand nicht mehr drin, als mir Manfred schon erzählt hatte. Auffällig war nur, daß er auf den Malediven aufgegeben worden war. Deshalb war Manfred erst so spät in die Wohnung gekommen. Christian hatte so getan, als wäre er im Training. Kein Wunder, daß Manfred ihn nie besucht hatte.

Wohin mit der Fotokiste? Sie fand nirgendwo Platz, jedenfalls nicht im Wohnzimmer. In der Küche würde sie Christian wohl auch nicht aufbewahrt haben. Ich ging ins Schlafzimmer, zögerlich. Es war so intim, es kam mir unrecht vor.

Dort war es hell und licht. Vor dem Fenster stand ein Schreibtisch, darüber und daneben Regale, aber kein Platz für eine Kiste.

Ich öffnete den Einbauschrank, jede Tür nacheinander. Die Ablagen waren voll mit Wäsche und Kleidung. Ich schob meine Hand hinein, so, wie ich es oft in fremden Wohnungen getan hatte. Aber der Zauber wirkte nicht; ich verspürte keinen Drang, mein Gesicht darin zu betten. Christian war auch hier nirgendwo mehr zu spüren, nichts war mehr Christian. Trauer überkam mich, sie überrollte mich wie eine Lawine, auf die man nicht vorbereitet ist.

Ich ging in den Flur hinaus und schaute mich um. Die Kiste konnte nur noch in der Abstellkammer Platz finden. Ich drückte die Klinke hinunter und öffnete die Tür. Drinnen war es dunkel, ich schaltete das Licht an, und eine nackte Glühbirne erhellte den Raum. Zu meiner Linken standen mehrere Kartons auf einem Regal. Ich öffnete einen davon: Fotos, Berge von Fotos – Dokumente eines Sexlebens.

Ich stand einigermaßen sprachlos in der kleinen Kammer. Nicht, daß ich es verurteilte, wahrlich nicht, ich war einfach nur überrascht. Ich öffnete auch die anderen Kisten und fand mehr Fotos, Hardcore-Magazine, Dildos, Videos – als hätte Christian einen Sexshop aufgekauft.

Durfte ich das alles hierlassen? Christian hatte seine Eltern nicht einmal über seine Krankheit informiert, würde er wollen, daß sie das hier finden?

Ich dachte an den Nachlaß meiner Mutter und die Briefe, die sie an meinen Vater geschrieben hatte. Man kann nicht gerade sagen, daß ich ein gutes Verhältnis zu ihr gehabt hätte. Meine Gefühle für sie bestanden aus Frustration über die mangelnde Nähe und tiefempfundener Verehrung. Aber seit ich den Inhalt dieser Zeilen kannte, empfand ich nichts als Abscheu ihr gegenüber.

Die ersten Briefe hatten mich natürlich neugierig gemacht; sie hatten mir eine völlig neue Facette meiner Mutter, eine völlig neue Perspektive auf ihre Beziehung zu meinem Vater eröffnet. Hätte mein Cousin nicht endlich die Uhr gefunden, wäre ich sicher im Lager geblieben und hätte weitergelesen.

„Jetzt muß ich mir nicht mehr länger sein Gejammere anhören", sagte Harry und hielt sie wie eine Jagdtrophäe in die Höhe. Er bezog es auf seinen Vater, dem die Uhr, aus welchen Gründen auch immer, wichtig gewesen war.

„Das freut mich", sagte ich und trat hinter ihm in den kühlen Abend hinaus. Dann schloß ich die Tür ab.

„Wirklich, vielen Dank dafür."

Ich streckte ihm die Hand hin, er nahm sie. Aber anstatt mir in die Augen zu schauen, starrte er auf die Briefe, die ich in der anderen Hand hielt.

„Solltest du für die Sachen von Onkel Heinrich keine Verwendung haben ..."

„Sag ich dir Bescheid. Selbstverständlich." Es fiel mir auf, daß Harry ständig von „Onkel Heinrich" sprach und nicht von „deinem Vater".

„Mach's gut. Und wenn ich mich mal irgendwie revanchieren kann ..."

„Schon okay."

Ich hatte keinen Schimmer von dem, was mich erwartete. Daß ich mich im nachhinein an den genauen Ablauf der Dinge nicht mehr erinnern kann, zeigt, daß mich das, was ich erfuhr, in eine Art Schockzustand versetzte.

Die Wahrheit erfuhr ich nicht über Nacht – soweit man von dem, was ich mir da zusammengereimt habe, überhaupt von Wahrheit sprechen kann –, aber ich werde versuchen, sie kurz zusammenzufassen.

Aus den restlichen Briefen ging hervor, daß sich mein Vater ans andere Ende der Republik versetzen ließ, nachdem er von der Schwangerschaft meiner Mutter erfahren hatte.

Das machte nach meinem Informationsstand wenig Sinn. Ich hatte mich schon immer gewundert, warum mich Teres erst so spät bekommen hatte – sie war damals immerhin schon sechsunddreißig und zu dem Zeitpunkt bereits fünfzehn Jahre verheiratet. Ich hatte selbstverständlich nie gewagt, sie zu fragen. Aber ich erinnere mich noch genau, ich glaube, es war im Zusammenhang mit der Frage, warum ich keine kleine Schwester bekam, die ich mir so sehr gewünscht hatte, da erzählte Teres, daß ich ein Wunder gewesen sei, daß sie und mein Vater den Storch sehr lange anbetteln mußten, bevor er ihnen ein Baby gebracht hatte.

Mit den Briefen hatte Teres versucht, meinen Vater umzustimmen, aber es war ihr wohl nicht gelungen. Zuerst wunderte ich mich, denn meine Mutter hatte mir ihre Beziehung zu meinem Vater immer nur in den buntesten Farben geschildert: Es wäre die große Liebe gewesen, er hätte sie auf Händen getragen undsoweiter. Aber das, was ich aus ihren Briefen las, hörte sich keineswegs nach einer innigen Beziehung an.

Erschüttert war ich dann, als ich feststellte, daß ihr letzter Brief einen Tag vor Vaters Tod datiert war, denn es hieß zum einen, daß sie monatelang nicht miteinander gesprochen hatten, zum anderen, daß Vater starb, ohne ihr je zu antworten.

Eine Illusion zerplatzte. Die Geschichten meiner Mutter waren nur Glorifizierungen gewesen, mehr nicht. Meine resolute Mutter, die ich bis dahin als nichts weniger als dominant bezeichnet hätte, hatte sich offensichtlich die Zuneigung eines Mannes zu erbetteln versucht. Und mein Vater, den ich durch ihre Erzählungen nur als Edelmann kennengelernt hatte, als eine Art modernen Robin Hood, entpuppte sich als kaltherziger Bastard.

Es muß wohl die Enttäuschung darüber gewesen sein, weshalb ich einige Zeit nicht verstand, daß sich hinter all dem eine ganz andere Neuigkeit verbarg: Anhand des Zeitraums, in dem dieser Briefwechsel stattgefunden hatte, war ich das Kind, mit dem Teres schwanger ging; mein Vater konnte also nicht mein Vater gewesen sein.

Wenn man im Alter von fast vierzig Jahren plötzlich erfährt, daß die Grundfesten, auf die man sein Leben lang gebaut hatte, nicht existierten, da fallen die Mauern der eigenen Identität wie ein Kartenhaus zusammen.

Natürlich war es lächerlich, natürlich fand das alles nur in meinem Kopf statt, denn es änderte nichts an meinem Leben; trotzdem geriet ich völlig aus den Fugen.

Ich war mir sicher, daß es mich beruhigen würde, die ganze Wahrheit zu erfahren, und nahm daher meinen Cousin Harry ins Verhör – welch ein Irrtum. Jedesmal, wenn ich glaubte, daß es nur noch besser werden könnte, tat sich ein neuer Abgrund auf.

Harry bestätigte mir meine Vermutungen. Nach den Geschichten, die in der Familie kursierten, hatte Teres tatsächlich ein Verhältnis gehabt und war von diesem Mann schwanger geworden – daß er Schauspieler und Alkoholiker ersten Grades war, erwähnte Harry nur am Rande. Vater – ich nenne ihn seither Onkel Heinrich – hatte daraufhin Reißaus genommen und sich versetzen lassen.

Wie die Familie davon erfuhr, das wußte auch Harry nicht mit Bestimmtheit zu sagen. Wahrscheinlich hatten sie bei einem der Besuche von Teres' Schwangerschaft Wind bekommen und meinen Vater, Onkel Heinrich, dazu befragt. Vielleicht hatte auch der Arzt geplappert. Wie gesagt, keiner erinnert sich da mehr so genau.

Weil Onkel Heinrich angeblich ein von Grund auf aufrichtiger Mensch gewesen war, gestand er seinen Eltern natürlich, nicht der Erzeuger dieses Kindes – nämlich mir – zu sein. Kurz nach diesem Geständnis kam er dann bei einem Manöver um. Die Alten in der Familie seien davon überzeugt, erzählte Harry, Onkel Heinrich hätte sich absichtlich von dem Panzer überrollen lassen.

Mit einem Mal machte so vieles in meinem Leben Sinn, was ich vorher nicht verstanden hatte: der mangelnde Kontakt zur Verwandtschaft, die wissenden Blicke der Trauergäste auf der Beerdigung, Tante Magdas Kommentar. Sogar für meinen Hang zum Alkohol hatte ich plötzlich eine plausible Erklärung – und hervorragende Entschuldigung: Er lag in meinen Genen begründet.

Es machte mir auch verständlich, warum Teres ihren Mann so hochgehalten hatte: Sie muß sich für seinen Tod verantwortlich gefühlt haben. Aufgrund dieser Schuld hatte sie ihn zu einem Traumprinzen stilisiert.

Teres' Charakter – oder das, was ich von ihm kannte – paßte so nahtlos in diese Geschichte: Sie hatte ihren Mann betrogen, sie hatte ihn gedemütigt und hinterher alles an sich gerissen: das Geld, das Haus, seine Pension, seinen guten Ruf. Dafür verachtete ich sie.

Ich kann es nur wiederholen: Es wäre besser gewesen, ich hätte die Briefe nie gefunden, mich nicht damit beschäftigt. Sie verfolgen mich immer noch.

Nein, ich durfte nicht erlauben, daß es Christians Eltern ähnlich erging. Sie durften nichts finden, was einen Makel am Charakter ihres Sohnes hinterlassen würde. Christian war ein feiner Mensch gewesen, das sollte er bleiben, jedenfalls wollte ich dafür sorgen.

Aus meinem Keller holte ich Umzugskartons und packte alles ein, was Christian hätte kompromittieren können: seine Dildosammlung, die Fotos, die Videos et cetera. Ich drehte eine rote Glühbirne in die Fassung, so daß seine Familie denken konnte, Christian hätte in dieser Kammer Fotos entwickelt – daß er ein Faible für Fotografien hatte, war der Wohnung anzusehen.

Ich nahm auch noch andere Dinge mit, die seine Familie hätten verstören können, zum Beispiel die Fotos von ihm und den Kerlen, die auf dem Wohnzimmerregal standen, dann schaute ich mich im Bad um. Christians Bademantel hing hinter der Tür. Ich ließ meine Hand entlanggleiten, da blitzte ein großer gelber Post-it-Zettel dahinter hervor:

1. 12. – 75
8. 12. – 72
15. 12. – 70
22. 12. – 66
30. 12. – 62
6. 1. – 60
13. 1. – 58
20. 1. – 57

Christians Gewichtsverlust. Mir fuhr ein Schrecken durch die Knochen. Ich riß den Zettel ab und zerknüllte ihn.

Aus dem Nachttisch nahm ich die Dose Crisco und das Spielzeug für den täglichen Gebrauch: Nippelclips, Handschellen, Friedhofskerzen.

Ich fand auch ein Foto von Christian und Manfred; sie umarmen sich darauf. Auf der Rückseite stand *Forever love* geschrieben. Da war eine bunte Fahne, mit der Hand aus verschiedenen Stoffen zusammengenäht. Ich konnte den Teil eines T-Shirts erkennen, auf dem die Freiheitsstatue abgebildet war, und einen eingearbeiteten Lederhandschuh. Buchstaben waren auf die Fahne gestickt worden. Ich ging ins Wohnzimmer hinüber und rollte sie aus: *We will never forget you, Dawn,* stand da geschrieben, *Christian & Jeff, 1989.* Ich legte sie zu den anderen Sachen in den Umzugskarton.

In der Schublade waren noch eine Einladung zu einem Ledertreffen in Berlin von 1995, auf dem jemand etwas Handschriftliches notiert hatte, ein Adreßbuch und eine ganze Reihe von Visitenkarten.

Dann ging ich durch das Regal über dem Schreibtisch. Vielleicht stand da ja noch ein Ordner mit persönlichen Briefen oder sonst etwas. Da fand ich ein dickes Buch. *Meine Geschichten,* hatte er darauf geschrieben.

Ich blätterte durch das Buch und fand über zwanzig Geschichten darin. Er hatte also doch geschrieben. Warum nur wollte er, daß ich die Drehbücher für ihn schreibe? Auf dem Regal standen noch zwei weitere Bände. Ich nahm sie alle drei mit. Dann stach mir nichts mehr ins Auge, was den Eindruck erweckte, als müsse man es vor Eltern verstecken.

Ich wollte gerade die erste Kiste zum Aufzug tragen, da sah ich den Anrufbeantworter. Noch einmal Christians Stimme hören. Ich stellte das Gerät auf Ansage und drückte die Playtaste:

„Hi. Ich bin gerade im Trainingslager und werde danach noch ein paar Wochen Urlaub dranhängen. Sei mir nicht böse, wenn du länger nichts von mir hörst. Ich melde mich, sobald ich wieder da bin. Du kannst jetzt keine Nachricht hinterlassen. Ciao. Bis dann. Und, alles Liebe." Und dann verstand ich auch, warum ihn niemand besucht hatte.

Wie erschöpft ich war, merkte ich erst, als mir die Zigarre zwischen den Fingern hindurchglitt und es mir schwerfiel, mich danach zu bücken. Abgesehen von den Nächten ohne Schlaf, die ich an Christians Seite zugebracht hatte, war es nach der Aufräumaktion inzwischen vier Uhr morgens. Ich schleppte mich hinüber zum Bett und schlief sofort ein.

Ich war orientierungslos, als ich eine Nacht später erwachte, konnte das Wachen vom Träumen kaum unterscheiden. Ich fühlte mich extrem schlapp, mein Nacken war steif, und in meinen Gliedern nagte ein Schmerz.

Schwester Angelika sagte mir, welche Firma mit Christians Beerdigung betraut worden war, und von der erfuhr ich den Termin. Ich zögerte keinen Moment, hinzugehen, vielleicht weil ich immer noch wie in eine Daunendecke gehüllt durchs Leben wandelte. Die Beerdigung würde seine letzte Party sein, dachte ich, sie wollte ich auf keinen Fall versäumen.

In jenem April konnte sich das Wetter nicht entscheiden: Einmal graupelte es, dann wieder fiel dünner, seidiger Regen, dazwischen schien die Sonne; ihre Wärme wurde von schneidend kalten Böen verjagt. Diese Unentschlossenheit spiegelte sich in den verkrampften Gesichtern der Menschen wider.

Ich war schon auf dem Weg zur Kirche, da drängelte sich eine besonders schwarze Wolke vor die Sonne, und bevor ich meinen Kragen hochschlagen konnte, fielen auch schon die ersten Flocken nasser Schnee.

Ich trat als letzter ein, ich wollte nicht gesehen werden, und verfolgte die Zeremonie von der letzten Bank aus. Mir war übel, und ich fühlte mich sehr wackelig auf den Beinen. Das zunehmende Kopfweh hatte ich mit Schmerztabletten zu verdrängen versucht, aber ich konnte es trotzdem spüren. Es war, als ob es nur auf den richtigen Zeitpunkt wartete, um herauszuspringen und mich mit einem Satz zu verschlingen.

Ich hatte nie zuvor einem katholischen Gottesdienst beigewohnt, daher kann ich nicht beurteilen, ob etwas Außergewöhnliches vonstatten ging, aber das ganze Spektakel befremdete mich. Vielleicht weil ich schon ein wenig fieberte. Der Pfarrer hielt eine larmoyante Predigt, danach mußten die Trauergäste abwechselnd aufstehen, niederknien, sitzen, beten, singen, ihm nachsprechen, sich bekreuzigen.

Es waren nicht mehr als vielleicht fünfzig Personen zusammengekommen, viele davon junge Männer, nur ein paar in meinem Alter. Den einen oder anderen meinte ich von den Fotos her wiederzuerkennen, aber ich war mir nicht sicher.

In der ersten Bank saßen ein älteres Ehepaar neben einem jungen, zierlichen Mädchen und einem Mann von Mitte Dreißig; ich nahm an, daß es sich um Christians Familie handelte. Es kam mir merkwürdig vor, sie dort vorne sitzen zu sehen und mich dabei zu fragen, wieviel sie von ihrem Sohn, Bruder oder Onkel wußten; es war fast ein wenig beschämend. Ob es richtig war, einen Teil von Christians Leben vor ihnen zu verbergen?

Auch Manfred war gekommen. Er saß mit zwei Kerlen zusammen, alle drei in schwarzem Leder uniformiert. Wie es ihm wohl gehen mochte?

Ich hatte nicht erwartet, Edvard zu sehen. Ich war davon ausgegangen, daß er länger auf Java bleiben würde, aber vielleicht war auch die Zeit so schnell vergangen. Jedenfalls saß er mit Bernhard, diesem dicken Italiener und seiner Clique zusammen.

Dann war der Gottesdienst vorüber, und der Sarg wurde durch den Gang aus der Kirche geschoben, hinaus auf den Friedhof. Ich stand auf und verbarg mich hinter einer Säule, trat als letzter aus der Kirche hinaus und folgte der Gemeinde in gehörigem Abstand; der zeremonielle Humbug interessierte mich nicht.

Schnee klatschte herab, er bedeckte den Boden. Ich folgte einem Pfad von Fußabdrücken. Ob Raphael hier irgendwo war? Ich schaute auf, sah sie alle: die Eltern, die Freunde, die Liebhaber, aber nicht meinen Raphael. Das Fieber, das bald danach lebensbedrohliche Höhen erreichte, machte mich wirr. Einen Moment lang glaubte ich wirklich, Raphael wäre eine lebendige Person.

„Schöne Blumen, nicht wahr?"

„Wußtest du, daß er Aids hatte?"

„Nicht die Bohne. Du?"

„Nein. Ich bin nur froh, daß ich nie mit ihm geschlafen habe."

„Er hat es versucht. Er hat sein Bestes gegeben. Jetzt liegt es an Gott ..."

„Ob die Eltern was gewußt haben?"

„Hast du Manfred gesehen?"

„Er sieht ganz schön fertig aus."

„Er hat mir erzählt, daß ihn Christian verlassen hat."

„Das ist doch Unsinn. Christian war nie wirklich mit Manfred zusammen. Wie hätte er ihn da verlassen können?"

Von Jeff, Bill und Jake stand auf einer Schleife, die von einem Kranz hing.

„Wir verlieren nicht nur einen der besten unserer Mannschaft, wir verlieren einen guten Freund ..."

Weltmeisterschaft in Perth, Bronze in Delphin; EM Sevilla; 1996 Olympische Mannschaft Atlanta.

Martin, Franz, Armin und Arthur. In Liebe.

„Er hat angeblich alles Manfred vermacht."

„Na, wem denn sonst?"

„Manfred hat doch herumgetönt, Christian hätte einen neuen Freund."

„So ein Quatsch. Damit wollte er Manfred nur vom Krankenhaus fernhalten. Er hat doch auch keinem von uns was davon erzählt. Er hat Manfred geliebt, er hat ihn immer geliebt."

Ich rätselte noch lange, in der Hoffnung herauszufinden, was ich Christian bedeutet hatte. Ich wollte es wissen, ich glaubte es wissen zu müssen, weil ich davon ausging, daß ich mir nur so über meine Gefühle klarwerden konnte.

Ich habe es bis heute nicht herausgefunden; und wahrscheinlich wird niemand je erfahren, was in Christian wirklich vorgegangen war.

Muß man einen Menschen verstehen, um ihn lieben zu können?

Ich fühlte meine Kräfte schwinden. Ich wollte gehen, ich mußte gehen. Auf dem Weg drehte ich mich noch einmal um, da fiel mir Christians Geschichte von Lawrence wieder ein, der vor seinem Tod noch einmal alle seine Liebhaber zusammenholt, die Szene mit der Beerdigung und die Kamera, die sich vom Grab entfernt. Es hatte etwas davon. Ob alle seine Geschichten ein Teil seines Lebens waren?

Der Boden war von einem weißen Film überzogen. Spuren führten vom Grab bis zu mir. Da stand ich nun, in meinen schwarzen Mantel gewickelt, in meiner eigenen kleinen Gedankenwelt, von einem tiefen Schmerz über den Verlust eines Menschen erfüllt. Raphael, das war wohl doch ich.

Ich ließ mich von einem Taxi fahren. Und was mich ritt, weiß ich auch heute nicht zu erklären, jedenfalls endete ich später am Grab meiner Mutter. Seit ihrer Beerdigung war ich nicht mehr dortgewesen.

Es war eigenartig, auf den Friedhof zu gehen und an sie heranzutreten. Ich kam mir vor wie ein Einbrecher, ein Mensch, der sich in das Leben eines anderen hineindrängte. Aber so hatte ich mich in ihrer Nähe immer gefühlt.

Das Grab war gepflegt; die Leute kamen ihrem Job nach. Ich war mit leeren Händen gekommen – und schämte mich dafür. Es kam mir so vor, als sollte ich etwas sagen. Aber was? Diese Sprachlosigkeit in ihrer Gegenwart war mir ebenso bekannt.

Der Himmel brach auf, und die Sonne ließ die goldenen Lettern auf dem Grabstein aufblitzen. Ein paar von ihnen waren vom sauren Regen geschwärzt, und da war ein Klecks Vogelmist auf dem weißen Stein. Ich nahm ein Taschentuch aus meinem Mantel, spuckte darauf und wischte ihn ab. Es wäre ihr unangenehm gewesen, unter einem Stein zu liegen, der verschmutzt war. Ich war ihr Sohn. Es war meine Aufgabe. Wessen sonst? Und auch das kam mir bekannt vor.

Mein rechter Unterarm begann zu schmerzen. Er erinnerte mich: Es war Nachmittag, die Sonne schien durch das offene Fenster herein auf das Bett, in dem sie lag. Teres war wach, aber sie hielt die Augen geschlossen. Sie wollte nicht reden, sie wollte nicht sehen, sie wollte nicht gesehen werden – am allerwenigsten von mir.

Ich saß auf dem Stuhl meines Großvaters neben ihr, kaum einen Atemzug entfernt. Meine Augen hielten ihre Hand im Bann; wenigstens einmal im Leben wollte ich sie gehalten haben; ich wollte nach ihrem Tod wissen, daß sie mich gehalten hatte. Ich wollte es so sehr, aber ich konnte mich nicht vorbeugen; ich schaffte es einfach nicht, meine Hand nach der ihren auszustrecken.

Diese Spannung wurde so groß, daß mir nichts übrigblieb, als zu gehen. Morgen, sagte ich mir, morgen werde ich es bestimmt tun.

Als ich dann am Morgen wiederkam, traf ich, neben dem Schwesterndienst, der sie in jenen Wochen rund um die Uhr versorgt hatte, auf einen Arzt. Er sagte mir, daß Teres kurz zuvor verstorben war.

Sie hatte gewußt, wann ich kommen würde.

Ich stolperte zum Aufzug, vorbei an meinem überquellenden Briefkasten. In den letzten Tagen hatte ich ihn ignoriert, ihn und meinen Anrufbeantworter. Sie stellten die letzten Bastionen dar, die letzten Fronten, an denen ich mich noch gegen den angreifenden Alltag zur Wehr gesetzt hatte.

Und ich bin froh darüber.

Mit letzter Kraft zog ich die Aufzugstür auf und drückte auf die Vier. Oben angekommen, fiel ich, noch angezogen, ins Bett, und dann begann das Fieber.

Ich war in meinem Leben nicht oft krank gewesen, und wenn, dann hatte ich immer sofort den Arzt aufgesucht und jede nur erdenkliche Pille geschluckt, um bald wieder auf den Beinen zu stehen. Krankheit und ich, das waren zwei Dinge, die nicht zusammenpaßten.

Ich kann mich nicht erinnern, in meinem Leben je so krank gewesen zu sein; ich wurde so krank, daß ich nicht einmal einen Arzt rufen konnte. Stunde um Stunde lag ich dort, dämmerte mit wirren Phantasien, frierend und in Schweiß gebadet. Mein Mund trocknete aus, die Zunge schwoll und klebte mir am Gaumen.

Wäre Frau Huber nicht gekommen und hätte mich gefunden, weiß ich nicht, was aus mir geworden wäre. Ich kann von Glück reden, daß sie neugierig genug war, ins Schlafzimmer hineinzuschauen. Sie entschuldigte es damit, daß es sie stutzig gemacht hätte, mich mit lehmverschmierten Stiefeln im Bett liegen zu sehen – sie hatte ja schon viel mit mir erlebt, aber das war dann wohl doch zu viel. Daraufhin hätte sie versucht, mich zu wecken, aber es wäre ihr nicht gelungen. Mein hochroter Kopf, das durchschwitzte Kissen, das gefährliche Röcheln in meiner Lunge, all das hätte sie veranlaßt, einen Arzt zu rufen.

Der wollte mich in eine Klinik bringen lassen, aber Frau Huber hatte ihm gesagt, daß er mich dann gleich hätte ins Krematorium überführen können. Krankenhaus, das käme nicht in Frage. So informierte sie ihren Mann und blieb an meiner Seite, bis es mir wieder besserging, bis ich mich wieder alleine versorgen konnte. Frau Huber, sie ist wirklich eine Seele von Mensch.

Vier Tage und vier Nächte lag ich so da. Der Arzt kam dreimal am Tag und spritzte mir Antibiotika, schmerzlindernde und fiebersenkende Mittel. In dieser Zeit hätte ich viel geredet, erzählte mir Frau Huber später, lauter wirres Zeug. Und ein Mann sei gekommen, gepflegt und gutaussehend. Er habe sich an mein Bett gesetzt und mit mir gesprochen. Ich hätte ihm sogar geantwortet, behauptete sie, aber ich erinnerte mich an nichts.

Gerd war jeden Tag gekommen, so um die Mittagszeit herum. Er hatte Blumen geschickt und zwischendurch Frau Huber angerufen, um sich nach meinem Zustand zu erkundigen.

Am fünften Tag dann – ich glaube, es war der fünfte – nahm ich ihn zum ersten Mal wahr. Er saß auf meinem Bett und schaute auf mich herunter. Sein Blick war so weich und freundlich; so viel Wärme hätte ich ihm nicht zugetraut. Da war nicht mehr diese Distanz, um die wir uns Jahre bemüht hatten, an der ich mich immer von ihm hatte abstoßen können. Er legte kein Chef-Gehabe an den Tag, er duzte mich. Es fühlte sich richtig an.

Ich erinnere nicht, was er mir erzählte, und wahrscheinlich ist es unerheblich, aber ich weiß noch, daß er mit jedem Wort tiefer in mich eindrang.

Damals sah ich ihn plötzlich durch andere Augen. Er hatte Hände, wie ich sie zuvor noch nie gesehen hatte: regelmäßig geformte Finger mit einem feinen Ansatz von Haar darauf. Ein jeder war perfekt, und an ihren Enden krümmten sie sich ein wenig nach oben, wie Stupsnasen. Seine Nägel waren sauber und sahen identisch aus, unterschieden sich nur in der Größe. Kleine weiche Kissen waren seine Fingerkuppen, die Handteller rund und tief, ich wollte mich darin einrollen, so schön waren sie. Aber anstatt mich an ihrem Anblick zu erfreuen, anstatt hinüberzulangen und sie zu greifen, sie in meiner Hand zu spüren oder sie mir gar auf die Haut zu legen, drückte ich mich tiefer in die Kissen hinein.

Gerd hatte sich vollkommen vor mir entblößt. Es gab einen Punkt, da wußte ich, daß es nun an mir lag. Ich hätte nur meine Hand ausstrecken müssen, aber ich konnte nicht. Ich konnte es einfach nicht.

Nach einer Weile – es können nur Minuten gewesen sein, aber es fühlte sich an wie die Unendlichkeit –, da stand er auf. Ich hoffte, er würde mich in den Arm nehmen und halten – vielleicht hätte ich dann auftauen können –, aber er klopfte mir nur auf die Schulter, wie einem Kumpel, dem man Mut zuspricht.

„Ruf an", sagte er.

„Kommst du mich wieder mal besuchen?" lag es mir auf den Lippen, aber ich erinnerte mich rechtzeitig, daß das Christians Worte gewesen waren. Sie gehörten zu ihm; es waren nicht meine.

Natürlich rief ich nicht an. Nicht zu Hause und auch nicht im Geschäft. Statt dessen blieb ich im Bett und dachte über mein Leben nach, das inzwischen aus lauter einzelnen Stücken bestand, kleinen Fetzen, die nicht mehr zusammenpaßten: Da waren all diese offenen Enden: meine Mutter, ihre Hinterlassenschaft und die Frage, wer mein Vater wirklich war. Gerd und die Arbeit. Manfred. Christians Kisten. Mein Versprechen an ihn. Raphael. In ihn hatte ich soviel Hoffnung gesetzt. Für ihn hätte ich die Seifenopern sausen lassen, und jetzt war auch er nur wieder eine Idee zum Ablegen.

Der bloße Gedanke an eine Zigarre rief Übelkeit in mir hervor. Der Geruch von Wein verschloß mir die Kehle – es war keine Frage der Gesundheit. Seit ich die Story über meinen wahren Vater kannte, trank ich ohne Sorge. Da ich nicht einmal seinen

Namen in Erfahrung bringen konnte, war das Trinken das einzige, was mich mit ihm verband. Fortan trank ich das erste Glas auf sein Wohl – ich tue es noch heute.

Wirklich sorgenvoll stimmte mich die Tatsache, daß mich Sex nicht mehr erregte. Ich hatte mich verändert. Ich war in den letzten Wochen zu einem anderen Menschen geworden, aber zu wem?

Mein Anrufbeantworter blinkte wie wild, also gab ich nach und hörte ihn endlich ab. Als erste hatte die Honorarabteilung der Produktionsfirma auf Band gesprochen. Dann informierte mich mein Versicherungsvertreter darüber, daß meine Hausratsversicherung nicht mehr dem neuesten Stand entspreche.

Diese Stimmen, diese Menschen. Sie drangen zu mir wie aus einer anderen Welt herüber, einer Welt voller Hektik und Geschäftigkeit. Mir wurde schwer.

Dann hörte ich Gerd: „Maximilian. Wo sind Sie? Warum rufen Sie nicht zurück? Ich mache mir Sorgen." Das Gerät zeigte das Datum an, wann er mir diese Worte hinterlassen hatte. Es war noch vor der Beerdigung gewesen, vor meiner Krankheit, vor seinen Besuchen.

Ein warmes Gefühl schauerte durch meinen Körper. Gerd hätte ich erzählen können, was ich in den letzten Wochen durchgemacht hatte, er hätte es verstanden. Das Gefühl rührte sicher nur von meinem Bedürfnis zu reden her. Es war bestimmt nichts anderes, nein, gewiß nicht. Ich war mir sicher. Fast sicher.

Es waren noch viel mehr Nachrichten auf Band, aber ich hatte keine Nerven dafür. Ich drückte auf die Löschtaste; es piepste kurz, dann war es wieder still um mich.

Frau Huber hatte den Briefkasten von seiner Last befreit und mir die Post auf den Schreibtisch gelegt: eine Einladung zu einer Modenschau, Premiere einer neuen Seifenoper in den Filmstudios und viele Rechnungen, die ich ungesehen ablegte. Da war auch ein Brief von Gerd – er war alt.

Lieber Maximilian,
dies ist der fünfte Versuch, Ihnen zu erklären, warum ich mich in den letzten Tagen so verhalten habe. Ich wollte Ihnen schreiben, daß ich sehr unter Druck stand, daß die Produktion zäh verläuft und ich z.T. bis Mitternacht arbeite. Ich wollte mich entschuldigen, Sie um Verzeihung bitten. Aber das entspricht nicht meinem eigentlichen Anliegen.
Es war albern, Ihnen wegen dem Manuskript zu drohen. Aber bei unserem letzten Treffen waren Sie wie verwandelt. Ich hatte Angst, Sie zu verlieren.
Es mag vielleicht überraschend klingen, aber Sie sind mir wichtig, Maximilian, und das nicht nur in beruflicher Hinsicht.
Ich hoffe, bald von Ihnen zu hören.

Gerd

Ich stützte meinen Kopf in die Hände. Gerd war wohl völlig durchgedreht. Ein verliebter Arbeitgeber, das war das letzte, was ich jetzt brauchen konnte.

Wie sollte das nur weitergehen? Ich sah meine Notizen und angefangenen Skripte und hatte das dringende Bedürfnis, alles in einen großen Müllsack zu stopfen.

Ich schaute zu Christians Wohnung hinüber. Da sah ich Menschen. Ich ging dichter ans Fenster heran. Tatsächlich. Männer in blauen Overalls trugen sein Sofa über den Hof; seine Eltern hatten den Umzug also schon organisiert. Jetzt wurde sein Leben abgewickelt.

Da war noch jemand im Hof: Manfred. Er saß auf dem Fahrradständer und schaute den Packern zu. Ein paar Minuten lang hatten wir uns im Blick. Keiner bewegte sich, keiner machte Anstalten, auf den anderen zuzugehen. Wir starrten uns nur an. Kein Winken, kein Augenzwinkern, kein Lächeln. Dann stand er auf und ging weg. Eigentlich hätte ich mich als Gewinner fühlen können, aber es machte mich nur einsam.

Nachdem ich halbwegs wiederhergestellt war, versuchte ich eine Weile krampfhaft, in meine alten Gewohnheiten zurückzufinden. Ich hoffte, es wäre nur eine Frage der Zeit, bis die Zahnräder wieder greifen, mich die Maschinerie, genannt Alltag, wieder in ihre gängigen Bahnen aufnehmen würde.

Aber ganz gleich wie sehr ich mich bemühte, mein Leben war nicht mehr dasselbe. Ich versuchte die Lust zu nähren, die seit Wochen in mir darbte, aber Sex wollte nicht mehr so funktionieren wie früher. Ich konnte niemanden mehr im Dunkeln anfassen, ich brauchte Licht, viel Licht. Meine Augen wollten sich nicht mehr schließen, wenn ich einem Kerl nahe kam; ich mußte sehen, wessen Lippen ich berührte, und ich wollte wach sein, wenn ich küßte. Aber das, was ich zu sehen bekam, gefiel mir nicht.

Gerd rief nicht mehr an. Später, als wir uns Wochen danach darüber unterhielten, sagte er, ich wäre für ihn wie der Wind. Er habe gewußt, daß er mich nicht zu fassen kriegen würde, wenn er nach mir griffe. Er habe gespürt, wie ich mich mit jedem seiner Worte ein bißchen von ihm entfernte, und er habe gewußt, daß man den Wind nicht locken kann. Man kann nur hinausgehen und hoffen, daß er kommt.

Die Idee, für eine Weile zu verschwinden, reifte innerhalb von Minuten. Ich mußte weg, ich brauchte Abstand. Ich wollte nicht mehr auf Christians leere Wohnung schauen und jede Minute, die ich an meinem früher so geliebten Küchenfenster verbrachte, an ihn denken. Aber vorher wollte ich, nein, mußte ich noch etwas erledigen, etwas, was schon seit Jahren darauf wartete, abgeschlossen zu werden. Ich räumte das Lager, nicht zuletzt, weil ich dringend Geld brauchte.

Edvard, er ist so ein Schatz, ich ging noch am Abend zu ihm. Ich mußte nicht mehr sagen, als daß ich dringend Abstand brauchte. Er ahnte, daß es mit Christian zusammenhing – er hatte mich auf dem Friedhof gesehen –, den Rest konnte er sich denken. Edvard war der letzte, dem man etwas erklären mußte. Er hörte zu, nahm mich in den Arm und hielt mich. Es tat so gut.

Danach fuhren wir zur Lagerhalle. Ich zeigte ihm, was bei dem schlechten Licht zu sehen war. Edvard wollte alle Möbel, durchweg hochwertigstes Biedermeier, in Zahlung nehmen. Ich gab sie ihm, nur eine Kommode behielt ich für mich. Sie hatte immer im Entree gestanden und war das einzige, mit dem ich ein Zuhausegefühl verband. Den Rest, riet er mir, sollte ich im Rahmen eines privaten Flohmarkts verkaufen.

Schon am nächsten Tag ließ er seine Packer vorfahren. Und während sie die Möbel verstauten, durchforsteten wir die Kisten, um zu sehen, ob noch das eine oder andere Stück dabei war, was er sich für seinen Laden reservieren wollte.

Durch diese Kramerei drängte sich natürlich wieder die ganze Geschichte in mein Bewußtsein. Meine Erschütterung über die Erkenntnis, daß Onkel Heinrich nicht mein Vater war, daß meine Mutter nicht der Mensch war, den sie mich glauben gemacht hatte, war längst abgeklungen – obwohl, vielleicht auch nicht. Womöglich habe ich mich einfach nur daran gewöhnt, so wie man nach einem Unfall lernt, mit einer schweren Behinderung zu leben. Aber da gab es noch eine offene Frage zu der ganzen Angelegenheit, und sie beschäftigte mich: Wer war denn nun mein Vater?

Da Cousin Harry zu dem Thema nicht mehr wußte und er mir glaubhaft versicherte, daß auch aus den anderen Familienmitgliedern nichts herauszubringen sein würde, waren diese Kisten meine letzte Chance, es je zu erfahren.

Der Verkauf war in den Zeitungen angekündigt, Edvard rührte bei seinen Stammkunden die Werbetrommel für mich. Ich hatte vier Tage und vier Nächte Zeit, etwas über meinen Erzeuger zu finden. Dann würden Menschen kommen, tasten, wühlen, alles auseinanderreißen und an fremde Orte verschleppen, dann würde ich es nie mehr erfahren.

Ich blätterte über dreitausend Bücher durch – die Zahl schätze ich, weil ich allein zweitausend der teilweise sehr wertvollen Schmöker der Stadtbibliothek schenkte; ich durchkämmte kistenweise Steuerkram, Versicherungsdokumente, Glückwunschpostkarten und Briefe, handgeschriebene Kochrezepte, Vereinsunterlagen, Notizen, Einkaufslisten, Kalender, Theaterprogramme und Infobroschüren von Organisationen. Ich fand aber nichts.

Dabei hatte ich es mir so einfach vorgestellt: Ein Foto würde mir in die Hände fallen, mit Teres und einem Mann darauf, und hinten würde sein Name geschrieben stehen, die passende Jahreszahl würde mir die Richtigkeit bestätigen. Und je länger ich es mir vorstellte, desto sicherer war ich mir, in meiner Kindheit schon einmal so ein Foto gesehen zu haben. Bald konnte ich es gar vor meinem inneren Auge rekonstruieren.

Es war eine Winteraufnahme. Der Mann stützte sich auf Skistöcke, und meine Mutter stand vor ihm im Schutz seiner Arme.

Ein helles Lächeln lag auf ihrem jugendlichen Gesicht, das von schwarzem vollen Haar, ähnlich dem der jungen Liz Taylor, umrahmt war. Seine Haut war dunkel und von der Sonne gegerbt. Er kniff die Augen gegen das blendende Licht zusammen, und sein Mund war breit. Er war so ein Richard-Typ, ja, er sah aus wie jemand, der Richard heißt.

Aber das Bild fand ich nie. Meine Mutter ist auch nie skigefahren, es hat auch nie ein Foto dieser Art gegeben. Ich bin mir sicher.

Ich fand nicht das Foto, ich fand keinen Brief, ich fand weder Namen und Adresse noch sonst einen Hinweis. Dafür tauchte ich in ihr Leben ein, so sehr, wie ich es noch nie zuvor getan hatte. Stundenweise hatte ich gar den Eindruck, die Welt durch Teres' Augen wahrzunehmen. Ich kam mir noch distanzierter vor als sonst, eine Härte umgab mich, an der alles abprallte. Eine mir fremde Geschäftigkeit trieb mich umher.

In seiner Gesamtheit erinnerte mich das Lebensgefühl ein bißchen an den Maximilian vor Christian, nur nicht ganz so zurückgezogen, das heißt, mit einer anderen Art von Zurückgezogenheit. Der alte Maximilian hielt sich von Menschen fern, aber alles, was er sah und hörte, beeindruckte ihn zutiefst. Dagegen war Teres' Zurückgezogenheit wie ein Entfliehen auf einen hohen Turm, von dem sie auf die Welt herabschaute – deshalb sprach sie auch immer etwas lauter, etwas direkter und aggressiver als andere Menschen. Da war weder Platz für Freundinnen, noch für einen Liebhaber, noch für mich. Auf dem Turm war nur Platz für sie.

So viele Fragen sind geblieben, aber in dieser Phase ist mir etwas aufgegangen: Was immer die Gründe gewesen sein mochten, warum Teres schwanger geworden war, ob eine unglückliche Beziehung zu meinem Vater oder tatsächlich eine Affäre oder gar eine Liebschaft zu einem anderen Mann, was immer die Gründe gewesen sein mochten, warum sie so kalt gewesen war, so distanziert, so wenig eine Mutter, wie ich es mir vorstelle, Teres hatte sich damals für das Kind entschieden und damit alles aufs Spiel gesetzt. Hätte sich mein Vater – Onkel Heinrich – scheiden lassen, wäre sie vermutlich mittellos geworden. Mit einer Abtreibung hätte sie sich dieses Bangen ersparen können. Aber offensichtlich war ich ihr wichtiger gewesen, wichtiger als Sicherheit, wichtiger als der Ruf, wichtiger als ihre Ehe. War das nicht Liebesbeweis genug?

Ich wurde fast alles los. Edvard stellte mir an dem Wochenende seine beiden Verkäufer zur Seite. Wir bauten Tische auf und legten heraus, was für irgend jemanden hätte von Wert sein können.

Der Verkauf ging gut; es kamen viele auf der Suche nach einem kleinen Schatz. Am Samstag brachten wir fast Dreiviertel der Sachen an den Mann. Als sich der Sonntag dem Ende zuneigte, begann ich den Leuten Dinge in die Hand zu drücken, alles zu verschenken. Das, was niemand haben wollte, es war nicht viel, brachten wir dann zusammen mit den Umzugskartons zur Müllkippe.

Nachdem die Tapetentische verladen waren, blieb ich alleine am Lager zurück. Es war leer, es kam mir vor wie ein Spuk. Alles war weg, alles, was meine Mutter in ihrem Leben angesammelt hatte, war weg. Das einzige, was blieb, waren die Erinnerungen.

Nach dem Tod eines Menschen zerhacken Buddhisten die Leiche und werfen das Fleisch den Geiern vor. Die abgefressenen Knochen zermahlen sie dann zu Mehl und streuen es in den Wind, damit nichts Manifestes übrigbleibt. Der Verkauf der Hinterlassenschaft meiner Mutter kam mir ein bißchen so vor. Wie ein Ausverkauf ihres Lebens. Die Buddhisten tun es, um die Seele von allem zu befreien, was sie binden könnte, was sie daran hindern könnte, aufzusteigen und in ihrer Entwicklung fortzuschreiten. Ich verkaufte alles, um meine Seele zu befreien.

Gleich am nächsten Tag stopfte ich eine Badehose und ein paar T-Shirts in eine Reisetasche und ließ mich zum Flughafen fahren. Dort setzte ich mich in die nächste Maschine nach Miami und stieg in eine Propellermaschine nach Key West um. Ich wollte meine Lust wiederhaben, ich wollte den Geschmack von Zigarren und Alkohol wieder genießen können. Welcher Ort wäre besser dafür geeignet?

Es war schon dunkel, als ich endlich ankam. Das Taxi brachte mich zu *Miguel's Guest House* am Hafen. Früher war ich oft zweimal im Jahr rübergeflogen und hatte mich wochenlang bei ihm eingemietet. Ich war schon lange kein Gast mehr, inzwischen fühlte ich mich wie ein willkommener Freund.

„Max, wie geht's?" kreischte Miguel in grauenhaftem Englisch. „Was machst du hier? Und warum zum Teufel hast du nicht angerufen?" Der kleine Kubaner war nur mit Shorts und Stiefeln bekleidet. „Wenn ich nur gewußt hätte, daß du kommst." Er begrüßte mich herzlich und fiel mir um den Hals.

„Hast du ein Plätzchen, wo ich meinen Kopf betten kann?"

Er musterte mich, seine Augen blitzten. „Ich habe ausgebaut. Komm, ich zeig's dir."

Er führte mich über ein paar Balkone zu dem Anbau hinüber; früher war es eine Doppelgarage gewesen. Er hatte mir schon beim letzten Mal erzählt, daß er dort weitere Zimmer einrichten wollte.

„Es ist schön geworden, Miguel. Es ist richtig schön geworden."

Seine Brust schwoll, aber er sagte nichts, nahm mich statt dessen bei der Hand und deutete auf die Deckenbalken. Haken waren darin eingelassen, Aufhängungen für einen Sling. „Wenn du möchtest?"

„Miguel ..."

Er zerrte mich an der Hand in das terracottageflieste Bad. Die geräumige Dusche war durch eine Mauer vom Rest des Raumes abgetrennt.

„Letzte Woche war ein junger Deutscher hier. Wir haben es hier drin getrieben." Er legte seine dunkelbraune Hand auf die glatte Brust. „Du weißt, wie sehr ich euch Deutsche liebe." Dann strich er mir über die Wange, über die Brust, packte mich am Oberarm und biß die Zähne aufeinander. Ein grollendes Geräusch entstieg seiner Kehle.

„Miguel. Du bist ein Schatz. Aber ich bin seit zwanzig Stunden unterwegs."

„Was ist nur los mit dir?" fragte er. „Du bist schlecht gelaunt. Du siehst scheiße aus. Ich kenne dich nicht wieder. Hat dir jemand weh getan? Sag's mir, und ich geh ihn ohrfeigen."

„Honey. Ich erzähl dir alles, aber laß mich jetzt ins Bett."

„Allein?"

Ich schloß die Augen.

„Okay, okay, okay." Er kniff mich in die Wange. Er wollte schon gehen, da zog ich ihn zu mir heran und gab ihm einen Kuß. Es kam von Herzen und fühlte sich gut an.

Miguel starrte mich überrascht an. „Irgendwas ist anders an dir", sagte er, „aber ich werde es schon noch herausfinden." Dann ließ er mich allein.

Die nächsten zwei Tage ging ich kaum vor die Tür, und immer wenn Miguel vorbeikam, um mir einen Cocktail zu bringen oder mit mir zu quatschen, schickte ich ihn fort. Nur manchmal, spät in der Nacht, setzte ich mich auf den Balkon. Dort legte ich den Kopf zurück auf die Stuhllehne, schaute in den schwarzen Himmel und dachte an Christian.

Es war alles da, zum Greifen nah: die Hitze, die Sonne, die Kerle, die Erinnerungen – ich hätte nur hinausgehen müssen. Aber nichts davon lockte mich. Ich hatte keinen Hunger, nicht einmal Durst, obwohl die Hitze in jenem April zum Teil unerträgliche Ausmaße annahm.

Aber irgendwann ließ sich Miguel nicht mehr abwimmeln. Plötzlich stand er neben meinem Bett und setzte sich, ohne meine Einladung abzuwarten.

„Max, jetzt reicht's!" Er sprach meinen Namen aus, wie Christian es immer getan hatte. Mir wurde noch schwerer ums Herz. „Sag mir, warum du mich nicht mehr magst? So wie du mit mir umgehst, verhält man sich keinem Freund gegenüber."

Ich drehte mich auf den Rücken; meine Glieder schmerzten vom langen Liegen. „Ich kann nicht, Miguel. Ich kann einfach nicht darüber sprechen."

„Du bist deprimiert, Max. Du bist krank. Du mußt etwas tun. Ich habe bald Angst, daß dich die Ratten fressen. Schau doch mal in den Spiegel. Wie siehst du nur aus? Ganz ungepflegt, deine Haare stehen wild auf deinem Kopf herum. Du stellst dich jetzt sofort unter die Dusche und ziehst dich an. Ich hol dich in einer halben Stunde ab."

Ich wollte was einwenden, da hob er seinen Zeigefinger.

„Und keine Widerrede."

Er wartete nicht mal auf eine Reaktion von mir, sondern stand auf und eilte aus dem Zimmer.

Ich wußte, Miguel kannte kein Pardon. Wenn ich ihm nicht folgte, würde er auf die Straße gehen und zwanzig Fremde hereinholen. Er bildete sich ein, daß ich eine Party brauchte, und ich hatte keine Wahl.

Wir drehten unsere übliche Runde entlang der Duvall Street. In den Bars war mitten unter der Woche, wie so oft, nichts geboten, und gegen eine Travestie-Show konnte ich mich erfolgreich wehren. Also schleppte mich Miguel in ein Pub; in dem das Personal nur Uniformhosen trägt, offen, so daß sie leicht über den Arsch hängen. Natürlich haben sie darunter nichts an.

Miguel stellte mich allen möglichen Leuten vor, einige kannte ich schon, konnte mich aber an ihre Namen nicht mehr erinnern. Dann füllte er mich mit kräftigen Bloody Marys ab und schickte die beiden Go-go-Boys zu mir herüber, damit sie mich mit ihrem dümmlichen Lächeln aufheiterten.

Die beiden Jungs promenierten in Stiefeln und Schottenröckchen auf der Theke vor mir auf und ab. Ich wollte kein Spielverderber sein und steckte ihnen ein paar Dollar in die Stiefel. Der eine ließ mich daraufhin unter seinen Rock blicken. Er war nackt, seine Schenkelmuskeln gefielen mir, der Rest beeindruckte mich nicht. Der andere setzte sich vor mich hin, nahm mich zwischen seine Beine und umarmte mich. Diese Nähe, die

Hitze seiner nackten Haut; es war mir unangenehm. Ich gab ihm einen Klaps auf die Wange, dann wendete ich mich wieder den anderen zu.

Ich mag dieses Pub, und ich bin den Jungs, die dort herumturnen, nicht abgeneigt. Ich verbinde gute Erinnerungen an diese Kneipe. Hier hatte ich vor Jahren Edvard kennengelernt. Zuerst dachte ich, er wäre auch ein Go-go-Boy, als er, nur mit knappem T-Shirt und Shorts bekleidet, auf der Theke zu mir herüberspazierte und sich vor mir niederließ. Sein Lächeln war verführerisch. Er streckte mir den Unterleib hin, nahm meinen Kopf und drückte mich gegen seinen glatten Bauch. Ich küßte ihn, und er steckte mir seine Zunge in den Mund.

Das ist aber ein forscher Go-go, dachte ich und fischte nach ein paar Dollarnoten, da sagte er: „Ich bin kein Go-go, Baby. Mich kriegst du umsonst."

Später im Bett fand ich heraus, daß er auch aus München kam, und schickte ihn fort. Aber Edvard ließ nicht locker. Zwei Wochen später hatte er mich in Deutschland aufgespürt – der kleine Bengel hatte sich bei Miguel nach meinem Namen erkundigt.

Hier war es auch, daß ich Gerke van Leiden kennenlernte, damals, als er sich als Bankangestellter verdingte und noch nicht wußte, daß er bald einer der gefragtesten Pornostars sein würde. Damals war er noch ein unscheinbares Häschen gewesen, durchschnittsschwul, nicht unattraktiv, aber auch nicht gerade augenfällig. Wir hatten uns nett unterhalten, da war dieser Kerl mitten in unser Gespräch geplatzt. „Ramón" stellte er sich vor, als ob ihn jemand danach gefragt hätte. „Gerke, du willst heute nacht von mir glücklich gemacht werden."

Es klang so arrogant, aber es hatte weder in Gerke noch in mir einen Hauch von Ablehnung ausgelöst. Am nächsten Abend war Gerke wie ausgewechselt. Ich sah ihm an, daß Ramón einen anderen Menschen aus ihm gemacht hatte, einen schöneren, sinnlicheren, erotischeren, und Gerke erzählte mir eine unglaubliche Geschichte.

Es war nett, Erinnerungen nachzuhängen, aber nichts wollte mein Gemüt aufhellen.

Du bist deprimiert, hatte Miguel gesagt. Deprimiert. Ich? Ich kannte so was nicht. Oder doch? Die Ärzte hatten bei mir Depression diagnostiziert, damals, als ich Frieder liebte. In Wahrheit war ich liebeskrank gewesen. Liebeskrank, das war ich auch jetzt.

Um ein Uhr morgens wollte uns Miguel mit einer Rikscha in eine andere Bar radeln lassen. Dort tanzten die Go-go-Boys gegen ein entsprechendes Trinkgeld „privat". In kleinen Kabinen zeigen sie noch andere Kunststücke ihres Muskelspiels, aber darauf hatte ich keine Lust. Ich mußte nachdenken, und das wollte ich allein. Ich sagte, ich müßte mal auf den Topf, und verschwand – hätte ich mit Miguel diskutiert, würde ich heute noch in der Kneipe stehen.

Selbst so spät in der Nacht war es unglaublich heiß auf Key West; die Luft brannte auf meiner Haut. In der Hitze hatte ich den Eindruck, ich würde schweben. Jasmin lag mir in der Nase, Vanille und Kaffee. Da war der süße Duft von allerlei Gewächsen, aber ich hatte ihre Namen vergessen. Seit meiner Kindheit habe ich mich nicht mehr mit Pflanzen beschäftigt; ich hatte keine Geduld mehr dafür, und keine Geduld mehr für die Männer.

Ich hatte mich wohl tatsächlich in Christian verliebt. Ohne es zu wollen, ohne es zu wissen, ohne es zu bemerken. Und das Schicksal hatte mir eins ausgewischt: Nachdem ich mich in Frieder verliebt hatte, den ich nie wirklich hatte haben können, nachdem ich durch sein Weggehen so tief verletzt wurde, daß ich danach dreißig Jahre lang niemanden mehr mit offenen Augen habe küssen können, hatte ich mich endlich wieder verliebt: in einen Menschen, von dem mir hätte klar sein müssen, daß er sterben wird. Es war eine Liebe ohne Zukunft gewesen, wie für meinen Raphael, und trotzdem hatte ich mich darauf eingelassen.

Ich ging durch den Garten der Pension – im Whirlpool waren gerade ein paar Gäste damit beschäftigt, sich zu vögeln – hinauf in mein Zimmer und ließ die Tür offenstehen, um den Duft hereinzulassen. Den Duft und den Gedanken, daß ich mich tatsächlich verliebt hatte. Mit dem Duft legte sich die Gewißheit in mein

Herz, daß auch ich fähig war, mich zu verlieben, und das war der Anfang meiner Wende.

Ich zog mich aus und legte mich aufs Bett. Aus dem Garten drang Stöhnen zu mir herauf. Es war sanft, es war weich, es erregte mich. Dann wurde mir selig warm.

Was hätte Raphael eigentlich getan, nachdem er Alexander verlor? dachte ich schon im Halbschlaf. Er stapfte durch den Schnee, und er war verzweifelt. Und dann? In meinen Gedanken hatte ich den Film nie weitergesponnen, in meiner Phantasie hatte ich nie etwas anderes gesehen als den leidenden Raphael. Auch in den ganzen Geschichten, die ich mit Christian erfand, sprachen wir nie darüber, wie der Film letztlich ausgehen wird. Es war mir bisher nicht aufgefallen.

Raphael, Raphael, komm und hilf mir, sprach ich in die honigsüße Dunkelheit hinein, dann versanken die Gedanken im Meer der Träume.

In dieser Nacht bekam ich Besuch. Es ist in den Pensionen von Key West durchaus üblich, daß man sich nachts ins Zimmer eines anderen schleicht und ihn beglückt. Nicht selten zieht das Konsequenzen nach sich: Ich habe schon ein paar heftige Diskussionen erlebt, weil ein Partner mitten in der Nacht aufwachte und das Bett seines Liebhabers leer vorfand. Darauf folgten Geschrei und lautstarke Auseinandersetzungen.

Jedenfalls war ich gerade am Einschlafen, als ein Schatten vorüberhuschte und sich ein Hauch von Schweiß in den Duft von Jasmin mischte. Ich spürte etwas an meinen Händen; es war kalt. Ich wollte sie zurückziehen, aber es ging nicht mehr. Jemand hatte mich an den Bettpfosten gefesselt.

Ich schreckte hoch und sah die Silhouette eines jungen Mannes. Ich schrie auf, „Ah", und er nutzte die Gelegenheit, mir einen Knebel zwischen die Zähne zu schieben. Ich strampelte mit den Beinen, aber er war kräftiger als ich und nahm zuerst das eine, dann das andere und band sie fest.

Adrenalin jagte durch meinen Körper, vor Angst stellten sich mir die Haare auf. Ich wollte keine Nähe, ich wollte keinen Sex, aber ich konnte mich nicht wehren. Es bot sich mir nur ein Fluchtweg: die Lust. Hingabe war das einzige, was mir blieb.

Es war eine wunderbare Nacht. Nach dem Sex kroch der Verführer zu mir ins Bett; wir küßten und liebkosten uns, rollten herum, klammerten uns aneinander fest. Ich beschnupperte ihn, sog seinen Duft tief in mich hinein. Ich betastete jeden Millimeter seiner Haut, bis ich in seinen Armen einschlief.

Am nächsten Morgen erwachte ich allein. Ich sprang aus dem Bett und suchte nach Beweisen, daß ich das nicht nur geträumt hatte, aber außer meinem verklebten Bauch und den Schmerzen in meinen Gelenken fiel mir nichts auf.

Ich weiß immer noch nicht, ob ich mir das alles nur eingebildet habe, aber es ist egal, es war egal. Danach wußte ich jedenfalls, was ich zu tun hatte.

Edvard hatte endlich alle Möbel meiner Mutter verkauft. Er wollte mir einen Scheck geben, so lud ich ihn zum ersten Mal in meine Wohnung ein zum Tee. Ja, ich versuchte mich zu bessern.

Edvard kam mit Bernhard – was für ein komischer Kauz. Ich begriff immer noch nicht, was Edvard an ihm fand. Sie kamen spät, so tischte ich statt des Tees Wein auf und ließ uns von *Käfer* ein paar belegte Baguettes liefern.

Ich erzählte Edvard von Key West und Miguel, den er ebensogut kannte; Bernhard saß still zwischen uns und sah vom einen zum anderen, schaute sich in der Küche um oder studierte fasziniert, wie sich ein Weintropfen auf einer Serviette ausbreitete. Er ist so verschlossen, so tiefgründig, so eigenartig. Im Laufe des Abends begann ich aber zu verstehen, was Edvard an ihm fand.

Später dann, nachdem Bernhard aus dem Bad zurückkam, bezeichnete er mich als Lügner.

Edvard und ich schauten ihn entgeistert an.

„Im Bad stehen zwei Zahnbürsten im Becher, und es hängt ein doppelter Satz Badetücher über der Wanne." Dann deutete er auf meine Liste mit den dreiunddreißig Gründen. Ja, sie prangt immer noch über dem Herd. *Er vergißt geflissentlich seine Zahnbürste, als gehöre sie in dein Bad,* stand da geschrieben.

„Nein, ich bin kein Lügner", sagte ich und erzählte ihnen unsere Geschichte.

Zwei Tage nach Christians Beerdigung läutete es Sturm bei mir. Gerd stand vor der Tür. Er ging schnurstracks an mir vorbei in die

Wohnung, schaute sich darin um, als wollte er sie kaufen oder als wäre er Innenarchitekt und müßte sich einen Überblick verschaffen. Und noch bevor ich fragen konnte oder gar Einspruch erheben, ging er ins Bad, zog eine Zahnbürste aus der Brusttasche und stellte sie zu meiner in den Becher. Ich stand hinter ihm, schaute über seine Schulter hinweg seinem Spiegelbild in die Augen und verliebte mich.

Natürlich trug sich das ein bißchen anders zu, aber so schildere ich es immer – schließlich habe ich früher Seifenopern geschrieben. In Wahrheit war es, wie alles in meinem Leben, viel komplizierter.

Als ich aus Key West zurückkam, ließ ich mir über Gerds Sekretärin einen Termin geben. Wie Raphael hatte auch ich das Bedürfnis zu reden, jemandem alles zu erzählen.

Herr Grassmann wäre zwar im Produktionsstreß, aber er würde sich gerne die Zeit nehmen, sagte die Sekretärin. Ob ich ihn im Büro sehen wolle oder außerhalb? fragte sie, und ich bestätigte den Bürotermin. Abends um zehn ging ich zu ihm.

„Schön, dich zu sehen", sagte Gerd und schüttelte mir die Hand.

„Guten Abend", sagte ich steif. Das Ganze mußte förmlich verlaufen. Ich brauchte das, es gab mir Sicherheit.

Gerd musterte mich, ich hatte ihn verletzt. Dann lehnte er sich in seinem Sessel zurück, stellte einen Fuß auf die Schreibtischkante und steckte sich einen Kugelschreiber in den Mund.

Sobald ich ansetzte, merkte ich, daß ich es ihm unmöglich erzählen konnte. Ich konnte nicht über mich sprechen, und in meiner Not benutzte ich Raphael als Metapher. „Ich wollte Ihnen von meinem Projekt erzählen. Wir sprachen ja schon vor ein paar Wochen darüber."

„Ich höre."

„Ich habe mir den Film so vorgestellt: Es gibt da zwei Nachbarn, Raphael und Alexander, die sich schon lange im Auge haben." Ich sprach schnell, denn sonst hätte ich es nicht über die Lippen gebracht. „Aber keiner traut sich, den anderen anzusprechen.

Vielleicht sind sie zu schüchtern, oder einer von beiden lebt in einer Beziehung, jedenfalls wird Alexander eines Nachts von einem Rettungswagen abgeholt. Raphael sieht es, er könnte spät nach Hause gekommen sein oder etwas in der Art, und es macht ihn ... sagen wir mal ... traurig.

Am nächsten Morgen läutet die alte Nachbarin Raphael aus dem Bett und erzählt ihm, sie habe Alexanders Portemonnaie gefunden und wisse nicht, was damit anfangen. Er sei ja von der Rettung abgeholt worden et cetera.

Raphael nimmt es an sich und versucht herauszufinden, in welches Krankenhaus Alexander gebracht wurde, um es ihm zu bringen. Das fällt ihm natürlich nicht schwer, er hat ja die Personalien.

So begegnen sie sich. Weil da vorher schon einiges gelaufen ist, verstehen sie sich auf Anhieb; es funkt zwischen den beiden. Aber Raphael hat Angst vor einer Beziehung. Natürlich ist er keine Jungfrau mehr, nein. Er hat schon viele Liebhaber gehabt, aber er hat nie einen zweimal gesehen. Immer, bevor sie aufwachten, zog er sich an und lief davon."

„Weil ihm das angst gemacht hätte, am Morgen in den Armen eines dieser Männer aufzuwachen", vervollständigte Gerd und kaute an dem Kugelschreiber.

„Ja, vielleicht", sagte ich.

Es war so leicht, Gerd alles zu erzählen, von den Geschichten, dem Schaffen einer Vergangenheit, weil man keine Zukunft haben kann, vom Entwickeln besonderer Gefühle, die Raphael nicht in Worte fassen kann, von den nächtlichen Badezimmeraufenthalten et cetera. Ich erzählte ihm alles, inklusive der Beerdigung und Raphael, der ziellos durch die Stadt irrt.

Gerd nickte.

„Klingt die Geschichte schlüssig?" fragte ich vorsichtig.

„Erst mal ja. Es ist natürlich leichter, sich in jemanden zu verlieben, den man nicht haben kann. Das ist so wie mit Nachbars Kirschen, die auch immer besser schmecken als die eigenen. Nach diesem Prinzip funktioniert ja auch die Anbetung der

Stars." Gerd lehnte sich in seinem Sessel vor. „Aber erklären Sie mir den Sinn dieses Films. Was geschieht mit Raphael?"

Eine berechtigte Frage, die ich mir ja auch schon gestellt hatte. „Das Ganze braucht einen Rahmen, nicht?"

Gerd nickte.

„Vielleicht erzählt Raphael die Geschichte einem alten Freund oder so."

„Und dann?" Gerd schaute mich durchdringend an.

Ja, was dann? Ich schloß die Augen. Da war eine Spannung in meinen Armen. Sie taten weh.

Ich war am Ende meiner erfundenen Geschichte angelangt und auch am Ende meiner eigenen. Ich mußte einen Schluß für die eine finden und einen Anfang für die andere.

„Es wird mir schon noch einfallen", sagte ich und dachte angestrengt nach, während ich versuchte meine Hände still zu halten, die sich bewegen wollten, ausstrecken, festhalten. Ich erlaubte mir nicht zu fühlen, ich erlaubte mir nicht, die Augen zu öffnen und zu sehen, daß sie vor mir lagen, der Anfang und das Ende beider Geschichten, in greifbarer Nähe. Es war alles da.

Da spürte ich etwas Warmes auf meinem Kopf, seine Hand, Gerds wunderbaren, perfekt geformten Finger. Er ist mir einfach immer einen Schritt voraus.

Wäre das Leben eine Seifenoper, würde die Geschichte hier enden. Aber so billig ist das Leben nicht zu haben. Man kann es nicht auf Knopfdruck an- und ausschalten, und es reicht nicht, ein paar Namen zu ändern, ein paar Figuren zu verschieben, und schon hat man eine neue Episode, auch wenn viele das glauben. Das Leben will gelebt werden, so, wie es kommt. Und keine Programmzeitschrift der Erde, kein Drehbuchautor, kein Mensch weiß, wie es ausgeht.

Gerd nahm mich mit zu sich nach Hause. Er packte mich einfach bei der Hand und zog mich aus meiner finsteren, kalten Höhle in die Welt hinaus. Es machte mir angst, aber neben ihm fühlte ich mich mutig genug, ihr zu begegnen.

Gerd lebt auf einer Anhöhe in der obersten Etage eines Altbaus und schaut so über die Dächer der Stadt. Er öffnete Champagner, und wir stießen draußen auf der Terrasse an – noch nie zuvor war ich dem Himmel so nah.

Wir redeten nicht viel. In Gerds Gegenwart fehlen mir die Worte, auch heute noch. Wenn ich mit ihm zusammen bin, werde ich ganz still; dann habe ich nur noch Gesten.

Er spielte die Diven unserer Zeit, Frauen, deren Namen ich zuvor nie gehört hatte: Celine Dion, Whitney Houston, Mariah Carey. Sie haben unglaubliche Stimmen, und wenn ich mich anfänglich vor dieser Art von Musik verschlossen habe, so hat mich Gerd für sie geöffnet. Er spielte Selena, ein Lied, das mir lange nicht mehr aus den Ohren ging: „*I could loose my heart tonight, if you don't turn and walk away, cause the way I feel I might lose control and let you stay, cause I could take you in my arms und never let go.*" Am Ende singt sie noch: „*But if I take that chance right now, tomorrow will you want me still? So I should keep this to myself and never let you know.*"

Es gibt also auch andere Menschen, die so fühlen wie ich.

Spät in der Nacht, er hat wirklich lange gewartet, da nahm er mich wieder bei der Hand und zog mich, ganz vorsichtig, in sein Schlafzimmer. Ich kann mich noch genau an das Zucken tief in meinem Bauch erinnern, sobald mich Gerd zum ersten Mal umarmte; mein Magen zog sich zusammen, als wollte er etwas festhalten, aber er fand nichts, was es wert gewesen wäre. In der Umarmung lag – und liegt immer noch – eine besondere Stärke; mein Magen entspannte sich, und ich fiel.

Dann, als seine Atemzüge immer länger wurden, stützte ich mich auf und schaute ihn an. Er sah so süß und still und unschuldig aus. Sein Gesicht war weich und entspannt, sein Mund offen; ich konnte die regelmäßigen Zähne sehen. Ich legte die Hand auf seine Brust und fühlte seine Wärme. Gerd rumorte, wendete sich mir im Schlaf zu und zog mich fest an sich heran. Seine Kraft macht mich schwach.

Aber da war etwas, das stärker war als Gerd, und es trieb mich aus seinen Armen; es trieb mich ins Bad, um mein Ritual zu vollziehen: Ich sprühte mir Eau de Toilette an den Hals, ich legte mein Gesicht in seine Handtücher, drückte etwas Zahnpasta auf meine Lippen und ließ sie darauf zergehen. Dann ging ich ins Wohnzimmer und sammelte meine Kleider auf, die mir Gerd zuvor ausgezogen und einfach fallengelassen hatte. Ich atmete noch einmal tief ein, sog den einzigartigen Duft von Gerds Welt in mich ein und ging zur Tür.

„Nimm einen Schlüssel mit", flüsterte mir Gerd ins Ohr. „Dann kannst du jederzeit wiederkommen." Es war dunkel, es war nacht, aber ich erschrak nicht. Gerd war nichts Fremdes mehr, er war schon ein Teil von mir.

Ich schaute ihm in die Augen, von denen nicht mehr zu sehen war als ein mattes Glänzen. Dann umarmte er mich, und ich tauchte ein in seine Wärme. Ich ließ mich fallen – und blieb.

Gerd ging früh zur Arbeit. Ich hatte nicht geschlafen, aber ich kniff die Augen zusammen, tat so, als würde ich schlafen. Ich konnte ihm nicht begegnen. Gerd duschte, zog sich an, dann kam er noch mal ans Bett und küßte mich auf die Stirn. Ich glaube, es hat mich vorher noch nie jemand auf die Stirn geküßt, nicht so, nicht mit soviel Zuneigung.

Dann, sobald ich die Tür ins Schloß fallen hörte, befiel mich ein grauenhafter Gedanke: Ich glaubte, er hätte mich eingesperrt, und ich wäre gefangen, bis er am Abend wieder nach Hause kam. Ich sprang aus dem Bett, aber die Tür war nicht verschlossen, der Schlüssel lag auf der Garderobe.

Ich ging zurück in sein Bett, wühlte mich hinein, aalte mich darin, um Gerd auf jedem Millimeter meiner Haut zu fühlen, dann schlief ich ein.

Als ich nach Hause kam, legte ich Gerds Wohnungsschlüssel auf meinen Küchentisch und versuchte, in mein Leben zurückzufinden. Ich durchforstete die Post, füllte Überweisungsscheine aus, sortierte Unterlagen, die seit Wochen liegengeblieben waren. Dann ging ich in die Küche und setzte Kaffee auf. Der Schlüssel.

Ich begann die Notizen meiner kreativen Arbeit wieder den verschiedenen Heftern zuzuordnen. Ich ging in die Küche, schenkte Kaffee nach. Der Schlüssel. Ich sammelte alles zusammen, was mit Raphael zu tun hatte, und holte mir dann ein Glas Wasser aus der Küche. Der Schlüssel.

Der Nachmittag verging, aber Gerd meldete sich nicht. Gegen sechs hielt ich es einfach nicht mehr aus, also rief ich ihn an.

„Gerd!"

„Maximilian?"

„Gerd."

„Ja, ich bin da."

Ich wollte nicht zu ihm nach Hause gehen. Es wäre, ich weiß nicht, zuviel gewesen, zu nah, zu ernst, zu bedeutsam, zu ... alles. Ich wollte ihn auch nicht einladen, aber ich mußte ihn sehen. Also verabredete ich mich mit ihm zum Essen.

Es war alles so einfach, so beunruhigend einfach. Gerd stellte keine Fragen, er forderte nicht, er ließ einfach geschehen – und so passierte es. Wir tranken und aßen, schauten uns in die Augen, aber wir redeten nicht.

Nach dem Essen ging er neben mir her durch die Stadt. Keine Fragen, keine Forderungen, kein Blick auf die Uhr. Ich dagegen schaute ihn dauernd an; er überging es einfach. Still folgte er mir nach Hause.

Das mit der Zahnbürste kam also viel später. Und es passierte so, wie das eben meistens geht, völlig unspektakulär.

Wir schliefen bei mir, wir schliefen bei ihm; wir sprachen nicht darüber. Er arbeitete, ich saß zu Hause und wartete auf seinen Anruf, wartete auf ihn und seine Arme; wir sprachen nicht darüber.

Als er das zweite Mal zu mir kam, brachte er eine Zahnbürste mit – und brav packte er sie am nächsten Morgen wieder ein. Er brachte sie jedesmal und nahm sie am Morgen wieder mit. Eines Tages, ich weiß es noch wie heute, war er schon an der Tür, da lag die Zahnbürste noch im Bad. Vielleicht hatte er sie einfach vergessen, jedenfalls trug ich ihm sie nach.

„Was ist dir so wichtig an zwanzig Gramm Plastik?" fragte mich Gerd.

„Ich brauche meine Freiheit", sagte ich. „Das Gefühl, ungebunden zu sein. Die Zahnbürste würde mir Handschellen anlegen."

Heute weiß ich, was mir wirklich angst machte: Ich hatte Angst, daß Gerd eines Abends nicht mehr kommen würde, mir nur seine „Reste" bleiben würden: der Kaffeerand in seiner Tasse, etwas Ei am Löffel, ein bißchen Schweiß in meiner Bettwäsche, seine Zahnbürste. Inzwischen versuche ich mit dieser Angst zu leben.

Eine Beziehung aufbauen, das ist ganz neu für mich. Jeder Tag mit Gerd birgt eine Überraschung. Ich weiß oft nicht, wie ich mich verhalten soll. Dann stehe ich da und komme mir vor wie ein kleines Kind. Bei jedem anderen würde ich mich entblößt fühlen, bei Gerd nicht; ich vertraue ihm. Deswegen bleibe ich, der Wind, ohne davonzujagen, ohne jäh abzusterben wie eine Böe.

Gerds Zuneigung macht mich stumm. Anfangs habe ich gedacht, ich müßte lernen zu sprechen, schließlich bin ich ein Mann der Worte. Aber ich verhedderte mich zu oft in dem Strudel von Gefühlen, die zu greifen mir immer noch verwehrt sind. Inzwischen sage ich nichts mehr, lasse einfach geschehen – und fühle mich besser.

Ich bin immer noch ein Arschloch, manchmal bin ich richtig gemein zu ihm. Nicht absichtlich, ich merke es gar nicht, oder erst, nachdem ich die Verletzung in seinen Augen sehe. Es passierte sogar schon, daß ich ihn beschimpfte, so wie er zur Tür hereinkam. Es macht mir angst, zu sehen, daß er Gewalt über mich hat. Er schaut mich an, und ich öffne mich. Genau das macht mir angst.

Ich kann mich nicht entschuldigen. Ich habe keine Worte dafür. Ich habe nur Gesten: ein paar Blumen, eine Schachtel Pralinen, ein Abendessen in seinem Lieblingsrestaurant. Ich mag mich manchmal selber nicht.

Ja, Gerd bedeutet mir viel. Es fällt mir nicht leicht, das zuzugeben. Man baut keine Mauern auf, hält sie über Jahrzehnte aufrecht, um sie dann für ein freundliches Lächeln einstürzen zu lassen. Es passiert langsam, und ich glaube, es ist ein Prozeß, der niemals enden wird.

Gerd und ich sprechen nicht über die Zukunft. Ich hatte noch nie eine Zukunft mit einem Menschen. Mit Christian habe ich mir eine Vergangenheit geschaffen, aber mit Gerd, mit Gerd will ich jetzt leben, nicht in der Zukunft, nicht in der Vergangenheit, sondern von Moment zu Moment zu Moment.

Es ist nicht der Sex, warum ich mit Gerd zusammen bin. Ich habe wahrlich Aufregenderes erlebt. Wenn ich ehrlich sein soll – sorry, Gerd, aber du weißt, wie ich bin –, dann hatte ich wahrscheinlich noch nie so unaufregenden Sex. Sex mit Gerd ist ganz anders. Er ist so natürlich, so sehr er selbst und dabei so bei mir, daß ich anfangs Probleme hatte, bis ich kapierte, wie sein Sex funktioniert: Der Weg ist das Ziel. Gerd ist niemand für eine schnelle Nummer, die man ebensogut allein abziehen kann. Beim Sex hat Gerd Zeit, er nimmt sich die Zeit, die es braucht, zu tasten, zu berühren, zu forschen, und er gibt mir die Zeit, meinen Finger in seinen flauschigen Bauchnabel zu stecken, so vor ihm zu stehen und sprachlos zu sein.

Und da ist noch etwas, warum ich bei ihm bleibe: Wenn er nicht da ist, bohrt ein Schmerz in meiner Magengrube. Diesen Schmerz habe ich kennengelernt, als ich an Christians Bett saß und begann um jeden seiner Atemzüge zu betteln. Christian ist gestorben, der Schmerz ist mir geblieben.

Einmal fragte mich Gerd, wie unser Leben wohl verlaufen wäre, wenn wir uns, anstatt uns anzugiften, früher schon ineinander verliebt hätten. Diese Frage gehört wohl dazu, wenn man sich kennenlernt. Wie hätte Gerd auch wissen sollen, daß sie der Kern von Christians erster Geschichte war, die er mir erzählt hatte: Zwei Männer, die sich nach Jahren wiedersehen, sich ihr Leben erzählen und dann phantasieren, wie es wohl verlaufen wäre, hätten sie sich schon früher zusammengetan. Christians Geschichte hat sich in meinem Leben manifestiert – er begleitet mich.

Aber im Gegensatz zu seiner Geschichte, in der die beiden danach auseinandergehen, werden Gerd und ich zusammen bleiben. Er weiß noch nicht, daß ich es auch weiß. Ja, im Leben gibt es ein Happy-End.

Letzte Woche waren wir in der Oper. Ich zeige ihm meine Welt; er mir seine. Wir gingen gerade die große Treppe hinauf, da schaute ich ihn an. Gerd ist nicht mehr jung; auch ihm ging die Puste aus. Aber es erschreckte mich nicht, im Gegenteil. Ich dachte nur, wie schön es wäre, mit ihm alt zu werden.

Aber wir werden nicht heiraten. Das Versprechen, sich auf ewig zu lieben, ist unrealistisch. Treueschwüre und Ehrlichkeit widersprechen sich. Ehrlichkeit ist mir wichtiger. Ich will wissen, was in Gerd vorgeht, was er macht und mit wem, auch wenn es mir nicht gefällt. Nur so verstehe ich, wer er ist, und kann *ihn* lieben. Wenn ich das nicht weiß, liebe ich einen anderen, etwas anderes, ein Bild, eine Vorstellung, aber nicht Gerd.

Inzwischen habe ich viele Freunde, das heißt, Gerd hat viele Freunde; ich lerne sie kennen. Ich mag sie, und ich mag mit ihnen zusammensein. Aber ich sage wenig, meistens bin ich still. Ich lasse Gerd reden und freue mich, wenn sie an seinen Lippen hängen, an den Lippen, die ich küssen darf. Gerd kennt viele Geschichten, und er kann sie gut erzählen. Ich liebe es, ihm zuzuhören. Er kann reden, er hat Worte, er braucht keine Gesten. Aber wenn er mir etwas sagen möchte, bleibt sein Mund verschlossen. Er nimmt mich einfach in die Arme – und ich verstehe.

„Vorsicht!" Diese Packer sind doch wirklich zu dusselig. Ich lege meine Hand an den Türrahmen, damit sie mir nicht die Kommode verschrammen, die mich seit meiner Kindheit begleitet.

Ich ziehe um. Warum? Nein, ich habe nicht Geburtstag, es ist auch nicht der Todestag meiner Mutter oder der von Christian. Es ist auch nicht wegen des neuen Jahrtausends, das in ein paar Wochen anbrechen wird. Alle reden davon, als würde es etwas verändern. Dabei sind die Dinge, die die Welt wirklich verändern, niemals so augenscheinlich.

Also warum ziehe ich um? Edvard behauptet stolz, daß er es nun doch geschafft hätte, Gerd und mich zu verkuppeln. Gerds Freunde sind überzeugt, daß wir zusammenziehen. Dabei stimmt das gar nicht, wir ziehen nicht zusammen, ich ziehe nur in die Wohnung neben Gerds.

Gerd hat gesagt, ich müßte dringend aus meiner Wohnung heraus. Er hat gesehen, wie traurig ich werde, wenn ich in meiner Küche sitze und hinüberschaue zu den Fenstern, mit denen alles angefangen hat. Und es stimmt, ich ertrage es nicht mehr, ständig daran erinnert zu werden, daß Christian nicht mehr da ist.

Ein junges Ehepaar ist in seine Wohnung gezogen. Sie flattern durch die Wohnung wie Turteltauben. Ich habe nichts gegen Heten, nicht wirklich.

Jetzt ist das Wohnzimmerfenster immer offen, aber ich will nicht sehen, wie es darin aussieht, weder die Kiefernholzmöbel noch die spießige Sofakombi. Ich will es nicht sehen, weil es mir vor Augen führt, wie einfach es ist, das Leben eines Menschen auszulöschen. Nichts erinnert mehr daran, daß Christian dort gelebt hat, geatmet und geliebt. Es ist alles so gekommen, wie er es vorausgesagt hatte.

Gerd sagt, ich müsse umziehen, weil mich dieser Zustand blockiert – er weiß noch nicht, daß ich wieder schreibe –, und er prophezeit mir, daß ich erst wieder kreativ werden könne, wenn ich woanders wohne. Aber ich glaube, er will mich in seiner Nähe haben, und ich glaube, er hat mir die Wohnung besorgt, weil ich dort, über den Dächern der Stadt, dem Himmel näher bin. Gerd weiß, wie sehr ich Christian vermisse.

Wenn ich gefragt werde, warum ich umziehe, dann sage ich, daß ich lange genug hier gelebt habe und daß die Zeit einfach reif ist für eine Veränderung. Was ich damit meine ist, daß ich lange genug der Maximilian war, der ich gewesen bin. Jetzt bin ich Mäxx.

Es gibt noch einen Grund, den ich niemandem sage: Wenn ich die Wand im Flur herausbreche, kann ich von meiner Wohnung in Gerds hinübergehen.

Gerd will, daß ich endlich das Drehbuch zu Raphael und Alexander schreibe; er hat mir versprochen, den Film zu produzieren. Es dürfe nur kein Film über Aids werden, sagt er, denn den wolle niemand sehen.

Raphael und Alexander. Das ist keine Geschichte über Aids, das ist nicht einmal eine Geschichte über den Tod: Es ist eine Geschichte über das Leben. Ich werde sie schreiben. Bald. Aber vorher muß ich noch eine andere schreiben.

Ich bin ein unmöglicher Mensch. Manchmal mag ich mich selber nicht. Gerd liebt mich. Seine Liebe macht einen besseren Menschen aus mir. Das muß ich schreiben. Eine Geschichte über Gerd und mich – und die Liebe, die seltsame Wege beschreitet, die keine Grenzen kennt und die sogar den Tod nicht scheut.

Und mein Versprechen an Christian? Bis *Raphael und Alexander* verfilmt ist, werde ich Christians Kurzgeschichten veröffentlichen. *An einem Tag mit vielen Kerzen* wird der Band heißen; ich werde ihm das gleichnamige Gedicht voranstellen, das ich in der Nacht vor seinem Tod für Christian geschrieben habe. *Geschichten von Christian L., herausgegeben von Maximilian Roth.* So kommen wir doch noch zusammen, Kristiõ und ich.

Im Sommer habe ich auf einem Literaturfestival in Berlin ein paar von Christians Geschichten gelesen. Das Publikum war begeistert, sie sind gut angekommen. Und als die Zuhörer applaudierten, verneigte ich mich – vor Christian.

Ja, und nun schleppen die Packer mein ganzes Hab und Gut in die neue Wohnung hinüber, in mein neues Leben, Kiste für Kiste. Ich nehme auch Christians Kram mit, auch wenn ich noch nicht weiß, was ich damit anfangen werde. Ich, der Autor, sollte eine Lösung parat haben. Hätte ich das alles erfunden, würde ich Mäxx Manfred aufspüren und es ihm geben lassen. Mäxx könnte eine Affäre mit Manfred haben, weil er Christian nie haben konnte und das einem Verhältnis mit Christian am nächsten kommt. Vielleicht würde ich auch schreiben, daß Mäxx Christians Sachen stiftet oder in seiner neuen Wohnung eine Kammer damit einrichtet, damit er immer etwas hat, was ihn an Christian erinnert. Aber die Geschichte meines Lebens erfinde ich nicht, das tut ein anderer.

Was in Christian wirklich vorgegangen ist, ob er Manfred geliebt hat oder mich oder uns beide oder keinen von uns, das werde ich nie erfahren. Aber ich rätsle auch nicht mehr. Gerd hat mir gezeigt, daß man einen Menschen nicht verstehen muß, um ihn lieben zu können. Das geht auch so. Ich rätsle nicht mehr, weil ich weiß, daß er immer noch bei mir ist. Christian wird mir bleiben. Wie singt Mariah Carey in *One Sweet Day? And I know you are shining down on me from heaven, like so many friends we've lost along the way.*

Es tut mir leid, Christian, daß ich dir nie gesagt habe, was du für mich bedeutet hast.

Als ich zu packen anfing und mir Gedanken machte, was ich mitnehmen soll, habe ich die Unterhosenkiste zur Seite gestellt. Sie ist wie ein Schließfach der Erinnerungen; in ihr liegt meine halbe Vergangenheit verborgen. Es ist alles so lang her.

Ich weiß nicht, ob ich sie mitnehmen soll. Brauchen tue ich sie nicht mehr. Aber sie ist ein Teil von mir, und es ist so schwer, loszulassen. Vielleicht stelle ich sie einfach in den Keller.

Heute morgen habe ich noch eine Flasche Opus One aufgemacht. Er atmet seit Stunden. Ihn will ich hier trinken, in meiner alten Wohnung, auf alles, was ich in diesen Wänden erlebt habe und auf die Fenster, mit denen alles begann. Er duftet herrlich nach Kirschen, er ist kraftvoll wie die Liebe, am Gaumen weich wie ein Zungenkuß.

Ich fülle mein Glas damit: „Prost, Papa. Prost, Christian. Prost, Gerd."

Und eine Zigarre will ich hier auch noch rauchen, eine Cohiba. Es ist die letzte. Ich weiß, daß Gerd Zigarrenrauch nicht verträgt. Er hat nie etwas gesagt, aber es fällt mir leicht, für ihn darauf zu verzichten.

33 Gründe, niemals einen Mann mit nach Hause zu nehmen. Ich kenne inzwischen noch einen: Man könnte wollen, daß er bleibt – und das stellt das ganze Leben auf den Kopf.

Die Liste lasse ich hängen; das Buch über die Katastrophe namens Beziehung mit dem esoterischen Aufhänger soll ein anderer schreiben.

Die Packer tragen gerade die letzten Kisten hinunter. Ich nehme mein Glas und meine Zigarre und gehe durch die Wohnung; meine Schritte hallen, und das Echo klingt nach Vergangenheit.

Ich tröpfle mir ein Schlückchen auf die Zunge und lasse es zergehen. Da höre ich eine Hupe und schaue auf die Straße hinunter. Es ist Gerd, er steht im Halteverbot. Ich stelle mein Glas auf die Fensterbank und lege die Zigarre daneben. Auf dem kalten Marmor wird sie bald verlöschen, aber da werde ich schon nicht mehr dasein. Wenn sie den letzten Faden grauen Schmauchs ausstößt, da werde ich schon unten sitzen in Gerds Auto und seine perfekt geformten Finger auf meinem Schenkel spüren.

Er holt mich ab; er hat mich immer abgeholt, ganz gleich, wo ich war: zu Hause, in der Oper oder in dem Gefängnis, das ich Freiheit nannte. Er wird mich hinüberfahren, in meine neue Wohnung, in unser neues Leben.

Wir werden zusammenleben, Gerd und ich. Ich bin schwierig, es wird nicht einfach werden. Aber er liebt mich. Seine Liebe macht mich zu einem besseren Menschen. Ich liebe ihn. Und das ist das einzige, was zählt.

HS und HMS
- zwei Schwestern, ein Ziel -

Die Homosexuelle Selbsthilfe e. V. (HS) wurde 1980 mit dem Ziel gegründet, das Selbstbewußtsein, die Emanzipation und die Handlungsspielräume von Schwulen und Lesben in der Gesellschaft zu stärken.
Im Jahr 1991 wurde mit gleichem Ziel von Prof. Dr. Andreas Meyer-Hanno die Hannchen-Mehrzweck-Stiftung (HMS) als zweites, gemeinnütziges Standbein gegründet.
Die HS unterstützt Projekte, die nicht gemeinnützig sein müssen. Über die Vergabe von Förderungen beschließt die Mitgliederversammlung.
Die Stiftung HMS fördert ausschließlich gemeinnützige Projekte. Über die Vergabe entscheidet der Vorstand. Er ist dem Stiftungsbeirat verantwortlich, dem auch drei HS-Vorstände angehören.
Die HS füllt ihren Fond aus den Mitgliederbeiträgen und aus Spenden (steuerlich nicht absetzbar).
Das Geld der HMS stammt aus den Zinsen des Stiftungskapitals und aus Spenden (steuerlich absetzbar).

Nähere Informationen erhalten Sie über:

Hannchen-Mehrzweck-Stiftung
Homosexuelle Selbsthilfe e.V.
Löwengasse 27 K
60385 Frankfurt am Main

Hannchen Mehrzweck Stiftung hms
hs Homosexuelle Selbsthilfe e.V.